COLLECTION JULES VERNE

COLLECTION JULES VERNE
BAND 72

Die Eissphinx

Band 1

Pawlak Taschenbuch Verlag, Berlin, Herrsching

Nachdruck mit freundlicher Genehmigung des
Verlages A. Hartleben, Inh. Dr. Walter Rob, Wien I.
Die Vorlagen für die Umschlagillustrationen der
Collection Jules Verne sind Jules Verne Bänden,
erschienen im A. Hartleben's Verlag, Wien, entnommen.
Umschlaggestaltung: Bine Cordes, Weyarn
Die Orthographie wurde der heutigen Schreibweise angeglichen.

Gesamtherstellung: Elsnerdruck GmbH, Berlin
Printed in Germany
ISBN: 3-8224-1072-1

Inhalt

Erster Band.

Erstes Kapitel

Die Kerguelen-Inseln

Die hier »Eisphinx« genannte Erzählung wird jedenfalls niemand für wahr halten wollen. Immerhin dürfte es meines Erachtens nach gut sein, sie zu veröffentlichen, mag einer nun daran glauben oder nicht.

Als Ausgangspunkt für diese wunderbaren und schrecklichen Abenteuer könnte es schwerlich einen geeigneteren geben als das Desolationsland, ein Name, der der Hauptinsel der betreffenden Gruppe 1779 vom Kapitän Cook gegeben wurde. Nach dem, was ich in mehrwöchigem Aufenthalte hier gesehen habe, kann ich allerdings bestätigen, daß sie den traurigen Namen, den ihr der berühmte englische Seefahrer einst beilegte, mit vollem Rechte verdient.

Ich weiß, daß man in den geographischen Namenlisten noch immer die Bezeichnung Kerguelen-Inseln (oder Kerguelenland) fortführt, der ja allgemein für diese unter 49° 54′ südl. Breite und 69 ½ bis 70 ½° östl. Länge von Greenwich gelegne Inselgruppe angenommen worden ist, was daher kommt, daß der französische Seefahrer Ives Joseph de Kerguelen Tremarer im Jahre 1772 von den im südindischen Ozean verlorenen Inseln die erste Kunde gab. Bei seiner ersten Fahrt hierher hatte der Leiter der Expedition ein neues Festland an der Grenze des antarktischen Meeres vor sich zu sehen geglaubt, eine zweite Reise klärte ihn aber über diesen Irrtum auf – er erkannte, daß es sich nur um eine Inselgruppe handelte. Der Leser glaube indes meiner Versicherung, daß der Name Desolationsland der einzig richtige ist, der dieser Gruppe von dreihundert Inseln und Eilanden zukommt – diesem verlassenen Erdenwinkel inmitten der ozeanischen Einöde, durch die fast unablässig wütende Südstürme dahinfegen.

Die Gruppe ist trotzdem bewohnt, und am 2. August 1839 hatte sich, dank meiner Anwesenheit in Christmas-Harbour, die geringe Zahl von Europäern und Amerikanern, die den eigentlichen Kern der kerguelischen Bevölkerung bilden, sogar um eine Einheit erhöht. Freilich wartete ich jetzt nur auf eine Gelegenheit, den Ort zu verlassen, da ich die geologischen und mineralogischen Forschungen – den eigentlichen Zweck meiner Reise – hier längst vollendet hatte.

Der Christmas-Hafen liegt an der bedeutendsten Insel dieses Archipels, die eine Ausdehnung von viertausendfünfhundert Quadratkilometern (fast doppelt soviel wie das deutsche Herzogtum Anhalt) hat. Er ist sehr sicher, meist zugänglich und bietet Schiffen in vier Faden Tiefe einen guten Ankergrund. Nach Umschiffung des Kaps François im Norden, das der zwölfhundert Fuß hohe Tafelberg beherrscht, blickt man durch die Basaltarkade, die sich an dessen Spitze weit öffnet. Da bemerkt man eine enge Bai, eine Art Fjord, der durch kleine Eilande gegen heftige Ost- und Westwinde geschützt ist. Im Hintergrunde liegt Christmas-Harbour. Die Schiffe fahren, sich mehr rechts haltend, gerade darauf zu und brauchen sich, an Ort und Stelle angelangt, nur vor einen einzigen Anker zu legen, was ihnen, solange kein Eis in der Bai steht, ein leichtes Wenden gestattet.

Die Kerguelen weisen übrigens noch Hunderte andrer Fjorde auf. Ihre Küsten sind zerrissen, ausgefranst, möchte man fast sagen, vorzüglich an dem zwischen Norden und Südosten gelegnen Teile. Inseln und Eilande ragen in großer Menge empor. Der Boden von vulkanischem Ursprung besteht in der Hauptsache aus Quarz, der mit einem bläulichen Gestein vermengt ist. Im Sommer bedeckt er sich mit grünem Moose, grauen Flechtenarten, verschiedenen phanerogamischen Gewächsen, meist steifen, harten Saxifragen (Steinbrech). Daneben kommt noch eine strauchähnliche Staude, eine Art Kohl von sehr herbem Geschmack, vor, der sich in andern Ländern wohl kaum wiederfindet.

Solche Bodenstrecken eignen sich ganz besonders als Wohnstätten für Königspinguine und ähnliche Vögel, die diese Gebiete denn auch in unzähligen Scharen bevölkern. Von gelbem und weißem Gefieder, den Kopf nach rückwärts geworfen, und mit Flügeln, die wie Ärmel eines Talars aussehen, erscheinen die dummen Vögel von ferne gesehen wie ein Zug von Mönchen, der sich längs des Strandes hin bewegt.

Außerdem bieten die Kerguelen vielen Pelzseehunden, Rüsselrobben und See-Elefanten vorzügliche Schlupfwinkel. Die Jagd oder der Fang dieser wertvollen Amphibien gab auch Anlaß zu einem lohnenden Handel, der damals zahlreiche Schiffe nach jenen Gegenden lockte.

An genanntem Tage lustwandelte ich eben am Hafen, als mein Gastwirt unerwartet an mich herantrat.

»Täusche ich micht nicht«, so begann der Mann, »so fängt die Zeit an, Ihnen etwas lang zu werden, Herr Jeorling?«

Es war ein starker, großer Amerikaner, seit etwa fünfzehn Jahren in Christmas-Harbour seßhaft und bewirtschaftete hier das einzige Gasthaus des Hafenorts.

»Freilich, etwas gar zu lang, muß ich wohl gestehen, Meister Atkins, unter der Voraussetzung, daß Sie sich durch meine Antwort nicht verletzt fühlen.«

»Keineswegs«, versicherte der wackre Mann. »Sie können sich wohl denken, daß ich gegen solche Klagen gefeit bin wie die Felsen des Kaps François gegen den Anprall der Wogen . . .«

»Und Sie leisten ebenso festen Widerstand wie dieses . . .«

»Natürlich! Von dem Tage an, wo Sie in Christmas-Harbour eintrafen, wo Sie bei Fenimore Atkins, im ›Grünen Cormoran‹ einkehrten, hab' ich mir gesagt: Binnen vierzehn, wenn nicht schon binnen acht Tagen wird mein neuer Gast des Aufenthalts hier überdrüssig sein und es bedauern, an den Kerguelen gelandet zu sein . . .«

»O nein, Meister Atkins, ich bedaure nie etwas, was ich getan hatte!«

»Eine löbliche Gewohnheit, lieber Herr!«

»Bei Durchstreifung der hiesigen Inselgruppe hab'

ich übrigens mancherlei merkwürdige Beobachtungen machen können. Ich bin durch die weiten hügeligen und von Torfmooren unterbrochenen Ebenen gewandert, die von harten Moosarten bedeckt sind, und nehme davon seltne mineralogische und geologische Fundstücke mit heim. Ich habe an den Seekälber- und Robbenjagden teilgenommen und die Einöden besucht, wo Pinguine und Albatrosse in guter Kameradschaft hausen – das ist mir schon der Beachtung wert gewesen. Sie haben mir zuweilen einen Balthasar-Sturmvogel, von eigener Hand zubereitet, vorgesetzt, und den kann sich, wer guten Appetit hat, schon gefallen lassen. Endlich fand ich im ›Grünen Cormoran‹ die beste Aufnahme, wofür ich Ihnen sehr dankbar bin ... Doch, wenn ich zählen gelernt habe, sind es nun zwei Monate, seit mich der chilenische Dreimaster ›Pênas‹ im Christmas-Harbour, mitten im tiefen Winter absetzte ...«

»Und nun haben Sie das Verlangen, nach Ihrer Heimat, die auch die meinige ist, Herr Jeorling, zurückzukehren, nach Connecticut zu kommen, Providence, unsre Hauptstadt, endlich wiederzusehen ...«

»Gewiß, Meister Atkins, denn schon seit fast drei Jahren schweife ich in der Welt umher. Heute oder morgen muß das doch ein Ende nehmen, muß ich wieder Wurzel schlagen ...«

»Ei, ei, wenn man einmal Wurzel schlägt«, fiel der Amerikaner mit den Augen blinzelnd ein, »dann treibt man schließlich auch Zweige!«

»Ganz richtig, Meister Atkins; doch da ich keine Familie mehr habe, werd' ich höchstwahrscheinlich die Reihe meiner Vorfahren abschließen. Bei meinen vierzig Jahren wird es mir kaum einfallen, noch Zweige treiben zu wollen wie Sie, mein lieber Herr Wirt, denn Sie sind schon ein Baum, sogar ein schöner Baum ...«

»Eine Eiche, eine immergrüne Eiche, wenn Sie gestatten, Herr Jeorling!«

»Oh, Sie haben sehr wohl daran getan, den Gesetzen der Natur zu gehorchen. Und gab die Natur uns Beine zum Gehen ...«

»So gab sie uns auch Gelegenheit, uns irgendwo festzusetzen«, ergänzte Fenimore Atkins den Satz. »Deshalb hab' ich mich vor nun fünfzehn Jahren in Christmas-Harbour niedergelassen und hier geheiratet ... mein Weib Betsey hat mich mit zehn Kindern beschenkt, diese werden mir wieder Enkel bescheren, die mir wie Kätzchen an den Beinen hinaufklettern ...«

»Und Sie werden nie nach Ihrem Vaterlande zurückkehren?«

»Was sollte ich dort beginnen, Herr Jeorling, und was hätte ich da gehabt? Das reine Elend! Hier auf den Desolations-Inseln (Inseln der Verlassenheit), wo ich nie dazu kam, mich verlassen zu fühlen, hier blühte mir und den Meinen das Glück!«

»Gewiß, Meister Atkins, und ich gratuliere Ihnen dazu, daß Sie sich glücklich fühlen! Immerhin ist es nicht ausgeschlossen, daß Sie eines Tages den Wunsch empfänden ...«

»Mich in andern Boden zu verpflanzen, Herr Jeorling? Oh, was denken Sie! Ich bin eine Eiche, sagte ich Ihnen, nun verpflanzen Sie einmal eine Eiche, wenn diese bis zum halben Stamm im Kieselgestein der Kerguelen festgewurzelt ist!«

Es war ein Vergnügen, dem würdigen Amerikaner zuzuhören, dem Manne, der sich so vollständig auf diesem Archipel eingewohnt und gegen die rauhe Unbill des Klimas hier abgehärtet hatte. Er lebte mit seiner Familie wie die Pinguine in ihren Rockerys ... Die Mutter, eine kräftige Matrone, die von Gesundheit strotzenden Söhne, die nichts von Rachenkatarrhen und Magenerweiterung wußten. Alles hatte gedeihlichen Fortgang. Der gutbesuchte »Grüne Cormoran« erfreute sich der Kundschaft von allen Schiffen, von Walfängern und andern, die die Kerguelen aufsuchten. Das Haus lieferte ihnen Seife, Fette, Pech, Teer, Gewürze, Zucker, Tee, Konserven, Whisky, Gin und Branntwein. Ein zweites Gasthaus hätte man in Christmas-Harbour übrigens vergeblich gesucht. Die Söhne Fenimore Atkins' waren Zimmerleute, Segelmacher und Fischer und fingen in der warmen Jahreszeit Amphibien vom Grunde aller engen Wasserzüge. Kurz, es waren tüchtige junge Leute, die ohne zu mäkeln ihrer Bestimmung nachkamen.

»Mit einem Wort, Meister Atkins«, erklärte ich, »ich bin geradezu entzückt, nach den Kerguelen gekommen zu sein, und werde mich ihrer mit Freuden erinnern. Immerhin wäre ich jetzt nicht böse darüber, wieder abfahren zu können ...«

»Oho, nur etwas Geduld, Herr Jeorling!« ermahnte mich dieser Philosoph. »Man soll eine Trennungsstunde nie herbeiwünschen oder gar beschleunigen! Vergessen Sie auch nicht, daß die schönen Tage nun bald wiederkommen. In fünf bis sechs Wochen ...«

»Jawohl«, rief ich, »inzwischen bleiben Berg und Ebene, Felsen und Strand von dicker Schneelage bedeckt, und die Sonne hat nicht einmal Macht genug, die Nebel des Horizonts aufzulösen ...«

»Aber ich bitte, Herr Jeorling! Schon sieht man die Grashalme durch die weiße Hülle sprießen! Sehen Sie nur gut hin ...«

»Jawohl, mit der Lupe! ... Doch, unter uns, Atkins, würden Sie zu behaupten wagen, daß das Eis jetzt im August, dem Februar unsrer nördlichen Halbkugel, nicht die Buchten und Baien hier bedeckt?«

»Zugegeben, Herr Jeorling. Doch noch einmal: nur etwas Geduld! Der Winter ist dieses Jahr recht mild gewesen. Bald werden im Osten oder Westen Schiffe auftauchen, denn die Fangzeit ist nahe.«

»Möge der Himmel Sie hören, Meister Atkins, und möge er das Schiff, das ja nicht mehr lange ausbleiben kann – die Goëlette ›Halbrane‹ –, glücklich in den Hafen führen ...«

»›Halbrane‹, Kapitän Len Guy«, vervollständigte der Gastwirt. »Das ist ein echter Seemann, obwohl ein Engländer – es gibt ja überall tüchtige Männer – der seine Bedürfnisse aus dem ›Grünen Cormoran‹ bezieht.«

»Sie meinen, daß die ›Halbrane‹ ...«

»Vor Verlauf von acht Tagen von jenseits des Kaps François gemeldet wird, Herr Jeorling, es müßte denn keinen Kapitän Len Guy mehr geben, dann ... dann ist auch die ›Halbrane‹ zwischen dem Kap der Guten Hoffnung und den Kerguelen untergegangen!«

Mit einer bezeichnenden Handbewegung, die mir sagte, daß ein solcher Fall außerhalb jeder Wahrscheinlichkeit liege, verließ mich Fenimore Atkins.

Im übrigen hoffte ich, daß die Vorhersage meines Wirtes bald eintreffen würde, denn die Zeit wurde mir wirklich lang. Konnte man ihm glauben, so zeigten sich schon die Symptome der schönen Jahreszeit – was man hier eben schöne Jahreszeit nennt. Wohl liegt die Hauptinsel etwa in gleicher Breite mit Paris in Europa und mit Quebec in Kanada. Hier handelt es sich aber um die südliche Halbkugel der Erde, und man weiß, daß infolge der elliptischen Bahn, die die Erde beschreibt und in deren einem Brennpunkte die Sonne steht, diese Halbkugel im Winter kälter ist als die nördliche und im Sommer wiederum wärmer als diese. Jedenfalls ist die Winterperiode auf den Kerguelen wegen heftiger Stürme geradezu schrecklich, und das Meer liegt mehrere Monate erstarrt, obwohl die Kälte hier nicht besonders streng ist, denn sie hält sich im Mittel bei — 2° Celsius im Winter (bei einer Sommertemperatur von + 7° Celsius), wie an den Falklandinseln oder am Kap Horn.

Es versteht sich von selbst, daß Christmas-Harbour diese Zeit über kein einziges Schiff beherbergt. Zur Zeit, von der ich spreche, gab es noch nicht viele Dampfer. Segelschiffe aber suchten aus Besorgnis, hier vom Eis eingeschlossen zu werden, die Häfen Südamerikas an der Küste von Chile oder die Afrikas – meist Kapstadt am Kap der Guten Hoffnung – als Zuflucht auf. Einige Schaluppen, die einen im Eise festsitzend, die andern auf dem Strande liegend und bis zur Mastspitze hinauf von Rauhfrost überzogen, das war alles, was der Christmas-Hafen meinen Blicken darbot.

Sind die Temperaturunterschiede auf den Kerguelen auch nicht beträchtlich, so ist das Klima im allgemeinen doch feucht und kalt. Sehr häufig und vorzüglich im nördlichen Teile wird die Inselgruppe von wilden, mit Graupeln und Regen vermischten Nord- oder Weststürmen gepeitscht. Nach Osten zu hält sich der Himmel klarer, obwohl auch hier ein halbverschleiertes Licht herrscht, und von dieser Seite reicht die Schneegrenze auf den Bergen bis auf nur fünfzig Toisen (117 Meter) ü. d. M. hinab.

Nach meinem zweimonatigen Verweilen auf dem Archipel der Kerguelen erwartete ich also mit einiger Ungeduld die Gelegenheit, an Bord der Goëlette »Halbrane« davon wieder abzureisen, eines Schiffes, dessen Seetüchtigkeit und sonstige Eigenschaften mein enthusiastischer Wirt zu rühmen nicht aufhörte.

»Sie könnten es gar nicht besser treffen!« wiederholte er mir früh und spät. »Von allen Kapitänen langer Fahrt in der englischen Handelsflotte kann sich, was Kühnheit und Erfahrung im Berufe betrifft, mit meinem Freunde Len Guy kein einziger messen. Nur noch etwas redseliger und mitteilsamer, und er wäre vollkommen.«

Ich hatte mir denn auch vorgenommen, die Empfehlungen des Meisters Atkins zu befolgen, und wollte hier so lange bleiben, bis die Goëlette bei Christmas-Harbour eintreffen würde. Nach einem Aufenthalt von sechs bis sieben Tagen sollte sie dann wieder auslaufen und nach Tristan d'Acunha gehen, wohin sie eine Ladung Zinn- und Kupfererz zu bringen hatte.

Auf letztgenannter Insel wollte ich in der schönen Jahreszeit einige Wochen verweilen und hoffte, von da aus nach Connecticut heimzukehren. Dabei übersah ich jedoch keineswegs den Anteil, der bei menschlichen Entschließungen dem Zufall zukommt, denn es ist, wie Edgar Poe* gesagt hat, allemal weise, immer »mit dem Unerwarteten, Unvorhergesehenen und Unbegreiflichen zu rechnen, nicht zu vergessen, daß Nebensachen, unvermutete, rein zufällige Zwischenfälle oft ein gewichtiges Wort reden, das man bei streng vorsichtiger Rechnung nicht außer acht lassen darf«.

Wenn ich hier unsern großen amerikanischen Schriftsteller anführe, obwohl ich sehr nüchternen Geistes, ernsten Charakters und wenig phantastischer Natur bin, so geschieht es, weil ich den geistvollen Dichter menschlicher Sonderlichkeiten dennoch warm bewundere.

Um jedoch auf die »Halbrane« oder vielmehr auf die Gelegenheiten zurückzukommen, die sich mir in Christmas-Harbour zur Wiedereinschiffung bieten dürften, so brauchte ich keine Enttäuschung zu fürchten. In der herannahenden Jahreszeit wurden die Kerguelen gewiß von vielen, mindestens fünfhundert, Schiffen aufgesucht. Der Fang von Cetaceern lieferte hier reichen Ertrag, dafür spricht schon die Tatsache, daß man von einem See-Elefanten eine ganze Tonne oder ebensoviel Tran gewann wie von tausend Pinguinen. In den letzten Jahren liefen den Archipel freilich nur etwa noch ein Dutzend Fangschiffe an, da die unbeschränkte Vernichtung der Waltiere deren Zahl sehr vermindert hat.

Vorläufig brauche ich mich also gar nicht zu beunruhigen, daß und ob mir Gelegenheit geboten würde, aus Christmas-Harbour wegzukommen, selbst in dem unwahrscheinlichen Falle, daß die »Halbrane« nicht eintreffen und der Kapitän Len Guy nicht kommen sollte, seinem Freunde Atkins die Hand zu drücken.

Tag für Tag lustwandelte ich in der Umgebung des Hafens. Die Sonne gewann allmählich an Macht. Die Felsen, Terrassen und die vulkanischen Säulenreihen legten nach und nach ihre weiße Winterkleidung ab. Am Strande unter dem basaltischen Steilufer sproßten weingelbe Moose auf, und draußen auf dem Wasser schwammen und wanden sich fünfzig bis sechzig Yards lange Bänder von Algen hin. Im Hintergrunde der Bucht erhoben schon einzelne Gramineen schüchtern die grünen Spitzchen, darunter die aus den Anden stammende phanerogame Lyella neben solchen, die die Flora des Feuerlandes erzeugte, und auch der einzige Strauch des Landes, die schon erwähnte riesige Kohlart, die wegen ihrer antiskorbutischen Eigenschaften ganz besonders geschätzt wird.

Was die Landsäugetiere betrifft – denn von Seesäugetieren wimmelte es hier –, so habe ich kein einziges zu Gesicht bekommen, auch keine Batrachier oder Reptile. Nur vereinzelte Insekten, Schmetterlinge und andere, zeigten sich hin und wieder, zur Zeit aber noch ohne Flügel, und zwar deshalb, weil sie, ehe sie sich deren bedienen könnten, von den heftigen Luftströmungen auf die rollenden Wogen des Meeres verschlagen worden wären.

Ein- oder zweimal hatte ich mich einer der festen Schaluppen anvertraut, mit denen die Fischer den Windstößen trotzen, die wie Katapulte gegen die Felsen der Kerguelen donnern. Mit diesen Fahrzeugen könnte man die Überfahrt nach Kapstadt wagen und würde, wenn auch nach längerer Zeit, den Hafen gewiß erreichen. Meine Absicht war es indes keineswegs, Christmas-Harbour in einer solchen Nußschale zu verlassen ... nein ich »erhoffte« die Goëlette »Halbrane«, und diese konnte nicht mehr lange ausbleiben.

Bei den Spaziergängen von einer Einbuchtung zur andern sah ich verwundert die verschiedenen Formen dieser zerrissenen Küste, dieses seltsamen Knochengerüstes rein vulkanischen Ursprungs, das jetzt, das weiße Bahrtuch des Winters durchbrechend, die bläulichen Glieder seines Skeletts hervortreten ließ.

Wie packte mich da manchmal die Ungeduld, trotz der weisen Ratschläge meines Gastwirts, der sich in seinem Hause in Christmas-Harbour so glücklich fühlte! Wie selten sind doch in dieser Welt die Leute, die die Praxis des Lebens zu Philosophen gemacht hat. Bei Fenimore Atkins hatte übrigens das Muskelsystem entschieden das Übergewicht über das Nervensystem. Vielleicht war ihm weniger Intelligenz als eine Art Instinkt gegeben. Derlei Leute sind gegen Widerwärtigkeiten des Lebens besser gewappnet, und im ganzen sind ihre Aussichten, das Glück zu finden, vielleicht verheißender.

»Nun, und die ›Halbrane‹? ...« fragte ich ihn jeden Morgen.

»Die ›Halbrane‹, Herr Jeorling? ...« antwortete er dann in zuverlässigstem Tone. »Oh, die wird jedenfalls heute eintreffen, na, und wenn nicht heute, dann morgen! ... Es muß doch unbedingt erst einen Tag vor dem geben, an dem die Flagge des Kapitäns Len Guy an der Einfahrt von Christmas-Harbour flattert!«

Um mein Gesichtsfeld zu erweitern, hätte ich nur den Table-Mount (Tafelberg) zu ersteigen brauchen. In einer Höhe von zwölfhundert Fuß kann man schon vierunddreißig bis fünfunddreißig Meilen (etwa 57 Kilometer) weit sehen, und selbst durch leichten Dunst wäre die

Goëlette vielleicht vierundzwanzig Stunden früher zu bemerken gewesen. An ein Erklimmen dieses Bergs aber, dessen Abhänge bis zum Gipfel hinauf noch mit Schnee bepackt waren, hätte nur ein Tollkopf denken können.

Wenn ich über die Strandflächen hinwanderte, trieb ich nicht selten eine Menge Amphibien in die Flucht, die in das Schmelzwasser tauchten. Die stumpfsinnigen und schwermütigen Pinguine ließen sich durch meine Annäherung indes nicht stören. Hätten sie nicht das charakteristische dumme Aussehen, so wäre man wirklich versucht, sie anzusprechen, vorausgesetzt, daß man sich ihrer schreienden, ohrbetäubenden Sprache bedienen könnte. Die Sturmvögel dagegen, die schwarzen und die weißen Wasserscherer, die Silbertaucher, Seeschwalben und Trauerenten flatterten eiligst von dannen.

Einmal war es mir auch vergönnt, dem Wegzuge eines Albatros beizuwohnen, den die Pinguine mit lautem Krächzen begleiteten, etwa so, als ob ein Freund sie für immer verließe. Diese mächtigen Flieger können, ohne einen Augenblick zu ruhen, Strecken von zweihundert Lieues (1 Lieue = ¾ geographische Meilen) zurücklegen und das mit solcher Schnelligkeit, daß sie sehr lange Strecken in wenigen Stunden durcheilen.

Der Albatros, der erst regungslos auf einem hohen Felsen am Ende der Bucht von Christmas-Harbour saß, schaute dabei auf das Meer hinaus, dessen Brandung wütend gegen die Uferklippen schäumte.

Plötzlich erhob sich der stolze Vogel mit weit ausgespannten Schwingen, angezogenen Beinen und gleich einem Schiffsschnabel vorgestreckten Kopfe, ließ einen scharfen Schrei ertönen, und wenige Minuten später verschwand er schon, in den hohen Luftschichten zu einem schwarzen Punkte zusammengeschrumpft, in den Dunstmassen des Südens.

Zweites Kapitel

Die Goëlette »Halbrane«

Dreihundert Tonnen groß, mit schräg stehenden Masten, was ihr gestattete, auch scharf am Winde noch schnell vorwärts zu kommen, und mit einer Segelausrüstung, die für das Schiff ziemlich reichlich erschien – das war der in Christmas-Harbour erwartete Schoner, die Goëlette »Halbrane«.

An Bord befanden sich ein Kapitän, ein Lieutenant, ein Hochbootsmann, ein Koch und acht Matrosen, zusammen zwölf Mann, die zur Schiffsführung vollständig ausreichten. Sehr fest gebaut, die Schanzkleidung mit Kupfer bezogen, mit angepaßten Segeln versehen und am Achter weit ausladend, machte das seetüchtige, gut steuerbare Fahrzeug mit seiner für Reisen zwischen dem vierzigsten und sechzigsten Grad südlicher Breite berechneten Einrichtung den Werften von Birkenhead alle Ehre.

Diese Mitteilungen erhielt ich, von vielfachen Lobsprüchen untermischt, aus dem Munde des Meister Atkins.

Der Kapitän Len Guy aus Liverpool war zu drei Fünfteln Eigentümer der »Halbrane«, die er seit ungefähr sechs Jahren befehligte. Er befuhr die südlichen Meere Afrikas und Amerikas, wobei er von einer Insel zur andern und von einem Festland zum andern steuerte. Seine Goëlette beschränkte sich auf eine Besatzung von nur zwölf Köpfen, weil sie ausschließlich Handelszwekken diente. Für die Jagd auf Amphibien, Robben und Seekälber hätte es, abgesehen von einer Ausrüstung mit Apparaten, Harpunen, Fischgabeln und dazugehörigen Leinen, einer zahlreicheren Mannschaft bedurft. Ich bemerke auch, daß die »Halbrane« in diesen etwas unsichern Meeresteilen, wo jenerzeit verschiedene Seeräuber ihr Unwesen trieben, und auch in der Nähe recht verdächtiger Inseln, von einem Überfall nicht unvorbereitet überrascht worden wäre: vier kleine Kanonen, eine hinreichende Menge Kugeln und Kartätschenhülsen, eine wohlversorgte Pulverkammer, Gewehre, Pistolen, an einer Flintenbank hängende Karabiner und Schanzkleidungsnetze verliehen ihr weitgehende Sicherheit; die Leute auf dem Schiffe schliefen auch sozusagen immer nur mit einem Auge.

In diesen Gewässern umherzusegeln, ohne solche Vorsichtsmaßregeln getroffen zu haben, wäre auch unverzeihliche Unklugheit gewesen.

Als ich am Morgen des 7. August noch im Halbschlummer lag, wurde ich durch die laute Stimme des Gastwirts und sein ungestümes Pochen an der Tür aus dem Bett gejagt.

»Herr Jeorling, sind Sie wach?«

»Natürlich, Meister Atkins. Wie sollte das einer bei solchem Lärm auch nicht sein?«

»Sechs Meilen weit draußen im Nordosten ist ein Schiff sichtbar, das auf Christmas-Harbour zusteuert!«

»Sollte es die ›Halbrane‹ sein?« rief ich und warf schnell die Kleider über.

»Das wird sich in wenigen Stunden zeigen, Herr Jeorling. Jedenfalls ist es in diesem Jahre das erste Fahrzeug, das unbedingt einen guten Empfang verdient.«

Ich kleidete mich im Handumdrehen an und trollte mit Fenimore Atkins nach dem Kai an eine Stelle, wo sich der Horizont zwischen den beiden Landspitzen von Christmas-Harbour unter weitem Winkel öffnet.

Das Wetter war ziemlich klar, die Dünste über dem Wasser fast verschwunden und ein leichter Wind strich über das weite Meer. Infolge ziemlich regelmäßiger Winde ist der Himmel über dieser Küste der Kerguelen meist reiner als über der entgegengesetzten.

Etwa zwanzig Einwohner, meist Fischer, umringten Meister Atkins, der ohne Widerrede die bedeutendste und geachtetste Persönlichkeit der Insel war und dessen Worten man hier am meisten lauschte.

Der Wind begünstigte gerade die Einfahrt in die Bucht. Bei der eben herrschenden niedrigsten Ebbe aber manövrierte das gemeldete Schiff – ein Schoner – ohne Eile, um jedenfalls die Flut abzuwarten.

Die Männer tauschten ihre Ansichten aus, und ich

folgte sehr gespannt dem Gespräche, ohne mich einzumischen. Die Meinungen erschienen geteilt und wurden von beiden Seiten mit großer Hartnäckigkeit verteidigt.

Ich muß freilich gestehen – und das bekümmerte mich etwas –, daß die Mehrheit der Ansicht war, in jenem Schoner die Goëlette »Halbrane« nicht vor sich zu sehen. Nur zwei oder drei, und darunter der Besitzer des »Grünen Cormoran«, glaubten diese darin zu erkennen.

»Es ist doch die ›Halbrane‹!« wiederholte Atkins. »Der Kapitän Len Guy sollte nicht als erster nach den Kerguelen kommen . . . Das wäre mir! Er ist es, dessen bin ich so sicher, als wenn er schon hier wäre, seine Hand in die meine legte und zur Erneuerung seines Proviants um hundert Piculs Kartoffeln handelte!«

»Ihre Augen sind wohl heute nicht ganz klar, Herr Atkins«, ließ sich ein Fischer vernehmen.

»Jedenfalls klarer als dein Gehirn!« erwiderte der Gastwirt beleidigt.

»Das Schiff dort hat gar nicht den Rumpf eines Engländers«, erklärte ein andrer. »Bei seinem schlanken Vorderteile und der starken Ausbauchung des Mittelteils würde ich es für ein amerikanisches halten.«

»Nein, es ist ein englisches«, widersprach Atkins, »und ich möchte mich fast anheischig machen, zu sagen, wo es vom Stapel gelaufen ist . . . ja, in den Werften von Birkenhead bei Liverpool, wo die ›Halbrane‹ gebaut wurde!«

»Nichts da!« versicherte ein alter Seemann. »Der Schoner da draußen ist in Baltimore bei Nipper und Stronge auf Stapel gelegt worden und das Wasser des Chesapeake hat seinen Kiel zuerst aufgenommen.«

»Sag' doch, das Wasser der Mersey, du Tropf!« erwiderte Meister Atkins. »Putz' einmal deine Fernrohrgläser und sieh zu, welche Flagge nach der Gaffelspitze emporsteigt.«

»Die englische!« riefen jetzt alle Versammelten.

In der Tat entfaltete sich eben das rote Flaggentuch des Vereinigten Königreichs mit dem britischen Jack in der obern innern Ecke.

Jetzt schwand jeder Zweifel, daß es ein englisches

Schiff war, das auf die Einfahrt nach Christmas-Harbour zuhielt; doch wenn das auch feststand, so folgte doch noch nicht, daß es die Goëlette des Kapitäns Len Guy sein mußte.

Zwei Stunden später wäre darüber nicht mehr zu streiten gewesen. Vor der Mittagszeit lag die »Halbrane« schon bei vier Faden Wasser inmitten des Hafens vor Anker.

Meister Atkins begrüßte mit Handbewegungen und lauten Zurufen den Kapitän der »Halbrane«, der sich mir dabei kühler zu verhalten schien.

Als ein guter Vierziger von sanguinischem Temperament, von ebenso solidem Bau wie seine Goëlette, schon ergrauendem Barte, mit schwarzen Augen, deren Pupille unter den dichten Brauen in dunkler Glut leuchtete, gebräunter Haut, schmalen, scharf geschnittenen Lippen, die eine in der mächtigen Kinnlade fest eingewurzelte Zahnreihe erkennen ließen, mit einem durch einen noch rötlichen Knebelbart verlängerten Kinn und kräftigen Armen und Beinen – so erschien mir der Kapitän Len Guy. Sein Gesichtsausdruck war etwas hart, oder mehr kalt, wie der eines verschlossenen Individuums, das seine Geheimnisse nicht leicht preisgibt – das wurde mir noch am nämlichen Tage von einem Manne hinterbracht, der darüber offenbar besser unterrichtet war als Meister Atkins, obgleich der Gastwirt sich als vertrauter Freund des Kapitäns aufzuspielen liebte. Im Grunde konnte sich eigentlich niemand schmeicheln, diese etwas widerspenstige Natur ganz durchschaut zu haben.

Hier sei gleich eingeschoben, daß der von mir erwähnte Mann der Hochbootsmann der »Halbrane« war. Hurliguerly mit Namen, stammte er von der Insel Wight, war vierundvierzig Jahre alt, mittelgroß, untersetzt und kräftig, hatte vom Brustkasten abstehende Arme, etwas gekrümmte Beine, einen kugelrunden Kopf auf einem Stiernacken, sehr breite Brust, die gleich zwei Lungen hätte aufnehmen können – und ich fragte mich, ob er die nicht besäße, so verschwenderisch ging er mit der Luft beim Atmen um – immer blasend, immer schwatzend, mit listigen Augen, lachender Miene, und dabei breitete sich unter den Augen ein Netz von Furchen aus, das von der immerwährenden Zusammenziehung des großen Jochbeinmuskels herrühren mochte. Auch eines Ohrrings – eines einzigen – der vom Ohrläppchen linkerseits herabhing, sei hier erwähnt. Welch ein Unterschied von dem Befehlshaber der Goëlette, und wie konnten zwei so verschiedne Wesen miteinander auskommen! Und doch war das der Fall, denn schon seit fünfzehn Jahren segelten sie miteinander, und zwar zuerst auf der Brigg »Power«, die sechs Jahre vor Anfang unsrer Geschichte gegen den Schoner »Halbrane« vertauscht worden war.

Hurliguerly erfuhr gleich bei seiner Ankunft durch Fenimore Atkins, daß ich mit dem Kapitän Len Guy, wenn dieser damit einverstanden wäre, abzureisen gedächte. Ohne Vorstellung oder sonstige Umschweife trat der Hochbootsmann noch am ersten Nachmittage an mich heran. Er kannte bereits meinen Namen und begann ohne Zögern:

»Guten Tag, Herr Jeorling!«

»Schönen Dank, guter Freund!« antwortete ich. »Was wünschen Sie?«

»Ihnen meine Dienste anzubieten . . .«

»Ihre Dienste? . . . Wozu denn? . . .«

»Nun, wegen Ihrer Absicht, sich an Bord der ›Halbrane‹ einzuschiffen . . .«

»Wer sind Sie denn?«

»Der Hochbootsmann Hurliguerly, so bezeichnet und in der Stammrolle der Besatzung aufgeführt, außerdem ein getreuer Gefährte des Kapitäns Len Guy, der gern auf ihn, das heißt auf mich, hört, obwohl er sonst dafür bekannt ist, daß er auf niemand hört.«

Da kam mir der Gedanke, daß es gut sein möchte, mich dieses sich so gefällig erweisenden Mannes zu bedienen, der seinen Einfluß auf den Kapitän Len Guy gewiß nicht bezweifelte. Ich antwortete also:

»Schön, lieber Freund, so sprechen wir darüber, wenn Sie Ihre Pflicht augenblicklich nicht in Anspruch nimmt.«

»Ich habe zwei Stunden freie Zeit, Herr Jeorling, und heute überhaupt nicht viel zu tun. Morgen sind einige

Warenballen zu löschen, etwas Proviant zu fassen ... doch das ist für die Mannschaft so gut wie eine Ruhezeit. Im Fall Sie ebenso frei sind ... wie ich ...«

Dabei deutete er mit einer Handbewegung nach dem Hintergrunde des Hafens in einer Richtung, die ihm wohlbekannt zu sein schien.

»Können wir denn nicht gleich hier miteinander reden?« bemerkte ich, ihn zurückhaltend.

»Reden, Herr Jeorling, stehenden Fußes reden ... und das mit trockener Kehle, wo wir's so bequem haben, uns bei ein paar Tassen Tee mit Whisky in einer Ecke des ›Grünen Cormoran‹ häuslich niederzulassen? ...«

»Ich trinke keinen Whisky, Hochbootsmann.«

»Tut nichts ... ich trinke für zwei. Oh, glauben Sie nicht, es mit einem Trunksüchtigen zu tun zu haben! ... Nein, niemals mehr als grade genug, doch auch niemals weniger!«

Ich folgte dem Seebären, der offenbar im Fahrwasser der Schänken zu schwimmen gewöhnt war. Und während Meister Atkins auf dem Deck der Goëlette um Ein- und Verkaufspreise feilschte, nahmen wir im großen Zimmer seines Gasthauses Platz. Hier wendete ich mich an den Hochbootsmann mit den Worten:

»Ursprünglich rechnete ich auf Atkins, die Vermittlung zwischen mir und Kapitän Len Guy zu übernehmen, denn er kennt diesen, wenn ich mich nicht täusche, ja sehr genau.«

»Pah!« stieß Hurliguerly hervor. »Fenimore Atkins ist ein ganz braver Mann und der Kapitän achtet ihn auch recht hoch. Mit mir kann er sich aber nicht messen. Lassen Sie mich die Sache ordnen, Herr Jeorling ...«

»Macht sie denn so große Schwierigkeiten, Hochbootsmann, und gibt es keine freie Kabine an Bord der ›Halbrane‹? Ich begnüge mich ja mit der kleinsten und bezahle gern ...«

»Sehr schön Herr Jeorling! Wir haben am Ruff eine Kabine frei, die bisher niemand benützt hat, und wenn's Ihnen auf den Preis nicht zu sehr ankommt – im Fall das notwendig wäre ... doch, unter uns, man muß schon etwas pfiffiger sein, als Sie vielleicht glauben und als es mein alter Freund Atkins ist, um den Kapitän Len Guy zu bestimmen, einen Passagier aufzunehmen! ... Ja, ich sage Ihnen, es gehört die ganze Verschlagenheit des gutmütigen Kerls dazu, der jetzt gleich auf Ihre Gesundheit trinken wird und es nur bedauert, daß Sie ihm nicht Bescheid geben!«

Und wie schaute mich da Hurliguerly mit dem rechten Auge an, während er das linke zukniff! Es schien, als ob alle Lebhaftigkeit, die in seinen beiden Augen wohnte, durch die Pupille des einen hervorstrahlte. Ich brauche wohl kaum zu versichern, daß das Ende dieser langen Phrase bis in ein frisches Glas Whisky reichte, dessen Vorzüglichkeit der Hochbootsmann gewiß zu schätzen wußte, da der »Grüne Cormoran« diesen Stoff ausschließlich aus der Kombüse der »Halbrane« bezog.

Darauf zog der Teufelsbursche eine kurze schwarze Pfeife aus der Tasche, stopfte sie sorgsam, legte auch noch ein loseres Häufchen Tabak darüber, zündete sie an, nachdem er sie fest in die Lücke zwischen zwei Backenzähnen eingeschoben hatte, und hüllte sich nun, wie ein Dampfer bei voller Fahrt, in einen solchen Qualm, daß sein Kopf in einer blaugrauen Wolke fast verschwand.

»Herr Hurliguerly? ...« begann ich wieder.

»Herr Jeorling ...«

»Warum sollte mich Ihr Kapitän denn abweisen?«

»Weil es ihm nie in den Sinn gekommen ist, Passagiere an Bord zu nehmen, und er bisher alle Gesuche dieser Art rundweg abgeschlagen hat.«

»Welchen Grund mag er aber dazu haben?«

»Oh, weil er sich in keiner Weise beschränkt sehen mag, weil er hinfahren will, wo es ihm grade beliebt, jetzt plötzlich umzukehren oder, wenn's ihm einfällt, nach Norden oder Süden, nach Westen oder Osten zu segeln, ohne daß er jemand wissen läßt, warum er das tut. Die südlichen Meere hier verläßt er dabei aber niemals, Herr Jeorling, und so sind wir schon manche schöne Jahre hier zusammen gefahren, zwischen dem östlichen Australien und dem westlichen Amerika, von Hobart-Town nach den Kerguelen, nach Tristan d'Acunha oder den

Falkland-Inseln, wobei wir immer nur so lange am Land lagen, bis unsre Fracht verkauft war. Manchmal drangen wir auch bis zum antarktischen Meere hinunter ... Sie begreifen, daß ein Passagier unter solchen Umständen lästig werden könnte, und wer würde sich auf der ›Halbrane‹ einschiffen wollen, da diese nie einen vorher bestimmten Kurs einhält, sondern eigentlich hinfährt, wohin der Wind sie treibt!«

Ich fragte mich, ob der Hochbootsmann sich nicht ein wenig bemühte, seine Goëlette als eine Art geheimnisvollen Fahrzeugs hinzustellen, das planlos umherschweifte und an den Ankerplätzen kaum rastete, als ein Schiff, das unter Führung eines gespensterhaften Kapitäns durch die hohen Breiten irrte. Doch ohne eine dahin zielende Bemerkung zu machen, sagte ich zu ihm:

»Die ›Halbrane‹ wird von den Kerguelen aber doch nach vier bis fünf Tagen absegeln?«

»Gewiß ...«

»Und diesmal steuert sie nach Westen, um Tristan d'Acunha anzulaufen?«

»Wahrscheinlich.«

»Nun, Hochbootsmann, schon diese Wahrscheinlichkeit genügt mir ja, und da Sie mir Ihre guten Dienste anbieten, ersuche ich Sie, es beim Kapitän Len Guy zu vermitteln, daß er mich als Passagier aufnimmt.«

»Das ist so gut wie abgemacht.«

»Sehr schön, Hurliguerly, Sie sollen es auch nicht zu bereuen haben.«

»Oh, Herr Jeorling«, versicherte dieser seltsame Hochbootsmann, der den Kopf schüttelte, als wäre er eben aus dem Wasser aufgetaucht, »ich habe bisher nie etwas zu bereuen gehabt und weiß, daß das auch nicht der Fall sein wird, wenn ich Ihnen eine Gefälligkeit erweise. Nun erlauben Sie mir aber, mich, ohne die Rückkehr des Freundes Atkins abzuwarten, zu verabschieden und nach meinem Schiffe zu begeben.«

Nachdem er sein letztes Glas Whisky auf einen Zug geleert hatte – ich fürchtete dabei, daß das Glas gleich mit dem Inhalte in seiner Kehle verschwinden werde – lächelte mich Hurliguerly noch gönnerhaft an; dann ging er, den mächtigen Rumpf auf dem Doppelbogen der Beine hin und her wiegend und von den scharfen, seiner Pfeife entströmenden Rauchwolken eingehüllt, hinaus und steuerte in nordöstlicher Richtung vom »Grünen Cormoran« davon.

Ich blieb noch mit recht wechselnden Empfindungen am Tische sitzen. Was war im Grunde dieser Kapitän Len Guy? Meister Atkins hatte ihn mir als tüchtigen Seefahrer und braven Mann geschildert. Ich hatte keine Veranlassung, an dem einen oder dem andern zu zweifeln; jedenfalls war er, nach dem, was mir der Hochbootsmann mitgeteilt hatte, ein origineller Charakter. Nie war mir aber in den Sinn gekommen, daß mein Gesuch, mit der »Halbrane« zu reisen, Schwierigkeiten begegnen könnte, nachdem ich erklärt hatte, nicht auf den Fahrpreis zu sehen und mich der gewohnten Lebensweise an Bord zu fügen. Welchen Grund hatte der Kapitän Len Guy also, mein Gesuch abzuschlagen?... Höchstens könnte ich vermuten, daß er sich durch die Mitanwesenheit eines Passagiers nicht binden und sich nicht verpflichten wollte, nach einem vorher bestimmten Orte zu segeln, wenn es ihm im Laufe der Fahrt einfiel, nach einem beliebigen andern zu steuern. Vielleicht hatte er aber auch besondre Gründe, zu vermeiden, daß ein Fremder in seine Art und Weise umherzufahren, Einblick bekäme. Führte er etwa Contrebande oder betrieb er Sklavenhandel, ein Geschäft, das jenerzeit in den südlichen Meeren noch lebhaft im Schwange war? Das wäre immerhin möglich, obwohl mein würdiger Gasthalter für die »Halbrane« und ihren Kapitän so warm eintrat. Fenimore Atkins garantierte für die Ehrbarkeit des Schiffes, wie für die seines Befehlshabers!... Das war ja schon etwas wert, wenn er sich nicht in bezug auf beide täuschte. Er kannte ja den Kapitän Len Guy nicht weiter, als daß er ihn jährlich einmal sah, wenn dieser die Kerguelen anlief, wo er ganz ordnungsgemäße Geschäfte erledigte, die keinerlei Verdacht aufkommen lassen konnten.

Andrerseits fragte ich mich, ob der Hochbootsmann, in der Absicht, dem Anerbieten seiner Dienste mehr Bedeutung zu verleihen, die Verhältnisse nicht falsch dargestellt habe. Vielleicht war der Kapitän sehr befriedigt, sehr glücklich darüber, einen so fügsamen Passagier an Bord zu bekommen, wie ich mir einer zu sein vorgenommen hatte, und der gleichzeitig nach dem Fahrpreis nicht groß fragte.

Eine Stunde später traf ich mit dem Gastwirt auf dem Kai zusammen und teilte ihm mit, was ich erfahren hatte.

»Ah, dieser verteufelte Hurliguerly«, rief er da, »der bleibt doch immer der alte! Seinen Reden nach müßte man glauben, daß der Kapitän sich nicht die Nase putzte, ohne ihn erst um Rat zu fragen! Na, es ist eben ein drolliger Kauz, der Hochbootsmann, mein Herr Jeorling. Weder bösartig noch dumm, zieht er doch dem Gottseibeiuns die Dollars gern aus der Tasche. Fallen Sie ihm in die Hände, dann Gnade Ihrem Geldbeutel! Knöpfen Sie ja Weste und Hosentasche zu und lassen Sie sich nicht übers Ohr hauen!«

»Danke für den guten Rat, Atkins! Doch sagen Sie, haben Sie mit dem Kapitän schon gesprochen, schon etwas ausgemacht?«

»Noch nicht, Herr Jeorling. Dazu haben wir Zeit. Die ›Halbrane‹ ist ja kaum eingelaufen und hat sich vor ihrem Anker noch nicht einmal nach dem Ebbestrom gedreht.«

»Mag sein . . . doch . . . Sie begreifen, daß ich baldmöglichst wissen möchte, woran ich bin.«

»Nur ein wenig Geduld!«

»Es drängt mich aber zu erfahren, wie die Sache steht.«

»Oh, Sie haben nichts zu fürchten, Herr Jeorling! . . . Das macht sich schließlich ganz allein! – Und wenn's die ›Halbrane‹ nicht wäre, kommen Sie auch nicht in Verlegenheit. In der Fangzeit wird Christmas-Harbour bald mehr Schiffe zählen, als rings um den ›Grünen Cormoran‹ Häuser stehen. Verlassen Sie sich getrost auf mich; ich stehe für Ihre Einschiffung ein!«

Das waren freilich auch nur schöne Worte, von dem Hochbootsmann auf der einen und von Meister Atkins auf der andern Seite. Trotz ihrer Versprechungen beschloß ich, mich selbst an den wenn auch noch so unzugänglichen Kapitän Len Guy zu wenden und ihm mein Anliegen vorzutragen, sobald ich seiner allein habhaft werden konnte.

Diese Gelegenheit bot sich erst am folgenden Tage. Ich war immer am Kai auf und ab gegangen, betrachtete mir den Schoner, ein auffallend gebautes, doch gewiß recht schönes Schiff. Das ist auch notwendig in diesen Meeren, wo man Eisbergen zuweilen noch diesseits des fünfzigsten Breitengrades begegnet.

Es war am Nachmittage. Bei meiner Annäherung an Kapitän Len Guy bemerkte ich, daß er mir gern ausgewichen wäre.

In Christmas-Harbour versteht es sich von selbst, daß sich die kleine Fischerbevölkerung kaum erneuert. Einzelne Einwohner der Kerguelen mögen wohl gelegentlich auf Schiffen, die in dieser Jahreszeit hier in großer Zahl eintreffen, Dienste nehmen, um fehlende oder davongelaufene Mannschaften zu ersetzen. Im Grunde verändert sich die Bevölkerung aber nicht, und der Kapitän Len Guy mußte gewiß alle Bewohner hier kennen.

Einige Wochen später, wenn die ganze Fischerflotte ihre Besatzungen nach den Kais gehen ließ, wo dann bis zur Beendigung der Saison ein ungewohntes Leben und Treiben herrschte, hätte er sich wohl täuschen können. Heute aber, im Monat August, lag die »Halbrane«, die sich den außergewöhnlich milden Winter zunutze gemacht hatte, allein mitten im Hafen.

Es war demnach unmöglich, daß der Kapitän Len Guy in mir nicht einen Fremden gewittert hätte, selbst wenn der Hochbootsmann und der Gastwirt ihm mein Anliegen noch nicht vorgetragen hatten.

Seine Haltung verriet mir augenblicklich nur, daß ihm mein Gesuch entweder schon mitgeteilt war und er ihm keine Folge geben wollte oder daß weder Hurliguerly noch Atkins seit gestern ihm davon gesprochen hatten. Wenn er sich – den letzten Fall angenommen – von mir entfernte, so folgte er dabei nur seiner wenig mitteilsamen Natur und zeigte, daß er zu einem Unbekannten in keine Beziehung treten wollte.

Ich wurde nun allgemach ungeduldig. Wenn dieser Seeigel mich abwies, dann würde ich mich dabei bescheiden. Mich auch gegen seinen Willen an Bord der »Halbrane« einzuschiffen, kam mir gar nicht in den Sinn. Ich war ja nicht einmal ein Landsmann von ihm und überdies gab es auf den Kerguelen keinen amerikanischen Konsul oder Agenten, bei dem ich mich hätte beklagen können. Vor allem galt es mir ja zu wissen, woran ich war, und wenn ich wirklich einem »Nein!« des Kapitäns Len Guy begegnete, nun, dann mußte ich eben die Ankunft eines andern, gefälligeren Schiffs abwarten, was mich auch nur noch zwei oder drei Wochen zurückhalten konnte.

Gerade als ich auf den Kapitän zutreten wollte, näherte sich ihm der Lieutenant der Goëlette. Jener benützte die Gelegenheit, sich zu entfernen, und während er dem Offizier winkte, ihm zu folgen, ging er am Hafen weiter und verschwand bald hinter einem Felsen, um den der Weg nach dem nördlichen Ufer der Bucht führte.

»Zum Teufel!« dachte ich. »Es scheint mir doch schwierig zu werden, zu meinem Ziele zu kommen! Indes – vorläufig ist die Sache nur aufgeschoben. Morgen begeb' ich mich frühzeitig an Bord der ›Halbrane‹. Ob er nun will oder nicht, anhören muß mich dieser Len Guy doch, dann mag er mit ›Ja‹ oder ›Nein‹ antworten!«

Es war auch nicht ausgeschlossen, daß der Kapitän Len Guy zur Essenszeit nach dem »Grünen Cormoran« kam, wo die Seeleute während ihres Aufenthaltes zu frühstücken und zu Mittag zu speisen pflegten. Nach mehrmonatiger Seefahrt wechselt ja jeder gern einmal mit der Speisekarte, die so lange Zeit nur Schiffszwieback und Pökelfleisch aufwies.

Das verlangt sogar die Erhaltung der Gesundheit; doch während die Mannschaften frische Nahrungsmittel geliefert bekommen, ziehen es die Offiziere vor, im Gasthaus zu essen. Ich zweifelte gar nicht daran, daß mein Freund Fenimore Atkins vorbereitet sein werde, den Kapitän, den Lieutenant und den Hochbootsmann der Goëlette zu verpflegen.

Ich wartete also und setzte mich erst sehr spät zu Tische – sollte aber eine Enttäuschung erfahren.

Weder der Kapitän Len Guy noch einer von seinem Schiffe beehrte den »Grünen Cormoran« mit seiner Anwesenheit. Wie bereits seit zwei Monaten, mußte ich auch heute allein speisen, denn es ist ja erklärlich, daß sich zahlreiche Gäste bei Meister Atkins erst in der Fangperiode einstellten.

Nach beendigter Mahlzeit, gegen halb acht Uhr, war es schon dunkel geworden, und ich erging mich noch ein wenig an der Seite der Häuser längs des Hafens.

Der Kai war menschenleer. Von den Fenstern des Gasthauses fiel einiges Licht darüber. Von der Besatzung der »Halbrane« befand sich kein Mann am Lande. Die Boote waren hinaufgezogen und schaukelten bei dem leichten Wellenschlage der steigenden Flut an ihren Hißtauen.

Der Schoner bildete wirklich eine Art Kaserne, wo man die Insassen mit Sonnenuntergang zum Niederlegen anhält. Diese Maßregel mochte vorzüglich dem Schwätzer und Trinker Hurliguerly zuwider sein, denn diesem wär' es meiner Ansicht nach während des Aufenthalts am Lande gewiß lieber gewesen, von einer Schänke zur andern zu laufen. Doch von ihm sah ich jetzt nicht mehr als von seinem Kapitän in der Nähe des »Grünen Cormoran«.

Ich verweilte bis neun Uhr und ging immer die hundert Schritte gegenüber der Goëlette auf und ab. Nach und nach verschwand das Fahrzeug in der zunehmenden Dunkelheit. Im Wasser der Bucht glänzte nur noch ein schmaler Lichtstreifen von der Laterne des Vorderschiffes, die am Stagseile des Fockmastes hing.

Nach dem Gasthause zurückgekehrt, fand ich Fenimore Atkins seine Pfeife rauchend vor der Tür.

»Es scheint mir, Atkins«, begann ich, »daß der Kapitän Len Guy es nicht liebt, Ihr Gasthaus aufzusuchen.«

»Er kommt zuweilen des Sonntags, heute haben wir Sonnabend, Herr Jeorling.«

»Sie haben ihn noch nicht gesprochen?«

»O doch«, antwortete der Gastwirt, aber mit offenbar verlegnem Ausdruck.

»Sie haben ihm mitgeteilt, daß jemand aus Ihrer Bekanntschaft sich an Bord der ›Halbrane‹ einzuschiffen wünschte? . . .«

»Jawohl.«

»Und wie fiel seine Antwort darauf aus?«

»Nicht so, wie ich es wollte und wie Sie es wünschen, Herr Jeorling.«

»Er schlägt es ab? . . .«

»Ja, wenn man das dafür ansieht, daß er mir sagte: ›Atkins, meine Goëlette ist nicht darauf eingerichtet, Passagiere mitzunehmen . . . Ich habe solche noch niemals aufgenommen und denke es auch später nie zu tun.‹«

Drittes Kapitel

Der Kapitän Len Guy

Ich schlief ziemlich schlecht. Mehrmals »träumte ich, daß ich träumte«, Edgar Poe hat übrigens schon beobachtet, daß man, wenn man zu träumen vermutet, meist gleich aufwacht.

Ich erwachte also, und zwar ziemlich mißgestimmt gegen den Kapitän Len Guy. Der Gedanke, mich bei ihrer Abfahrt auf der »Halbrane« einzuschiffen, hatte sich in meinem Kopfe nun einmal festgesetzt. Meister Atkins hatte mir ja grade dieses Schiff, das Christmas-Harbour alljährlich als das erste anlief, ganz besonders empfohlen. Die Tage und die Stunden zählend, hatte ich mich im Geiste schon so oft an Bord dieser Goëlette gesehen, während sie, draußen vor dem Archipel den Vordersteven nach Westen gewendet, der amerikanischen Küste zusteuerte. Mein Gastwirt setzte keinen Zweifel in das Entgegenkommen des Kapitäns Len Guy, das ja eigentlich in seinem Interesse lag. Es kommt sonst fast nie vor, daß ein Handelsschiff die Aufnahme eines Passagiers verweigert, wenn es dadurch nicht gezwungen wird, von seinem Reisewege abzuweichen, und jener die Mitfahrt gut bezahlt. – Wer hätte auch etwas andres glauben sollen?...

Allmählich ergrimmte ich wirklich gegen den ungefälligen Mann. Die Galle lief mir über und meine Nerven fingen an, sich zu spannen. Hier stellte sich mir ein Hindernis in den Weg, vor dem ich mich aufbäumte.

Bei meiner fieberhaften Erregung hatte ich eine sehr schlechte Nacht und fand erst gegen Tagesanbruch einige Ruhe.

Übrigens blieb ich entschlossen, mich mit dem Kapitän über sein beklagenswertes Benehmen gegen mich auseinanderzusetzen. Vielleicht richtete ich bei diesem Stacheligel gar nichts aus, mindestens aber sollte ausgesprochen sein, was ich auf dem Herzen hatte.

Meister Atkins hatte sich im Gespräche mit jenem nur die schon erwähnte Antwort geholt. Ob der gefällige Hurliguerly, der es so dringlich zu haben schien, mir seinen Einfluß und seine Dienste anzubieten, es auch gewagt hatte, sein Versprechen zu halten, wußte ich nicht, da er mir noch nicht wieder zu Gesicht gekommen war. Jedenfalls würde er auch nicht glücklicher gewesen sein als der Wirt vom »Grünen Cormoran«.

Gegen acht Uhr früh ging ich aus. Es war abscheulich draußen, das reine Hundewetter, wie man zu sagen pflegt. Regen mit Schnee vermengt, der über die im Westen gelegnen Berge herübertobte, während aus den niederen Schichten Wolkenmassen herunterwirbelten – eine richtige Lawine aus Luft und Wasser. Daß der Kapitän Len Guy jetzt ans Land gegangen wäre, um bis auf die Knochen naß zu werden, war nicht anzunehmen.

In der Tat befand sich keine Seele auf dem Kai. Einige Fischerboote mochten den Hafen schon vor dem Unwetter verlassen haben und hatten jetzt wahrscheinlich in einer der vielen kleinen Buchten, die gegen Wasser und Wind geschützt waren, Unterkommen gesucht. Um an Bord der »Halbrane« zu gelangen, hätte ich eines ihrer Boote herüberrufen müssen, und der Hochbootsmann würde es schwerlich auf sich genommen haben, ein solches zu senden.

»Übrigens« – so dachte ich – »auf dem Deck seiner Goëlette ist der Kapitän bei sich zu Hause, und für das, was ich ihm antworten möchte, wenn er bei seiner unhöflichen Weigerung beharrt, eignet sich ein neutrales Gebiet entschieden besser. Ich werde von meinem Fenster aus nach ihm ausschauen, und wenn sein Gig ihn am Kai landet, soll er mir nicht wieder entgehen!«

Nach dem »Grünen Cormoran« zurückgekehrt, nahm ich hinter einer von Wasser überrieselten Fensterscheibe Platz, deren Beschlag an der Innenseite ich abgewischt hatte, und kümmerte mich nicht weiter um den Sturmwind, der sich im Schornstein fing und die Asche aus dem Kamine trieb.

Hier wartete ich ... nervös, ungeduldig, an meiner Trense nagend und in immer zunehmender Erregung.

So verflossen zwei Stunden, und wie das bei der Unbeständigkeit der Winde an den Kerguelen vorkommt: Das Wetter beruhigte sich eher, als ich mich fassen lernte.

Gegen elf Uhr überwogen schon die hohen Wolken aus dem Osten, und der Sturm schlief jenseits der Berge langsam ein.

Ich öffnete das Fenster.

In diesem Augenblicke wurde ein Boot der »Halbrane« zum Niederlassen zurechtgemacht. Ein Matrose stieg hinein und ergriff allein zwei Riemen, während ein Mann sich im Hinterteil niedersetzte, ohne die Ruderpinne anzufassen. Zwischen dem Schoner und dem Kai lag nur eine Strecke von fünfzig Toisen. Das Gig legte an, der Mann sprang ans Land.

Es war der Kapitän Len Guy.

Binnen wenigen Sekunden hatte ich die Schwelle des Gasthauses überschritten und stand sehr bald vor dem Kapitän, der eine Begegnung mit mir, so wenig ihm daran gelegen schien, doch nicht zu vereiteln wußte.

»Herr Kapitän ...« begann ich trocknen und kalten Tones, so kalten wie die Luft, seit der Wind nach Osten umgesprungen war.

Der Kapitän Len Guy sah mich fest an, ich wurde

aber betroffen durch den traurigen Ausdruck seiner nachtschwarzen Augen. Dann fragte er mit tiefer, nur flüsternder Stimme:

»Sie sind ein Fremder?«

»Auf den Kerguelen ... ja«, gab ich zur Antwort.

»Von englischer Nationalität? ...«

»Nein ... von amerikanischer.«

Er begrüßte mich mit leichter Verbeugung und ich tat desgleichen.

»Herr Kapitän«, fuhr ich dann fort, »ich habe Ursache zu glauben, daß der Meister Atkins vom ›Grünen Cormoran‹ Ihnen einen mich betreffenden Vorschlag unterbreitet hat. Dieser Vorschlag oder dieses Gesuch verdiente meiner Meinung nach wohl eine günstige Aufnahme bei einem ...«

»Der Vorschlag, auf meiner Goëlette mitzureisen? ...« unterbrach mich Kapitän Len Guy.

»Ganz richtig.«

»Ich bedauere, mein Herr, diesem Wunsche nicht entsprechen zu können ...«

»Würden Sie mir auch mitteilen, warum?«

»Weil ich nie gewöhnt war, Passagiere an Bord zu haben – das der erste Grund.«

»Und der zweite, Herr Kapitän?«

»Weil die Reiseroute der ›Halbrane‹ nie im voraus bestimmt wird. Sie segelt nach dem einen Hafen oder geht nach einem andern, wie ich das eben für vorteilhafter erachte. Lassen Sie sich gesagt sein, mein Herr, daß ich nicht im Dienste eines Reeders stehe. Die Goëlette ist zum größten Teil mein persönliches Eigentum, und ich habe für ihre Fahrten von niemand Segelordre zu empfangen.«

»So hängt es also ausschließlich nur von Ihnen ab, mir die Mitfahrt zu gestatten.«

»Gewiß; doch ich kann Ihnen zu meinem größten Bedauern nur eine abschlägige Antwort geben.«

»Vielleicht ändern Sie Ihre Anschauung, Herr Kapitän, wenn ich Ihnen sage, daß es mir ganz gleichgültig ist, wohin Ihre Goëlette geht. Es ist doch wohl anzunehmen, daß sie überhaupt irgendwohin segelt ...«

»Irgendwohin . . . ja freilich!«

Da schien es mir, als ob der Kapitän einen langen Blick nach dem südlichen Horizont hinaussendete.

»Nun, Herr Kapitän«, nahm ich wieder das Wort, »hier- oder dorthin zu gehen gilt mir fast ganz gleich. Mich verlangt vor allem nur, von den Kerguelen mit der ersten sich darbietenden Gelegenheit wegzukommen.«

Der Kapitän Len Guy erwiderte nichts, sondern blieb in Nachdenken versunken, ohne daß er sich jedoch von mir wegstehlen zu wollen schien.

»Sie erweisen mir wohl wenigstens die Ehre, mich anzuhören, Herr Kapitän?« fragte ich in ziemlich lebhaftem Tone.

»Warum sollte ich das nicht, mein Herr!«

»Nun, wenn ich mich nicht verhörte und die Reiseroute Ihrer Goëlette keine Veränderung erlitten hat, so hatten Sie die Absicht, von Christmas-Harbour nach Tristan d'Acunha zu segeln.«

»Vielleicht nach Tristan d'Acunha . . . vielleicht nach dem Kap . . . oder nach den Falkland-Inseln . . . vielleicht noch anderswohin . . .«

»Schön, Kapitän Guy, eben ›anderswohin‹ wollt' ich gelangen!« antwortete ich ironisch, mußte mich aber anstrengen, meine Erregung zurückzudämmen.

Da trat eine seltsame Änderung in der Haltung des Kaptiäns Len Guy ein. Seine Stimme wurde härter. In kurzen, nicht mißzuverstehenden Worten sagte er mir, daß jedes weitere Drängen unnütz sei, daß unsere Verhandlung schon zu lange gedauert und er Eile habe, da ihn Geschäfte nach dem Hafenkontor riefen, kurz, daß wir, und in hinreichender Weise, uns alles gesagt hätten, was wir einander zu sagen haben könnten.

Ich hatte den Arm ausgestreckt, um ihn zurückzuhalten – ihn zu packen, wäre das richtige Wort –, und das schon zu Anfang nicht gut verlaufende Gespräch drohte dann ein noch schlimmeres Ende zu nehmen, als der sonderbare Mann sich noch einmal zu mir umdrehte und in weit milderem Tone sagte:

»Glauben Sie mir, mein Herr, daß es mir sehr unangenehm ist, Ihrem Wunsche nicht entsprechen zu können und gegen einen Amerikaner so wenig Gefälligkeit zeigen zu müssen. Ich kann mein Verhalten aber nicht ändern. Während der Fahrt der ›Halbrane‹ könnte sich der oder jener unvorhergesehene Zwischenfall ereignen, bei dem die Anwesenheit eines Passagiers – und auch eines so fügsamen wie Sie – störend wirken würde. Ich liefe damit Gefahr, nicht alle versprechenden Umstände, auf die ich immer ein Auge habe, ausnützen zu können.«

»Ich habe es schon ausgesprochen und wiederhole Ihnen hiermit, Herr Kapitän, daß es mir, wenn ich auch nach Connecticut in Amerika zurückzukehren beabsichtige, doch ganz gleichgültig ist, ob das in drei oder in sechs Monaten, auf dem einen oder einem andern Wege geschieht, selbst wenn Ihre Goëlette bis in die Antarktischen Meere vordränge . . .«

»In die Antarktischen Meere!« rief der Kapitän mit fast fragender Stimme und sein Blick schien mir ins Herz zu dringen, als ob er Spitzen hätte.

»Warum erwähnen Sie die Antarktischen Meere?« begann er wieder, meine Hand ergreifend.

»Oh, ganz so, wie ich von den nördlichen Meeren, vom Nord- oder Südpole hätte reden können . . .«

Der Kapitän Len Guy antwortete nicht. Ich glaubte in seinen Augen eine Träne schimmern zu sehen. Dann sagte er, einen andern Gedankengang aufnehmend, als wollte er sich einer schmerzlichen Erinnerung entreißen:

»Ja, dieser Südpol, wer sollte sich dahin wagen . . .«

»Ihn zu erreichen ist freilich schwierig und wäre von keinem Nutzen«, erklärte ich. »Zuweilen tauchen ja abenteuerlustige Charaktere auf, die sich in ein solches Unternehmen stürzen wollen . . .«

»Ja . . . abenteuerlustige! . . .« murmelte der Kapitän Len Guy.

»Doch, halt«, fuhr ich fort, »die Vereinigten Staaten machen eben noch einen solchen Versuch, und zwar mit dem Geschwader Charles Wilkes', dem ›Vancouver‹, dem ›Peacock‹, der ›Purpoise‹, dem ›Flying-Fish‹ und mehreren Begleitschiffen.«

»Die Vereinigten Staaten, Herr Jeorling? . . . Sie behaupten, daß von der Bundesregierung eine Expedition nach den Antarktischen Meeren gesendet sei?«

»Das ist Tatsache, und im vergangenen Jahre hörte ich, daß diese Expedition schon ausgelaufen sei. Jetzt ist seitdem ein Jahr verstrichen und es ist leicht möglich, daß der wagemutige Wilkes schon weiter als andere Entdeckungsreisende vor ihm vorgedrungen wäre.«

Der Kapitän Len Guy war völlig stumm geworden und unterbrach sein unerklärliches Stillschweigen nur, um zu sagen:

»Sollte es Wilkes tatsächlich gelungen sein, den Polarkreis zu überschreiten und das Packeis zu durchbrechen, so wird er doch nicht höher hinaufdringen können ...«

»Als seine Vorgänger Bellingshausen, Forster, Kendall, Biscoe, Morrell, Kemps, Beleny ...«, fiel ich ein.

»Und als ...« setzte der Kapitän Len Guy hinzu.

»Von wem wollten Sie noch sprechen?«

»Sie sind aus Connecticut gebürtig, mein Herr?« fragte er plötzlich.

»Aus Connecticut.«

»Und dort woher? ...«

»Aus Providence.«

»Kennen Sie die Insel Nantucket?«

»Gewiß, von mehreren Besuchen derselben her.«

»Dann wissen Sie, glaub' ich, auch«, sagte der Kapitän Len Guy, mir scharf ins Auge sehend, »daß Ihr Romandichter Edgar Poe seinen Helden Arthur Gordon Pym von dort herstammen läßt.«

»Richtig«, antwortete ich, »dessen erinnere ich mich, der Anfang dieses Romans spielt auf der Insel Nantucket.«

»Sie sagen, dieses Romans?«» ... Bedienten Sie sich wirklich des Wortes ›Roman‹?«

»Ohne Zweifel, Herr Kapitän!«

»Ja, ja ... Sie reden eben wie alle Welt. Doch entschuldigen Sie, mein Herr, ich kann nicht länger verweilen ... Ich bedauere ... aufrichtig ... Glauben Sie, wenn es mir möglich gewesen wäre ... doch glauben Sie nicht, daß eine weitere Erwähnung meine Entscheidung über Ihren Vorschlag zu ändern vermöchte. Übrigens werden Sie nur wenige Tage zu warten brauchen. Jetzt beginnt hier die Saison, wo Handelsschiffe und Walfänger in Christmas-Harbour erscheinen, und Sie haben dann die Wahl, sich auf dem einen oder dem andern einzuschiffen, gleichzeitig mit der Gewißheit, dahin befördert zu werden, wohin Sie es wünschen. Ich bedauere lebhaft . . . und empfehle mich Ihnen!«

Mit diesen Worten zog sich der Kapitän Len Guy zurück, und das Gespräch endete also ganz anders, als ich gefürchtet hatte – in ziemlich höflicher, wenn auch förmlicher Weise.

Da es zu nichts dient, sich gegen das Unmögliche aufzulehnen, gab ich die Hoffnung, mit der »Halbrane« zu fahren, auf, bewahrte aber meinen Groll gegen deren so wenig zuvorkommenden Kapitän. Ich will nur ehrlich zugestehen, daß meine Neugierde erwacht war. Ich witterte ein Geheimnis im Grunde dieser Seemannsseele und wäre gar zu gern dahintergekommen. Die unerwartete Wendung bei unserm Gespräch, die so plötzliche Erwähnung des Namens Arthur Pym, die Fragen über die Insel Nantucket, die Wirkung meiner Mitteilung, daß zur Zeit unter der Führung Wilkes' eine Forschungsreise nach dem südlichen Eismeere im Gange sei, seine Versicherung, daß kein amerikanischer Seemann weiter vordringen werde, als . . . Ja, von wem wollte der Kapitän Len Guy denn sprechen? . . . Alles das war doch geeignet, in mir ganz seltsame Gedanken zu erwecken.

Am nämlichen Tage erkundigte sich Meister Atkins noch, ob sich der Kapitän Len Guy etwas weniger abweisend gezeigt und mir vielleicht schon zugestanden habe, eine Kabine der Goëlette einzunehmen. Ich mußte dem Gastwirt erklären, daß ich mit meinen Verhandlungen nicht glücklicher als er gewesen sei, was ihn ziemlich stark überraschte. Er begriff die Halsstarrigkeit und Weigerung des Kapitäns nicht . . . wollte ihn gar nicht wiedererkennen. Woher mochte diese Veränderung kommen? Noch mehr persönlich berührte es ihn, daß der »Grüne Cormoran«, ganz entgegen der sonstigen Gepflogenheit während des Aufenthalts der »Halbrane«, weder von der Besatzung noch von den Offizieren besucht wurde. Es schien, als gehorchte die Mannschaft einem ausdrücklichen Befehle. Nur zwei- oder dreimal erschien der Hochbootsmann im Gastzimmer des Wirtshauses – das war alles. Meister Atkins fühlte sich darum natürlich höchst enttäuscht.

Was Hurliguerly betraf, erkannte ich, daß er nach seinen ersten, etwas voreiligen Versprechungen weitere unnütze Beziehungen zu mir nicht mehr zu unterhalten suchte. Ob er seinen Vorgesetzten zu meinen Gunsten zu beeinflusen gesucht hatte, konnte ich freilich nicht sagen.

Im Laufe der drei folgenden Tage, am 10., 11. und 12. August, wurde an Bord der Goëlette an deren Verproviantierung und einigen Ausbesserungen gearbeitet. Man sah die Mannschaft auf dem Decke hin und her gehen, die Matrosen die Masten erklettern, das laufende Gut untersuchen, die Strickleitern und Stagtaue nachspannen, die während der letzten Fahrt etwas erschlafft waren, ferner die obere Wand und die Schanzkleidung, die vom Anprall der Wogen entfärbt waren, neu anstreichen, sah sie frische Segel an den Rahen befestigen oder alte so weit ausbessern, daß sie bei gutem Wetter noch benutzt werden konnten, und da und dort die Nähte am Rumpf und am Verdeck mit kräftigen Hammerschlägen frisch kalfatern.

Diese Arbeiten gingen in großer Ordnung vor sich, ohne das Schreien, Rufen und Streiten, das man bei Matrosen, die still vor Anker liegen, gewöhnlich beobachtet. Die »Halbrane« mußte ebenso gut befehligt wie ihre Mannschaft diszipliniert und schweigsam sein. Nur der Hochbootsmann mochte sich von seinen Kameraden unterscheiden, denn mir schien es, als ob er stets zu lachen, zu scherzen und zu schwatzen bereit wäre – wenn er nicht etwa nur auf dem Lande seiner Zunge so freien Lauf ließ.

Schließlich verlautete, daß die Abfahrt der Goëlette auf den 15. August festgesetzt sei, und am Abend vorher hatte ich noch keine Ursache zu glauben, daß der Kapitän Len Guy von seiner so bestimmten Absage zurückgetreten wäre.

Ich dachte auch kaum noch an die Sache und hatte mich in das Unvermeidliche gefügt, ebenso wie mir jede Lust, mich zu beklagen, vergangen war. Wenn wir, der Kapitän Len Guy und ich, uns auf dem Kai begegneten, sah es aus, als hätten wir uns nie gekannt und fast noch niemals gesehen. Er ging an der einen Seite, ich an der andern vorüber. Ich muß jedoch einfügen, daß mir seine Haltung ein- oder zweimal etwas zögernd erschien, so als wollte er mich anreden, als würde er durch eine geheime Macht dazu getrieben. Getan hat er es nicht und ich war nicht der Mann dazu, eine neue Auseinandersetzung an den Haaren herbeizuziehen. Überdies – ich erfuhr das am nämlichen Tage – hatte sich Fenimore Atkins gegen mein bestimmtes Verbot noch einmal, und wiederum erfolglos, in meiner Angelegenheit an den Kapitän Len Guy gewendet. Nein, diese Sache war »abgetan«, wie man zu sagen pflegt, wenn das auch mit der Ansicht des Hochbootsmanns nicht übereinstimmte.

Vom Wirt des »Grünen Cormoran« darum befragt, bestritt Hurliguerly, daß die Partie gänzlich verloren sei.

»Möglicherweise«, wiederholte er, »hat der Kapitän sein letztes Wort doch noch nicht gesprochen!«

Auf die Redereien dieses Schwätzers zu vertrauen, wäre indes dasselbe gewesen, wie die Einfügung eines falschen Gliedes in eine Gleichung, und ich versichere hier, daß mich die bevorstehende Abfahrt des Schoners bereits ganz kalt ließ. Ich dachte nur noch daran, das Erscheinen eines andern Schiffes vor den Kerguelen abzuwarten.

»Noch eine oder höchstens zwei Wochen«, versicherte mir der Gastwirt, »und Sie werden glücklicher sein, Herr Jeorling, als bei dem Kapitän Len Guy. Gewiß findet sich mehr als einer, der mit Vergnügen bereit . . .«

»Das glaub' ich, Atkins, vergessen Sie aber nicht, daß die meisten zum Fang an den Kerguelen bestimmten Schiffe hier fünf bis sechs Monate liegen bleiben, und so lange darf ich mit der Abreise nicht warten.«

»Die meisten, doch nicht alle, Herr Jeorling, nicht alle

Schiffe! Manche berühren Christmas-Harbour nur ganz flüchtig. Es wird sich schon eine gute Gelegenheit bieten und Sie nicht bereuen lassen, auf der ›Halbrane‹ keine Aufnahme gefunden zu haben.«

»Ich weiß nun nicht, ob ich etwas zu bereuen gehabt hätte oder nicht; gewiß ist aber, daß es in den Sternen geschrieben stand, daß ich die Kerguelen als Fahrgast der Goëlette verlassen und daß sie mich den außerordentlichsten Abenteuern, die die Seeannalen bis dahin zu verzeichnen hatten, entgegenführen sollte.

Gegen halb acht Uhr am Abend des 14. August, als die Nacht die Insel schon einhüllte, schlenderte ich nach dem Essen auf dem Kai im Norden der Bucht umher. Das Wetter war trocken, der Himmel mit Sternen besät, die Luft lebhaft bewegt, und es herrschte eine fast schneidende Kälte. Unter diesen Umständen konnte dieser Spaziergang nicht weit ausgedehnt werden.

Eine halbe Stunde später machte ich mich deshalb schon wieder nach dem »Grünen Cormoran« auf den Weg – da kreuzte meine Schritte eine Männergestalt, zauderte erst ein wenig, kehrte dann um und blieb vor mir stehen.

Es war zu dunkel, als daß ich die Persönlichkeit gleich hätte erkennen können. Nach der so charakteristisch flüsternden Stimme zu urteilen, konnte ich mich kaum täuschen, daß ich den Kapitän Len Guy vor mir hatte.

»Herr Jeorling«, begann er, »morgen soll die Goëlette wieder unter Segel gehen . . . morgen früh . . . mit Eintritt der Ebbe . . .«

»Wozu nützt es, mir das mitzuteilen, da Sie sich ja doch weigern . . .«

»Ich habe mir die Sache überlegt, und wenn Sie nicht andern Sinnes geworden sind, so stellen Sie sich morgen früh um sieben an Bord ein.«

»Wahrlich, Herr Kapitän, ich glaubte kaum, daß Sie auf diese Angelegenheit noch einmal zurückkommen würden.«

»Wie gesagt, ich habe mir's noch einmal überlegt und kann auch hinzufügen, daß die ›Halbrane‹ geraden Wegs nach Tristan d'Acunha gehen wird, was ja, wie ich annehme, Ihren Wünschen entspricht.«

»Vollkommen, Herr Kapitän. Morgen früh um sieben werd' ich an Bord sein . . .«

»Wo Ihre Kabine bereitsteht.«

»Was nun den Fahrpreis angeht . . .«, sagte ich.

»Oh, das ordnen wir später«, antwortete der Kapitän Len Guy, »und jedenfalls zu Ihrer Zufriedenheit. Auf morgen also . . .«

»Auf Wiedersehen morgen!«

Ich hatte dem sonderbaren Manne die Hand entgegengestreckt, um unser Abkommen zu bekräftigen. Jedenfalls bemerkte er das der Dunkelheit wegen nicht, denn er tat nicht dasselbe, sondern entfernte sich raschen Schrittes nach seinem Boote zu, das ihn mit wenigen Ruderschlägen nach dem Schoner zurückbrachte.

Ich war höchst erstaunt und in nicht geringerem Grade auch Meister Atkins, als er nach meiner Rückkehr in den »Grünen Cormoran« von dem Vorgefallenen hörte.

»Da haben wir's!« rief er. »Der alte Fuchs, der Hurliguerly, hat doch recht gehabt! . . . Das ändert natürlich nichts an der Tatsache, daß sein Teufel von Kapitän launenhaft wie ein schlecht erzogenes Mädchen ist. Wenn er seine Anschauung nur nicht im letzten Augenblicke noch einmal wechselt!«

Das war ja gar nicht annehmbar, und bei weiterer Überlegung sagte ich mir, daß seine Handlungsweise weder von Phantasie noch von Laune diktiert sei. Zog der Kapitän Len Guy seine Weigerung zurück, so leitete ihn sicher ein gewisses Interesse zu dem Wunsche, mich als Passagier zu haben. Meiner Ansicht nach rührte dieser Sinneswechsel – ich wußte das wie durch eine Art Offenbarung – von den Äußerungen her, die ich über Connecticut und die Insel Nantucket hatte fallenlassen. Inwiefern das für ihn Interesse haben konnte, das mir zu erklären, überließ ich ruhig der Zukunft.

Meine Vorbereitungen waren bald beendigt. Ich gehöre übrigens zu den praktischen Reisenden, die sich nicht mit Gepäckstücken überlasten, und würde eine Reise um die Erde mit einer Geldkatze an der Seite und einem Köfferchen in der Hand unternehmen. Meine hauptsächlichsten Effekten bestanden in den Pelzsachen, deren man bei Seefahrten durch die hohen Breiten nicht entraten kann. Schon wenn man den südlichen Teil des Atlantischen Ozeans bereist, sind derartige Vorsichtsmaßregeln ein Gebot einfacher Klugheit.

Am andern Morgen, dem 15., verabschiedete ich mich schon vor Tagesanbruch von dem wackern, würdigen Atkins. Ich hatte die Aufmerksamkeit und das Zuvorkommen meines Landsmannes nur zu loben, der sich nach den Desolationsinseln verbannt hatte, wo er mit den Seinigen im ganzen glücklich und zufrieden lebte. Der dienstfertige Gastwirt schien sich durch den Dank, den ich ihm aussprach, sehr geschmeichelt zu fühlen. In Vertretung meiner Interessen hatte er es nun eilig, mich an Bord zu wissen, da er noch immer fürchtete – so drückte er sich aus –, daß der Kapitän seit gestern »seine Halsen gewechselt haben könnte«. Er wiederholte mir das eindringlich und gestand zu, daß er in der Nacht mehrmals ans Fenster getreten sei, um sich zu überzeugen, daß die »Halbrane« noch inmitten des Hafenbekkens vor Anker liege. Von dieser Unruhe – die ich keineswegs teilte – wurde er nicht eher befreit, als bis das Morgenrot am Himmel glühte.

Meister Atkins wollte mich an Bord begleiten, um dem Kapitän Len Guy und dem Hochbootsmann ein Lebewohl zu sagen. Am Kai wartete ein Boot, das uns beide nach der Falltreppe der Goëlette beförderte, die sich bei der Ebbeströmung schon gedreht hatte.

Der erste, dem ich auf dem Verdeck begegnete, war Hurliguerly. Er warf mir einen triumphierenden Blick zu, der mir deutlich sagte:

»Na, da sehen Sie's ja! Unser Kapitän, der erst so große Schwierigkeiten machte, hat Sie schließlich doch aufgenommen. Wem anders verdanken Sie das, als der braven Teerjacke von Hochbootsmann, der Ihnen bestens gedient und seinen Einfluß nicht überschätzt hatte!«

Ob es sich so verhielt? . . . Ich hatte alle Ursache, das nicht ohne starke Reserve anzunehmen. Doch gleichviel; die »Halbrane« sollte jetzt die Anker lichten, und ich befand mich glücklich an Bord.

Der Kapitän Len Guy erschien fast sofort auf dem Deck. Ich dachte gar nicht daran, mich zu verwundern, daß er meine Anwesenheit kaum zu bemerken schien.

Die Arbeiten zur Abfahrt hatten begonnen, die Segel waren aus ihren Hüllen genommen und Drissen und Schoten zurecht gebracht. Auf dem Vorderteil überwachte der Lieutenant das Drehen des Gangspills, und der Anker mußte bald aus dem Wasser auftauchen.

Da trat Meister Atkins an den Kapitän Len Guy heran und sagte mit verbindlicher Stimme:

»Auf Wiedersehen im nächsten Jahre!«

»Wenn es Gott gefällt, Herr Atkins!«

Damit drückten sich beide die Hände. Dann faßte auch der Hochbootsmann noch kräftig die des Gastwirts vom »Grünen Cormoran«, den das Boot nach dem Kai zurückbeförderte.

Um acht Uhr, als der Ebbestrom am mächtigsten war, hißte die »Halbrane« ihre untern Segel, nahm die Halsen an Backbord, manövrierte so, um aus dem Becken von Christmas-Harbour bei einer leichten Nordbrise herauszukommen, und wendete sich, auf freiem Wasser angelangt, nach Nordwesten.

Mit den letzten Stunden des Nachmittags verschwanden die weißen Gipfel des Table-Mount und Havergal, zwei Bergspitzen, die sich, die eine auf zwei-, die andere auf dreitausend Fuß über die Meeresfläche erheben.

Viertes Kapitel

Von den Kerguelen nach der Prinz-Eduard-Insel

Vielleicht noch nie gestaltete sich der Anfang einer Seefahrt so glücklich! Und – ein ganz unerwarteter Umstand – statt daß ich bei einer unbegreiflichen Weigerung des Kapitän Len Guy noch einige Wochen in Christmas-Harbour festgelegen hätte, führte mich jetzt ein günstiger leichter Wind weit von der Inselgruppe und bei kaum bewegtem Meere mit der Geschwindigkeit von acht bis neun Meilen in der Stunde hinweg.

Das Innere der »Halbrane« entsprach ihrem Äußern – überall, im Ruff wie im Volkslogis, herrschte die peinliche Sauberkeit einer holländischen Galeote.

Am Vorderteil des Deckhauses, an der Backbordseite, befand sich die Kabine des Kapitäns Len Guy, der durch ein aufschlagbares Glasfenster das Deck überwachen und seine Befehle den Wachposten, die zwischen Groß- und Fockmast standen, nötigenfalls unmittelbar erteilen konnte. Am Steuerbord wiederholte sich dieselbe Einrichtung für den Lieutenant. Beide verfügten über ein schmales Matratzenlager, einen mäßig großen Wandschrank und hatten in jeder Kabine einen im Fußboden befestigten Tisch und eine Schwebelampe, die über verschiedenen nautischen Instrumenten, einem Barometer, einem Quecksilber-Thermometer, einem Seechronometer und über einem Sextanten hing, der aus dem Ausschnitte seines eichnen Kastens nur herausgenommen wurde, wenn der Kapitän eine Höhenbeobachtung anstellen wollte.

Zwei andre Kabinen waren in das Hinterteil des Deckhauses eingebaut, das im mittleren Teil noch einen Raum hatte, worin zwischen Holzbänken mit beweglichen Rücklehnen die Speisetafel sich befand.

Eine dieser Kabinen war zu meiner Aufnahme eingerichtet. Sie wurde durch zwei Fenster erhellt, deren eines nach der Seite des Deckhauses, das andre nach dem Hinterteile des Schiffes zu lag. Hier stand der Steuermann am Rade des Ruders, worüber sich das untere Rundholz des Gaffelsegels bis einige Fuß über die Schanzkleidung des Sternes hinaus erstreckte.

Meine Kabine maß acht zu fünf Fuß. An die unvermeidliche Beschränkung auf einem Seeschiffe gewöhnt, brauchte ich weder mehr Raum noch eine reichlichere Ausstattung desselben. Diese bestand hier aus einem Tische, einem Wandschranke, einem Rohrlehnstuhle, einer Toilette auf Eisenfüßen und einer Lagerstatt, über die sich wohl der weniger fügsame, magerste Passagier beklagt hätte. Jetzt handelte es sich ja aber nur um eine kurze Überfahrt, da mich die »Halbrane« an Tristan d'Acunha absetzen sollte. Ich bezog also die enge Kabine, die mich nur vier bis fünf Wochen lang beherbergen sollte.

Beim Fockmast und nahezu in der Mitte war die Küche angebracht, die außerdem durch kräftige Seisinge festgehalten wurde. Noch weiter nach vorn lag, mit einer kleinen Treppenkappe, die mit einer großen Wachsleinwanddecke verhüllte Luke, von der aus eine Leiter nach der Mannschaftswohnung und dem Zwischendeck hinabführte. Bei schlechtem Wetter wurde dieser Eingang hermetisch abgeschlossen, so daß auch kein übergenommenes Wasser eindringen konnte, wenn die Wogen sich an den Wangen des Fahrzeugs brachen.

Die acht Mann der Besatzung hießen: Martin Holt (Segelmeister); Hardie (Kalfatermeister); Rogers, Drap, Francis, Gratian, Burry und Stern (Matrosen von fünfundzwanzig bis fünfunddreißig Jahren). Alle Engländer von den Küsten des Ärmel- und des St.-Georges-Kanals, waren sie tüchtige und erfahrene Seeleute und unter einer eisernen Hand von bemerkenswert guter Disziplin.

Hier sei aber gleich hinzugefügt, daß der Mann mit außergewöhnlicher Energie, dem sie auf ein Wort, auf einen Wink gehorchten, nicht der Kapitän der »Halbrane« war, sondern deren zweiter Offizier, der damals im zweiunddreißigsten Jahre stehende Lieutenant Jem West.

Ich habe bei meinen vielen Reisen über verschiedene Ozeane nie einen so stählernen Charakter getroffen. Jem West war auf dem Meere geboren und hatte von Kindesbeinen an nirgends anders verweilt, als auf einem von seinem Vater geführten Frachtschiffe, auf dem überhaupt seine ganze Familie wohnte. Solange er lebte, hatte er nie andre Luft geatmet als die des Kanals, des Atlantischen oder des Stillen Weltmeers. Lag das Schiff still, so betrat er das Land auch nur notgedrungen in dienstlichen Angelegenheiten, die mit Hafenbehörden oder Händlern zu erledigen waren. Mußte er von einem Schiff auf ein anderes übergehen, so trug er seinen Leinensack dahin, ließ aber dabei kein Wort fallen. Ein Seemann mit Leib und Seele, machte sein Beruf sein ganzes Leben aus. Segelte er nicht tatsächlich, so fuhr er doch in Gedanken umher. Nachdem er Schiffsjunge, Leichtmatrose und Vollmatrose gewesen war, wurde er Schiemann (d. i. Aufseher über Segel und Pumpen), dann Hochbootsmann und schließlich Lieutenant auf der »Halbrane«, wo er unter dem Kommando des Kapitäns Len Guy nun schon seit sechs Jahren die Stelle des zweiten Offiziers einnahm.

Jem West hatte nicht einmal den Ehrgeiz, noch höher steigen zu wollen; ein Vermögen zu sammeln lag nicht in seiner Absicht, so betrieb er auch weder den Einkauf noch den Verkauf von Frachtgut. Solches ordentlich zu verstauen – ja, denn eine sachgemäße Frachtverteilung ist die erste Bedingung für gutes Segeln eines Schiffes. Im übrigen verstand sich Jem West wie kaum ein anderer auf alles, was zur Navigation gehört, auf die Herstellung der Takelage, die beste Ausnützung der Segelwirkung, das Manövrieren bei jeder Gangart, auf die Maßregeln beim Landen und beim Vorankergehen, auf den Kampf gegen Wind und Wetter, die Beobachtung der Länge und Breite, kurz, auf alles, was die wunderbare Maschine, die man ein Segelschiff nennt, anging.

Seinem Äußern nach erschien der Lieutenant als mittelgroß, eher mager, ganz Nerv und Muskel, von kräftigen Gliedern, mit der Behendigkeit des Akrobaten; dazu hatte er das Seemanns-Auge, das sehr weit und ausnehmend scharf sieht, sonnengebräuntes Gesicht, kurzes, steifes Haar, bartlose Wangen und Kinn, regelmäßige Züge, einen Energie verratenden Ausdruck und eine Unerschrockenheit und Körperkraft, die ihresgleichen suchten.

Jem West sprach sehr wenig und nur, wenn man ihn fragte. Er erteilte seine Befehle mit klarer Stimme, in kurzen Worten, die er nicht wiederholte, doch so, daß er schon das erste Mal verstanden werden mußte und ... die Leute verstanden ihn auch.

Ich mache ausdrücklich auf diesen Typus eines Offiziers der Handelsflotte aufmerksam, der dem Kapitän

Len Guy ebenso wie der Goëlette »Halbrane« mit Leib und Seele ergeben war. Es machte den Eindruck, als ob er eines der lebenswichtigen Organe seines Schiffes bildete, als ob diese Vereinigung von Holz, Eisen, Leinwand, Kupfer und Hanf ihre Lebensfähigkeit von ihm erhielte und als ob eine vollkommene Identität zwischen dem einen, dem Bauwerk des Menschen, und dem andern, dem Geschöpfe Gottes, bestände. Und wenn die »Halbrane« ein Herz hatte, dann klopfte es gewiß in der Brust Jem Wests.

Zur Vervollständigung der Schilderung der Mannschaft führe ich hier noch den Schiffskoch an – einen Neger von der afrikanischen Küste, namens Endicott, der, jetzt dreißig Jahre alt, schon seit acht Jahren den Dienst als »Coy« oder Koch unter dem Befehl des Kapitäns Len Guy versah. Der Hochbootsmann und er standen im besten Einvernehmen und schwatzten oft kameradschaftlich miteinander. Hurliguerly glaubte sich übrigens im Besitze mancher trefflichen Küchenrezepte, die Endicott zuweilen auszuführen suchte, ohne je damit bei seinen Tischgästen Aufsehen zu erregen.

Die »Halbrane« war unter den günstigsten Umständen abgefahren. Es herrschte eine lebhafte Kälte, denn unter dem achtundvierzigsten Grade südlicher Breite ist in diesen Teilen des Großen Ozeans noch vollständiger Winter. Das Meer war aber ruhig und darüber wehte ein leichter, beständiger Ostsüdostwind. Wenn diese Witterung – wie zu erwarten und zu wünschen war – anhielt, so brauchten wir unsre Segelstellung voraussichtlich nicht ein einziges Mal zu verändern und hatten höchstens die Taue ein wenig nachzulassen, um bis nach Tristan d'Acunha hinauf zu gelangen.

Das Leben an Bord verlief sehr regelmäßig, sehr einfach und – was freilich nur auf dem Meere Geltung hat – in einer Eintönigkeit, die doch eines gewissen Reizes nicht entbehrte. Zu Schiffe zu sein, das ist die Ruhe in der Bewegung, das Schaukeln im Traume, und ich beklagte mich nicht über meine Isoliertheit. Höchstens hätte meine Neugierde gern über eines Befriedigung verlangt: Warum mochte sich der Kapitän Len Guy bezüglich seiner anfänglichen, mich betreffenden Weigerung plötzlich eines andern besonnen haben? Den Lieutenant darüber zu fragen wäre verlorene Mühe gewesen, und dieser kannte die Geheimnisse seines Vorgesetzten vielleicht auch gar nicht. Das hatte nichts zu tun mit seinem Dienste, und er bekümmerte sich, wie bereits erwähnt, ja um nichts, was außerhalb seiner Dienstespflichten lag. Durch die einsilbigen Antworten Jem Wests hätte ich auch im besten Falle nicht viel erfahren. Während der Mahlzeiten am Vormittage und am Abend wurden kaum zehn Worte gewechselt. Ich muß aber gestehen, daß ich den Blick des Kapitäns Len Guy häufig starr auf meine Person gerichtet sah, als wollte der Mann mich nach etwas fragen. Es hatte den Anschein, als wünsche er von mir etwas zu erfahren, während im Gegenteil ich es war, der etwas von ihm erfahren wollte. Tatsächlich blieben wir, der eine wie der andre, stumm.

Hätt' ich das Verlangen empfunden, nur zu schwätzen, so braucht' ich mich nur an den Hochbootsmann zu wenden, der war ja immer bereit, »ein Garn zu spinnen«. Was hätte er mir aber besonders Interessantes sagen können? Er unterließ es übrigens nie, mir mit unveränderlicher Weitschweifigkeit guten Tag und gute Nacht zu sagen. Dann fragte er, ob ich mit dem Leben an Bord zufrieden sei . . . ob mir genügte, was die Kombüse (Küche) lieferte . . . oder ob ich wünschte, daß er bei diesem Mohrenkopf Endicott einmal gewisse Gerichte nach seinen Rezepten bestellen solle u. dgl.

»Ich danke Ihnen, Hurliguerly«, antwortete ich eines Tages. »Ich bin mit dem gewöhnlichen Küchenzettel zufrieden . . . er bietet ja genug, und bei Ihrem Freunde im ›Grünen Cormoran‹ bin ich auch nicht besser bedient worden.«

»Ah, dieser Teufel von Atkins! . . . Im Grunde übrigens ein braver Mann!«

»Das mein' ich auch.«

»Begreift es ein Mensch aber, Herr Jeorling, daß er, ein Amerikaner, sich samt seiner Familie nach den Kerguelen verbannen konnte?«

»Oh . . . warum denn nicht?«

»Und daß er sich da glücklich fühlt?«

»Nun, ich finde das nicht so ungereimt, Hochbootsmann!«

»Na, wenn Atkins etwa mit mir tauschen wollte, da sollte er schön ankommen! – Ich schmeichle mir, das angenehmste Leben von der Welt zu führen!«

»Meinen Glückwunsch dazu, Hurliguerly!«

»Und glauben Sie mir, Herr Jeorling, wenn man seinen Seemannssack an Bord eines Schiffes wie der ›Halbrane‹ bringen konnte, so ist das ein Glücksfall, der einem im Leben nicht zweimal begegnet. Unser Kapitän spricht nicht viel, das ist wohl wahr, und unser Lieutenant gebraucht die Zunge noch weniger . . .«

»Das hab' ich auch bemerkt!« fiel ich ein.

». . . Tut aber nichts, Herr Jeorling, es sind doch zwei tüchtige Seeleute, das versichere ich Ihnen! Sie werden es bedauern, wenn Sie sich in Tristan d'Acunha ausschiffen . . .«

»Es freut mich, das von Ihnen zu hören, Hochbootsmann.«

»Und bei dem stehenden Südost, der uns in die Flanke bläst, sowie bei dem ruhigen Wasser, das sich nur etwas hebt, wenn es Pottfische oder Wale von unten her in Bewegung bringen, wird das nicht so lange dauern. Sie werden's ja sehen, Herr Jeorling, daß wir kaum zehn Tage brauchen, um die dreizehnhundert Meilen von den Kerguelen bis zu den Prinz-Eduard-Inseln zu verschlingen, und höchstens fünfzehn Tage für die zweitausenddreihundert Meilen, die die letzteren von Tristan d'Acunha trennen.«

»Solche Prophezeiungen sind unnütz, Hochbootsmann. Zunächst müßte die Witterung so bleiben wie bisher, und wer lügen will, braucht nur das Wetter vorherzusagen . . . Das ist ein altes Seemannssprichwort, das man nie vergessen soll!«

Diesmal traf die Vorhersage ein: Das Wetter blieb beständig. Am Nachmittage des 18. August meldete die Wache unter 42 Grad 59 Minuten südlicher Breite und 47 Grad östlicher Länge vor Steuerbord die Bergspitzen der Crozetgruppe, deren Gipfel zwischen sechs- bis siebenhundert Toisen (1170 bis 1365 Meter) über das Meer aufsteigen.

Am nächsten Tage ließen wir die nur während der Fangzeit besuchten Inseln Possession und Schveine an Backbord liegen. Zur Zeit hatten diese als einzige Bewohner nur eine Menge von Vögeln, Herden von Pinguinen, große Völker von Chionis, die ähnlich wie die Tauben fliegen und von den Walfängern deshalb »White-pigeons« (Weiße Tauben) genannt worden sind. Über den phantastischen Schluchten des Crozetberges drängten sich in mächtigen, runzligen Massen die Gletscherströme hinab, und noch einige Stunden lang konnte ich die Umrisse des Berges erkennen. Dann verschwamm alles zu einem weißlichen Scheine, der sich am Horizonte hinzog und über den nur noch die schneebedeckten Gipfel der Gruppe emporragten.

Die Annäherung eines Landes hat immer ein besonderes Interesse. Mir kam da gelegentlich der Gedanke, daß der Kapitän Len Guy jetzt vielleicht das gegen seinen Fahrgast beobachtete Schweigen brechen würde. Er tat es aber nicht.

Bewahrheiteten sich die Prophezeiungen des Hochbootsmanns, so konnten kaum drei Tage verstreichen, bis die Bergspitzen der Marion- und der Prinz-Eduard-Inseln im Nordwesten auftauchten, an denen übrigens nicht angelegt werden sollte. Erst bei Tristan d'Acunha wollte die »Halbrane« ihren Wasservorrat erneuern.

Ich erwartete also, daß die Einförmigkeit unserer Fahrt bis dahin von keinerlei Zwischenfall unterbrochen werden würde. Am Morgen des 20. aber, als Jem West nach der ersten Beobachtung des Stundenwinkels eben die Wache hatte, erschien zu meiner größten Verwunderung der Kapitän Len Guy auf dem Verdeck, ging längs des Deckhauses hin und stellte sich auf dem Hinterteile vor das Kompaßhäuschen, dessen Scheibe er – wohl mehr aus Gewohnheit, als weil es jetzt gerade nötig gewesen wäre – beobachtete.

Ich saß dicht am Hackbord, und wenn ich auch nicht sagen kann, ob der Kapitän mich bemerkt hatte oder nicht, so erregte doch meine Anwesenheit seine Aufmerksamkeit jedenfalls in keiner Weise.

Ich war entschlossen, mich um ihn nicht mehr zu bekümmern, als er es mir gegenüber tat, und blieb also ruhig am Barkholz gelehnt.

Der Kapitän Len Guy machte einige Schritte, beugte sich über die Schanzkleidung hinaus und betrachtete den langen feinen Streifen Kielwasser, den die schlank gebaute und schnell dahingleitende Goëlette wie ein Band feiner Spitzen nach sich zog.

Hier konnte man nur von einer einzigen Person gehört werden – von dem Manne am Ruder – jetzt dem Matrosen Stern – der, die Hand an den Griffen des Steuerrades, die »Halbrane« immer in den richtigen Kurs zurückbrachte, wenn sie, wie auf hohem Meer häufig, etwas davon abwich.

Immerhin schien es, als ob der Kapitän Len Guy darauf nicht im mindesten achtete, denn plötzlich näherte er sich mir und begann, wie immer mit Flüsterstimme:

»Herr Jeorling ... ich hätte etwas mit Ihnen zu sprechen ...«

»Bitte, Herr Kapitän, ich bin ganz Ohr.«

»Bisher tat ich es nicht ... offen gestanden, ich bin nicht zum Plaudern geschaffen ... Und dann ... hätten Sie an meiner Unterhaltung Interesse genommen?«

»Sie tun unrecht, daran zu zweifeln«, erwiderte ich, »Ihre Worte wären für mich gewiß stets hochinteressant gewesen.«

Ich glaube nicht, daß er hierin eine Ironie fand, mindestens verriet er das nicht.

»Ich bin zu Ihren Diensten«, setzte ich hinzu.

Der Kapitän Len Guy schien zu zaudern, denn seine Haltung zeigte, daß er, auf dem Punkte zu reden, sich wieder fragte, ob er nicht besser schwiege.

»Herr Jeorling«, nahm er endlich das Wort, »haben Sie sich zu ergründen bemüht, warum ich bezüglich Ihrer Einschiffung zuletzt andern Sinnes wurde?«

»Versucht hab' ich's wohl, gelungen ist es mir nicht, Herr Kapitän. Vielleicht meinten Sie als Engländer, da Sie keinen Landsmann vor sich hatten, davon absehen zu können, ihm ...«

»Nein, nein, Herr Jeorling; gerade weil Sie Amerikaner sind, kam ich zuletzt zu dem andern Entschlusse, Ihnen die Überfahrt auf der ›Halbrane‹ anzubieten.«

»Weil ich Amerikaner bin? . . .« versetzte ich, durch dieses Geständnis überrascht.

»Und besonders . . . weil Sie aus Connecticut sind.«

»Ich verstehe Sie nicht . . .«

»Sie werden mich verstehen, wenn ich hinzufüge, daß es meiner Meinung nach, da Sie aus Connecticut sind und die Insel Nantucket besucht haben, möglich war, daß Sie die Familie Arthur Gordon Pyms kennengelernt hätten.«

»Jenes Helden, dessen wunderbare Abenteuer unser großer Romandichter Edgar Poe geschildert hat?«

»Derselbe, Herr Jeorling . . . eine Schilderung, die er nach der Handschrift wiedergegeben hat, worin alle Einzelheiten jener außerordentlichen und unheilvollen Reise durch das Antarktische Meer aufgezeichnet sind!«

Ich fand hierauf keine Antwort und fragte mich heimlich, mit wem ich es hier zu tun habe.

»Sie haben meine Frage gehört«, fuhr der Kapitän Len Guy etwas drängender fort.

»Ja . . . gewiß . . . Herr Kapitän . . . ich weiß nur nicht, ob ich Sie richtig verstanden habe.«

»So werd' ich sie in noch klareren Worten wiederholen, Herr Jeorling, denn ich wünsche darauf eine bestimmte Antwort.«

»Es wird mich sehr freuen, Sie befriedigen zu können.«

»Ich frage also, ob Sie in Connecticut mit der Familie Pym, die auf der Insel Nantucket wohnte und in verwandtschaftlicher Beziehung zu einem der geachtetsten Attorneys des Staates stand, etwa persönlich bekannt waren. Der Vater Arthur Pyms, ein Schiffslieferant, galt für einen der bedeutendsten Händler der Insel. Dessen Sohn nun wurde in die Abenteuer verwickelt, deren seltsame Verkettung Edgar Poe nach mündlicher Überlieferung des jungen Mannes geschildert hat.«

»Diese Verkettung hätte auch noch seltsamer ausfallen können, Herr Kapitän, da die ganze Erzählung ja der unerschöpflichen Phantasie unsres großen Dichters entsprungen ist. Das Ganze ist ja die reine Erfindung . . .«

»Die reine Erfindung! . . .«

Auf jedes dieser drei Worte legte der Kapitän Len Guy, während er dreimal die Achseln zuckte, einen immer höhern Ton.

»Sie, Herr Jeorling«, fuhr er fort, »glauben also auch nicht . . .«

»Weder ich noch überhaupt jemand glaubt an eine tatsächliche Unterlage jener Schilderungen, und Sie, Kapitän Guy, sind der erste, von dem ich behaupten höre, daß sie kein Roman seien . . .«

»Hören Sie nur weiter, Herr Jeorling. Wenn jener ›Roman‹ – wie Sie ihn zu bezeichnen lieben – auch erst im letzten Jahre erschien, so ist er doch nicht minder wahr. Sind auch schon elf Jahre seit den darin berichteten Ereignissen verflossen, so beruhen diese doch auf Wahrheit, und man wartet noch immer auf die Lösung eines Rätsels, die vielleicht nie gefunden wird!«

Offenbar war der Kapitän Guy . . . übergeschnappt und stand unter dem Einflusse einer Krise, die seine geistigen Fähigkeiten verwirrte. Doch wenn er den Verstand verloren hatte, war zum Glück Jem West noch da, ihn in der Führung der Goëlette zu ersetzen. Ich konnte jenem wohl weiter zuhören, und da ich den Roman Edgar Poes nach wiederholter Durchlesung gründlich kannte, war ich nur neugierig auf das, was der Kapitän darüber sagen würde.

»Ist es denn möglich, Herr Jeorling«, nahm er wieder das Wort, diesmal mit schärferer Betonung und einer Stimme, die eine gewisse nervöse Erregung deutlich genug verriet, »daß Sie die Familie Pym nicht gekannt hätten, ihr weder in Providence noch auf Nantucket begegnet wären? . . .«

»Weder da noch anderswo«, versicherte ich.

»Mag sein! Doch hüten Sie sich zu behaupten, daß es diese Familie nicht gegeben habe, daß Arthur Gordon Pym nur eine erfundene Persönlichkeit und seine ganze Fahrt ein Phantasiegebilde sei! . . . Ja, hüten Sie sich davor ebenso, wie vor der Ableugnung der Dogmen unserer heiligen Religion! ... Wäre ein Mensch – und selbst Ihr Edgar Poe – imstande gewesen, so etwas zu erfinden, zu erschaffen? ...«

Bei der zunehmenden Heftigkeit des Kapitän Guy hielt ich es für angezeigt, seine Monomanie zu respektieren und seine Worte ohne Widerspruch hinzunehmen.

»Jetzt, mein werter Herr«, faselte er weiter, »merken Sie wohl auf die Tatsachen, die ich anführen werde ... sie sind an sich bewiesen und machen eine Diskussion darüber unnötig. Sie mögen daraus Schlüsse ziehen, wie es Ihnen beliebt ... Ich hoffe aber, Sie werden es mich nicht beklagen lassen, Ihrem Wunsche, auf der ›Halbrane‹ mitzusegeln, entsprochen zu haben!«

Das war deutlich genug gesagt, und ich machte ein Zeichen der Zustimmung. Tatsachen ... Tatsachen, die einem halb außer Ordnung geratenen Gehirn entstammten? ... Das versprach merkwürdig zu werden.

»Als der Bericht Edgar Poes im Jahre 1838 erschien, befand ich mich in New York«, fuhr der Kapitän Len Guy fort. »Augenblicklich eilte ich da nach Baltimore, wo die Familie des Verfassers wohnte, dessen Großvater im Unabhängigkeitskriege als Generalquartiermeister gedient hatte. Sie geben, wie ich vermute, doch die Existenz der Familie Poe zu, wenn Sie auch die der Familie Pym ableugnen?«

Ich blieb stumm, da ich es vorzog, meinen Partner bei seinen abschweifenden Auslassungen nicht weiter zu unterbrechen.

»Ich erkundigte mich«, berichtete er weiter, »nach gewissen Einzelheiten über Edgar Poe. Man bezeichnete mir seine Wohnung und ich begab mich dahin. Erste Enttäuschung! Er hatte Amerika damals schon verlassen, und ich konnte ihn nicht sehen ...«

Mir erschien das als ein unglücklicher Zufall, denn in Anbetracht der wunderbaren Befähigung Edgar Poes zum Studium der verschiedenen Geistesstörungen, hätte er in unserm Kapitän ein ganz vollendetes Muster gefunden.

»Bedauerlicherweise«, fuhr der Kapitän Len Guy

fort, »war es mir nach diesem Mißerfolg bezüglich Edgar Poes ebenso unmöglich, von Arthur Gordon Pym weitere Aufklärungen zu erhalten ... Dieser kühne Pionier der antarktischen Gebiete war bereits tot ... Wie es der amerikanische Dichter am Schlusse seines Berichtes mitgeteilt hatte, war Pyms Ableben der Allgemeinheit auch durch die Tagesblätter schon bekanntgeworden.«

Was der Kapitän eben sagte, beruhte auf Wahrheit; in Übereinstimmung mit allen Lesern des Romans hielt ich jene Erklärung nur für einen Kunstgriff, einen Trick des Dichters. Meiner Ansicht nach gab der Verfasser, der ein so hervorragendes Werk seiner Einbildungskraft nicht durch eine greifbare Lösung des Knotens schließen konnte und mochte, damit zu verstehen, daß der Inhalt der letzten drei Kapitel nicht auf Überlieferung Arthur Pyms selbst fußte, welch letzterer sein Leben unter überraschenden und beklagenswerten Umständen, die er der Öffentlichkeit vorenthielt, geschlossen hatte.

»Da Edgar Poe also«, sprach der Kapitän weiter, »abwesend und Arthur Pym schon tot war, hatte ich nur noch die eine Aufgabe, den Mann zu finden, der Arthurs Reisegefährte gewesen war, jenen Dirk Peters, der ihm bis zur letzten Eisbarre der höchsten Breiten folgte, von wo beide – wie, das weiß kein Mensch – zurückkehrten. Auch ob Arthur Pym und Dirk Peters den Rückweg zusammen gemacht hatten, verschwieg leider der Bericht, in dem sich auch an andern Stellen manche unaufgeklärte Punkte finden. Jedenfalls wies Edgar Poe aber darauf hin, daß der in Illinois wohnende Dirk Peters in der Lage sein werde, einige Mitteilung über die nicht unmittelbar überlieferten Kapitel zu machen. Ich reiste nun sofort nach Illinois, wo ich in Springfield eintraf. Hier unterrichtete ich mich über den Gesuchten, einen Mestizen von indianischer Abkunft, der sich in dem Flecken Vandalia aufhielt. Dahin begab ich mich ...«

»Ohne ihn zu finden?« konnte ich mich nicht enthalten, lächelnd einzuschieben.

»Zweite Enttäuschung: Er war nicht da, Herr Jeorling, oder er war, richtiger, nicht mehr da. Schon seit einer Reihe von Jahren hatte dieser Dirk Peters Illinois, sogar die Vereinigten Staaten verlassen, um ... keiner weiß wohin zu gehen. In Vandalia hab' ich aber doch Leute gesprochen, die ihn gekannt haben, bei denen er zuletzt wohnte ... denen er seine Abenteuer erzählt hatte, ohne sich über deren schließlichen Ausgang zu verbreiten, über jenes Geheimnis, dessen einziger Besitzer er ist!«

Wie ... jener Dirk Peters hatte gelebt ... lebte noch? ... Ich war nahe daran, mich von den so bestimmten Erklärungen des Befehlshabers der »Halbrane« gefangennehmen zu lassen ... Ja, noch einen Augenblick, und es wäre auch mit mir nicht mehr ganz richtig gewesen.

Welch tolle Geschichten wohnten doch im Gehirn des Kapitäns Len Guy und zu welch tiefer Stufe geistiger Verkommenheit war er schon herabgesunken!

Er lebte in der Einbildung, eine Reise nach Illinois gemacht und in Vandalia Leute gesehen zu haben, die Dirk Peters gekannt hatten! – Daß dieser Mann verschwunden war, glaub' ich gern, weil er nie anderswo als im Gehirn des Romandichters existiert hatte.

Ich wollte aber dem Kapitän Len Guy nicht entgegentreten, um keine Verschlimmerung der jetzigen Krise zu veranlassen.

So gab ich mir den Anschein, alles zu glauben, was er vorbrachte, selbst als er hinzufügte:

»Es wird Ihnen nicht entgangen sein, Herr Jeorling, daß in dem Bericht von einer Flasche die Rede ist, einer Flasche mit einem versiegelten Schreiben, die der Kapitän der Goëlette, auf der Arthur Pym sich befand, am Fuße einer Bergspitze der Kerguelen niedergelegt hatte? ...«

»Das wird in der Tat erwähnt«, bestätigte ich.

»Nun bei einer meiner letzten Fahrten habe ich nach der Stelle gesucht, wo die Flasche sein sollte ... ich habe sie da, ebenso wie den Brief gefunden ... und dieser Brief meldete, daß der Kapitän und sein Passagier nichts unversucht lassen würden, um die äußersten Grenzen des Südpolarmeeres zu erreichen.«

»Wie ... Sie haben jene Flasche gefunden? ...«

fragte ich lebhaft.

»Ja!«

»Und auch den Brief, den sie enthielt?...«

»Ja, natürlich!«

Ich sah den Kapitän Len Guy an. Wie gewisse Monomanen oder partiell Verrückte glaubte er offenbar an seine eigenen Erfindungen, und ich wollte schon den Brief von ihm zur Einsicht erbitten... unterließ das jedoch, da er fähig gewesen wäre, selbst einen solchen aufzusetzen.

»Es ist wirklich zu bedauern«, antwortete ich darauf, »daß Sie Dirk Peters nicht mehr in Vandalia getroffen haben!... Er hätte Ihnen gewiß mitgeteilt, unter welchen Verhältnissen Arthur Pym und er aus so großer Ferne zurückgekehrt waren. Erinnern Sie sich... im vorletzten Kapitel... da sind beide noch da. Ihr Boot schwankt vor einer dichten weißen Nebelwand... es taumelt in den Schlund des Katarakts gerade in dem Augenblick hinab, wo eine verschleierte Menschengestalt vor ihm auftaucht... dann folgt nichts weiter... nur zwei Linien mit Gedankenstrichen...«

»Ja, gewiß, Herr Jeorling, ich beklage es auch, des Dirk Peters nicht haben habhaft werden zu können! Es wäre doch von so hohem Interesse gewesen, den Ausgang jener Abenteuer zu erfahren. Meiner Ansicht nach noch interessanter wär' es aber gewesen, etwas von dem Schicksal der andern zu hören.«

»Der andern?...« rief ich unwillkürlich. »Von wem sprechen Sie da?«

»Von dem Kapitän und der Mannschaft der englischen Goëlette, die Arthur Pym und Dirk Peters nach dem schrecklichen Schiffbruche des ›Grampus‹ aufgenommen hatte und sie nachher durch das Polarmeer bis zur Insel Tsalal beförderte.«

»Herr Len Guy«, bemerkte ich, immer scheinbar überzeugt von der Wahrheit des Edgar Poeschen Romans, »waren denn diese Leute, die einen bei dem Überfall der Goëlette, die andern bei dem künstlichen, durch die Bewohner von Tsalal herbeigeführten Einsturz, nicht alle ums Leben gekommen?«

»Wer weiß das, Herr Jeorling«, erwiderte der Kapitän Len Guy mit einer von innrer Erregung verschleierten Stimme. »Wer weiß, ob nicht einige der Unglücklichen ebenso das Gemetzel wie den Einsturz überlebt haben, ob nicht einige oder mehrere den Eingebornen entkommen sind? . . .«

»Jedenfalls«, warf ich ein, »darf man kaum annehmen, daß die damals vielleicht Geretteten jetzt noch am Leben wären . . .«

»Und warum nicht?«

»Weil die Vorfälle, wovon wir sprechen, sich schon vor elf Jahren ereigneten.«

»Mein Herr Jeorling«, entgegnete der Kapitän Len Guy, »wenn es Arthur Pym und Dirk Peters gelang, jenseits der Insel Tsalal bis über den vierundachtzigsten Breitengrad vorzudringen, wenn sie Mittel und Wege gefunden hatten, inmitten der antarktischen Gebiete ihr Leben zu fristen, warum sollten ihre Begleiter, soweit sie den Äxten der Eingebornen entgingen und so glücklich waren, auf der Fahrt schon entdeckte, benachbarte Inseln zu erreichen . . . warum sollte es diesen Unglücklichen, meinen Landsleuten, nicht auch gelungen sein, dort weiterzuleben? . . . Warum sollten nicht einige davon noch heute auf ihre Erlösung harren?«

»Ihre Anteilnahme verführt Sie, Herr Kapitän«, antwortete ich als Versuch, ihn zu beruhigen. »Jedenfalls wäre es unmöglich . . .«

»Unmöglich, Herr!« fuhr er auf. »Wenn nun eine Tatsache vorläge, wenn ein nicht anzuzweifelndes Zeugnis die Welt zum Rettungswerke mahnte, wenn man einen handgreiflichen Beweis von der Existenz der Unglücklichen, an den Grenzen des Erdballs Verlassenen entdeckte, wem, der ihnen zu Hilfe zu eilen wagte, würde man ein ›Unmöglich!‹ entgegenschleudern?«

Hier wurde mir eine Antwort erspart, die der Kapitän doch nicht gehört hätte, denn er wendete sich mit leisem Seufzen nach Süden zu, als wollte er den fernen Horizont mit dem Blicke durchdringen.

Ich fragte mich nur, welche Erlebnisse bei dem Kapitän Len Guy wohl die jetzige Geistesverwirrung verschuldet haben möchten. War es nur ein bis zum Wahnsinn gesteigertes Gefühl allgemeiner Menschenliebe, daß er sich für die Schiffbrüchigen, die niemals Schiffbruch erlitten, weil sie überhaupt niemals existiert hatten, so warm interessierte?

Da trat der Kapitän Len Guy näher an mich heran, legte die Hand auf meine Schulter und flüsterte mir ins Ohr:

»Nein, Herr Jeorling, nein! Das letzte Wort über das, was die Mannschaft der ›Jane‹ angeht, ist noch nicht gesprochen!«

Hiermit ließ er mich stehen.

Die »Jane«, das war im Roman der Name der Goëlette, die Arthur Pym und Dirk Peters von den treibenden Trümmern des »Grampus« aufgefischt hatte, und jetzt zum ersten Male hatte der Kapitän Len Guy am Schlusse unseres Gesprächs diesen Namen genannt.

»Aha«, dachte ich da, »Guy, so lautete auch der Name des Kapitäns der ›Jane‹, eines Schiffes englischer Nationalität, gleich dem seinen. Doch was beweist das und welche Schlüsse ließen sich daraus ableiten? Der Kapitän der ›Jane‹ hat ja nie anders gelebt als in der Phantasie Edgar Poes, während der Kapitän der ›Halbrane‹ wirklich und leibhaftig existiert. Beide haben miteinander nichts gemein als den Namen Guy, der in Großbritannien übrigens sehr verbreitet ist. Und doch, es wird ohne Zweifel so sein, die Übereinstimmung der Namen wird das Gehirn unsres unglücklichen Kapitäns angegriffen haben, der sich einbildet, zur Familie des Befehlshabers der ›Jane‹ zu gehören! . . . Ja, ja, das hat ihn dahin gebracht, wo er jetzt ist, und deshalb bewahrt er den nur erdichteten Schiffbrüchigen eine so weitgehende Teilnahme.«

Es wäre interessant gewesen, zu wissen, ob Jem West hierüber auch unterrichtet war, ob sein Vorgesetzter ihn jemals mit den »Torheiten« unterhalten hatte, die er eben gegen mich offenbarte. Das war aber eine heikle Frage, da sie den geistigen Zustand des Kapitäns Len Guy betraf. Überdies hatte jede Unterhaltung mit dem Lieutenant Schwierigkeiten und in diesem Falle sogar gewisse Gefahren ...

Ich schlug mir das also aus dem Sinn, da ich ja ohnedies in Tristan d'Acunha ans Land gehen und mein Aufenthalt an Bord schon in einigen Tagen zu Ende sein sollte. In Wahrheit hätte ich mir's aber nie träumen lassen, jemals mit einem Manne zusammenzutreffen, der die Phantasiegebilde Edgar Poes für bare Münze nehmen würde.

Am zweitnächsten Tage, dem 22. August, erkannten wir schon vom ersten Tagesgrauen an, nachdem wir die Insel Marion und ihren Vulkan, dessen Südspitze sich bis viertausend Fuß über das Meer erhebt, an Backbord hinter uns gelassen hatten, die ersten Linien der Prinz-Eduard-Insel unter 46 Grad 55 Minuten südlicher Breite und 37 Grad 46 Minuten östlicher Länge. Dieser Insel blieb uns an Steuerbord, und zwölf Stunden später verschwammen ihre letzten Höhen wieder im Nebeldunst des Abends.

Am nächsten Tage schlug die »Halbrane« einen Kurs nach Nordwesten und nach dem nördlichsten Parallelkreise der südlichen Halbkugel ein, den sie im Laufe dieser Fahrt berühren sollte.

Fünftes Kapitel

Der Roman von Edgar Poe

Wir geben hier auszugsweise den Inhalt des berühmten Werkes unsres amerikanischen Romandichters wieder, das unter dem Titel

Die Abenteuer Arthur Gordon Pyms

in Richmond erschienen war. Ich kann es nicht umgehen, ihn in diesem Kapitel kurz zusammenzufassen, da der Leser daraus ersehen wird, ob man überhaupt daran zweifeln konnte, daß die Abenteuer dieses Romanhelden erdichtet seien. Unter den zahlreichen Lesern des genannten Werks dürfte es – abgesehen von Kapitän Guy – wohl keinen gegeben haben, der seinen Inhalt für wahr gehalten hätte.

Edgar Poe hat den betreffenden Bericht seiner Hauptperson in den Mund gelegt. Schon in der Vorrede erzählt Arthur Pym, daß er bei der Heimkehr aus den antarktischen Meeren unter den Gentlemen Virginiens, die sich für geographische Entdeckungen interessierten, Edgar Poe getroffen habe, der damals Herausgeber des *Southern Literary Messenger* in Richmond war. Seiner Darstellung nach hätte Edgar Poe von ihm die Erlaubnis erhalten, in diesem Blatte, doch »unter dem Deckmantel freier Erfindung« den ersten Teil seiner Reise zu veröffentlichen. Bei der günstigen Aufnahme, die diese Mitteilungen allerorts fanden, folgte ihnen ein richtiger Band, der die gesamte Reise umfaßte und unter dem Namen Edgar Poes herauskam.

Wie aus meinem Gespräche mit Kapitän Len Guy schon hervorging, stammte Arthur Gordon Pym aus Nantucket, wo er bis zum Alter von sechzehn Jahren die Schule von New-Bedford besuchte.

Nach Vertauschung dieser Schule mit der Akademie von M. E. Ronald schloß er Freundschaft mit dem um zwei Jahre älteren Sohne eines Kauffahrerkapitäns, August Barnard. Dieser junge Mann hatte seinen Vater schon einmal auf einem Walfänger nach den südlichen Meeren begleitet und entzündete die Phantasie Arthur Pyms mächtig durch die Erzählungen von seiner Seefahrt.

Der vertraute Verkehr der beiden jungen Leute erweckte offenbar Arthur Pyms unwiderstehliches Verlangen nach abenteuerlichen Reisen und die unbewußte Neigung, die ihn vor allem nach den hohen Breiten des südlichen Eismeers lockte.

Der erste unbesonnene Streich August Barnards und Arthur Pyms war der Ausflug auf einer kleinen Schaluppe, dem »Ariel«, einem halbgedeckten Boote, das der Familie des ersteren gehörte. Eines Abends bei ziemlich kaltem Oktoberwetter schifften sich beide, etwas angetrunken, heimlich ein, hißten das Fock- und das Großsegel und fuhren bei frischem Südwestwinde aufs Geratewohl aufs Meer hinaus.

Nachdem der »Ariel«, vom Ebbestrom unterstützt, schon außer Sicht des Landes gekommen war, erhob sich ein heftiger Sturm. Die beiden Tollkühnen waren noch immer ein wenig berauscht. Keiner stand am Steuer, kein Segel war gerefft. Bei den wütenden Windstößen wurden die Segel des Bootes weggerissen. Bald darauf tauchte ein großes Schiff auf, das den »Ariel« überfuhr, wie dieser eine treibende Flaumfeder überfahren hätte.

Bezüglich dieses Zusammenstoßes erzählt Arthur Pym die genauesten Einzelheiten der Rettung seines Genossen und seiner selbst, die übrigens nur unter großen Schwierigkeiten bewerkstelligt wurde. Kurz, dank dem zweiten Offizier vom »Pinguin« aus Neu-London, der auf dem Platze der Katastrophe eintraf, wurden die beiden Kameraden, dem Tode nahe, gerettet und nach Nantucket zurückbefördert.

Der Behauptung, daß dieses Abenteuer wirklich den Stempel der Wahrheit trägt, ja, daß es sich wirklich so zugetragen habe, widerspreche ich nicht. Es bildete eine geschickte Vorbereitung auf die folgenden Kapitel. Ebenso könnte der Bericht in diesen und bis zu dem Tage, wo Arthur Pym den Polarkreis überschreitet, ohne Zwang für wahr gehalten werden. Hier spielt sich eine Reihe von Tatsachen ab, die mit der Wahrscheinlichkeit noch recht wohl übereinstimmen. Doch . . . jenseits des Polarkreises, jenseits des südlichen Packeises, da liegen die Dinge anders, und wenn der Verfasser hier nicht eine Frucht reiner Erdichtung geliefert hat, dann will ich gleich . . . doch fahren wir fort.

Jenes erste Abenteuer hatte die beiden jungen Leute nun keineswegs abgekühlt. Arthur Pym begeisterte sich mehr und mehr für die Seegeschichten, die ihm August Barnard erzählte, obgleich er herausfühlte, daß hier manche Übertreibung unterlaufen mochte.

Acht Monate nach dem Vorkommnis mit dem »Ariel« – im Juni 1827 – wurde die Brigg »Grampus« durch die Firma Lloyd und Vredenburg für den Walfischfang in den südlichen Meeren ausgerüstet. Es war das nur ein alter, notdürftig ausgebesserter Kasten, dessen Führung Herr Barnard, Augusts Vater, übernahm. Sein Sohn, der ihn begleiten sollte, redete Arthur Pym eindringlich zu, ihnen auf diese Fahrt zu folgen. Dieser wünschte ja gar nichts anders, seine Familie aber, vorzüglich seine Mutter, wäre nie zu bestimmen gewesen, ihre Erlaubnis dazu zu erteilen.

Das war aber kein hindernder Grund für einen unternehmenden jungen Burschen mit so wenig Neigung, sich dem väterlichen Willen zu fügen. August setzte ihm gar zu drängend zu. So beschloß er, sich auf dem »Grampus« heimlich einzuschiffen, denn Herr Barnard würde eine Mißachtung der elterlichen Entscheidung nie gebilligt haben. Unter dem Vorschützen der Einladung eines Freundes, ein paar Tage in New-Bedford zu verweilen, nahm er von seinen Eltern Abschied und machte sich auf den Weg. Achtundvierzig Stunden vor der Abfahrt der Brigg sich an Bord einschleichend, versteckte er sich hier in einem Winkel, den ihm August ohne Wissen seines Vaters und der ganzen Mannschaft einigermaßen hergerichtet hatte.

Die Kabine August Barnards stand mittels einer Falltür in Verbindung mit dem Laderaume des »Grampus«, den Fässer, Ballen und tausenderlei Frachtstücke anfüllten. Durch diese Falltür war auch Arthur Pym nach seinem Verstecke gelangt, einer großen leeren Kiste, deren eine Wand sich seitlich verschieben ließ. Diese Kiste enthielt eine Matratze, Decken, einen Wasserkrug und an Nahrungsmitteln Schiffszwieback, Würstchen, eine gebratene Hammelkeule, einige Flaschen Likör und selbst etwas Schreibmaterial. Mit Laterne und einigem Vorrat an Kerzen und Streichhölzchen versorgt, blieb Arthur Pym drei Tage und drei Nächte in seinem Versteck. August konnte ihn erst einmal aufsuchen, als der »Grampus« in See gegangen war.

Bald begann nun Arthur Pym das Rollen und Stampfen der Brigg zu fühlen. Da ihm der Aufenthalt in dem engen Kasten unbehaglich wurde, verließ er ihn und tastete sich in der Finsternis an einem ausgespannten

Stricke durch den Laderaum hin und her. Nachdem er so die Glieder etwas in Bewegung gebracht hatte, kehrte er nach seinem Kasten zurück, aß ein wenig und schlief sorglos ein.

Mehrere Tage vergingen, ohne daß August Barnard bei ihm erschien. Entweder hat er in den Raum überhaupt nicht hinabsteigen können oder das nicht gewagt, aus Furcht, die Anwesenheit Arthur Pyms zu verraten, wo er die Zeit, seinem Vater alles zu beichten, noch nicht gekommen glaubte.

Arthur Pym fing in der feuchtwarmen, verdorbenen Luft allmählich an zu leiden. Es wurde ihm immer schwerer im Kopfe, und seine Sinne verwirrten sich. Vergebens suchte er, sich durch die Frachtstücke drängend, nach einer Stelle, wo er hätte etwas freier atmen können. Von einer Sinnestäuschung befangen, glaubte er sich einmal unter den Tatzen eines Tropenlöwen zu sehen, und im höchsten Entsetzen hätte er sich fast durch sein Schreien verraten, da verlor er aber zum Glück das Bewußtsein.

In der Tat träumte er nicht gänzlich. Ein Löwe war es zwar nicht, dessen Krallen Arthur Pym auf seiner Brust fühlte, wohl aber ein kleiner, weißhaariger Hund, Tigre, sein eigner junger Neufundländer, den August Barnard, von niemand bemerkt, an Bord einzuschmuggeln gewußt hatte. Jetzt leckte das treue Tier nach Wiederauffindung seines Herrn dessen Gesicht und Hände und gab seiner Freude den unverhehltesten Ausdruck.

Der Gefangene hat nun wenigstens einen Gesellschafter. Leider hatte dieser während seiner Bewußtlosigkeit den ganzen Wasserkrug geleert, und als Arthur Pym dann seinen Durst löschen wollte, enthielt der Krug keinen Tropfen mehr. Da auch die Laterne erloschen war – seine Bewußtlosigkeit hatte mehrere Tage angehalten – und er weder Streichhölzchen noch Kerzen finden konnte, beschloß er, sich mit August Barnard in Verbindung zu setzen. Sein Versteck verlassend, leitete ihn der Strick, trotz seiner äußersten Schwäche infolge Luftmangels und Hungers, fast bis nach der Falltür. Auf dem Wege dahin fiel aber eine große, durch das Rollen des

Schiffs aus dem Gleichgewicht gebrachte Kiste herunter und versperrte ihm den Durchgang. Mit größter Anstrengung gelang es ihm zwar, dieses Hindernis zu beseitigen, doch leider ganz vergebens, denn bis zur Falltür unter der Kabine August Barnards gelangt, vermochte er diese nicht aufzuschlagen. Mittels seines Messers, das er durch einen Sprung ins Holz steckte, überzeugte er sich, daß eine schwere Eisenmasse auf der Falltür lag, so als habe man ihn zum Tode verdammen wollen. Er mußte seine Absicht also aufgeben und, sich nur mit Mühe hinschleppend, seinen Kasten wieder aufsuchen, wo er erschöpft zusammenbrach, während Tigre ihn mit seinen Liebkosungen bedeckte.

Herr und Hund starben schon beinahe vor Durst, und als Arthur Pym einmal die Hand ausstreckte, fühlte er, daß Tigre mit emporgestreckten Pfoten und etwas gesträubtem Fell auf dem Rücken lag. Beim Betasten des Hundes bemerkte er aber auch einen um dessen Körper geschlungenen Faden mit einem Stück Papier, das unter der linken Schulter des Tieres befestigt war.

Arthur Pym befand sich im höchsten Grade der Erschöpfung. Sein geistiges Leben war schon fast abgestorben. Nach mehreren fruchtlosen Versuchen, sich Licht zu verschaffen, gelang es ihm wenigstens, das Papier mit dem Phosphor eines Zündhölzchens zu bestreichen, und da erschienen – in Edgar Poes Bericht finden sich hierüber die packendsten Einzelheiten – folgende erschreckende Worte . . . die letzten sieben Wörter eines Satzes, den ein fahler Schein eine Viertelsekunde lang beleuchtete: . . . *Blut . . . bleibe versteckt . . . es gilt Dein Leben . . .*

Nun denke man sich die Lage Arthur Pyms im Grunde des Schiffsraums, ohne Licht, ohne Wasser, zwischen den Holzwänden seines Kastens, nur brennenden Likör in der Hand, seinen Durst zu betäuben. Und dazu die ernste Mahnung, versteckt zu bleiben, eingeleitet mit dem Worte »Blut«, diesem hochbedeutsamen Worte, dem Könige der Wörter, das so überreich an Geheimnissen, an Leiden und Schrecken ist. Tobte denn ein Kampf an Bord des »Grampus«? . . . War die Goëlette von Seeräubern überfallen worden? . . . Handelte es sich um eine Meuterei der Mannschaft? ... Wie lange währte schon dieser Zustand der Dinge? ...

Man könnte glauben, daß der fruchtbare Dichter mit der Entsetzlichkeit dieser Lage die Quellen seiner Erfindungsgabe erschöpft habe. Das trifft aber nicht zu. Seine überschäumende Genialität reißt ihn noch weiter fort.

Arthur Pym, jetzt von einer Art Lethargie befallen, vernimmt, während er auf der Matratze ausgestreckt liegt, ein seltsames Pfeifen, empfindet einen ununterbrochenen Lufthauch. Das kam von dem schwer keuchenden Tigre, von dem Hunde, dessen Augen mitten in der Finsternis unheimlich funkeln ... von Tigre, der mit den Zähnen knirscht ... der von der Tollwut ergriffen ist ...

Im höchsten Entsetzen gewann Arthur Pym genug Kraft, den Bissen des Hundes, der sich auf ihn gestürzt hatte, zu entgehen. Nachdem er sich in eine dicke Decke gehüllt hatte, die die weißen Spitzzähne des wütenden Tieres zerrissen, stürzte er aus dem Kasten und warf dessen Tür vor Tigre zu, der nun gegen die Wände tobte.

Arthur Pym gelang es, sich durch die verstauten Frachtstücke hindurchzuwinden. Der Kopf drehte sich ihm aber und er fiel gegen einen Koffer, wobei ihm auch noch das Messer aus der Hand glitt.

Da, als er eben den letzten Seufzer auszuhauchen fürchtete, hörte er seinen Namen aussprechen. Eine an seinen Mund geführte Wasserflasche entleerte sich zwischen seinen Lippen ... er lebte wieder auf, nachdem er – o welche Wollust! – gierig getrunken und tief und lang aufgeatmet hatte!

Wenige Augenblicke darauf berichtete August Barnard seinem Kameraden, in einer Ecke des Raumes und bei dem trüben Schein einer Laterne, über alles, was sich seit der Abfahrt an Bord der Brigg zugetragen hatte.

Bis hierher, wiederhole ich, ist diese Geschichte glaublich; wir sind aber noch nicht bei den Ereignissen, die »jeder Wahrscheinlichkeit spotten«.

Die Besatzung des »Grampus« belief sich, den ältern und jüngern Barnard eingerechnet, auf sechsunddreißig Köpfe. Nachdem die Brigg am 20. Juni unter Segel gegangen war, hatte August Barnard verschiedene, freilich vergebliche Versuche gemacht, Arthur Pym in seinem Versteck aufzusuchen. Drei oder vier Tage später kam es an Bord zu einer Meuterei. Der Rädelsführer dabei war der Oberkoch, ein Neger wie unser Endicott von der »Halbrane«, der, das sei sogleich hinzugefügt, nicht im geringsten der Mann dazu war, sich aufzulehnen.

Im Romane werden nun zahlreiche Vorfälle geschildert; Metzeleien, die den meisten dem Kapitän treu gebliebenen Leuten das Leben kosteten, dann, im Gewässer der Bermudainseln, die Aussetzung genannten Kapitäns und vier seiner Leute in einem kleinen Walfangboote, von dem man niemals wieder etwas hören sollte.

August Barnard wäre ohne das Dazwischentreten des Tauwerkmaats des »Grampus« auch nicht geschont worden. Ihn rettete Dirk Peters, ein Mestize vom Stamme der Upsarokas, der Sohn eines Pelzhändlers und einer jungen Indianerin, aus den Schwarzen Bergen – dieselbe, die der Kapitän Len Guy in Illinois wiedergefunden zu haben behauptete.

Der »Grampus« steuerte nach jener Katastrophe in südwestlicher Richtung, und zwar unter Führung des zweiten Offiziers, der in den südlichen Gewässern Seeräuberei zu treiben gedachte.

August Barnard hätte nach jenen Vorfällen Arthur Pym gern baldigst aufgesucht; man hatte ihm aber Hände und Füße gefesselt, ihn in das Volkslogis eingeschlossen, und der Schiffskoch erklärte ihm dazu, daß er nicht eher herauskommen werde, als bis »die Brigg keine Brigg mehr« wäre. Wenige Tage später gelang es August Barnard aber, seine Fesseln abzustreifen und den dünnen Holzboden, der ihn vom Schiffsraum trennte, zu durchbrechen. Tigre lief ihm dabei nach, und er versuchte, bis zum Schlupfwinkel seines Kameraden vorzudringen. Wenn ihm das auch nicht gelang, so hatte doch der Hund Arthur Pym »gewittert«, und dadurch verfiel August Barnard auf den Gedanken, am Halse Tigres ein Billett zu befestigen, das die Worte enthielt: *»Ich schreibe diese Worte mit Blut . . . bleibe versteckt . . . es gilt Dein Leben.«*

Das Blatt war, wie wir wissen, Arthur Pym in die

Hand gekommen. Als er dann, vor Hunger und Durst fast sterbend, durch den Raum schlich und ihm das Messer entfiel, war es das dadurch erregte Geräusch, das seinen Kameraden aufmerksam machte, und diesem glückte es nun endlich, zu ihm vorzudringen.

Nachdem er Arthur Pym alles Vorgefallene erzählt hatte, fügte August Barnard noch hinzu, daß unter den Meuterern Meinungsverschiedenheiten herrschten. Die einen wollten mit dem »Grampus« nach den Inseln des Grünen Vorgebirges segeln, die andern – und zu diesen gehörte Dirk Peters – bestanden darauf, nach den Inseln des Stillen Ozeans zu gehen.

Der Hund Tigre, den sein Herr für wutkrank gehalten hatte, war das in der Tat nicht. Nur der verzehrende Durst hatte ihn so übermäßig erregt, und er wäre wohl schließlich der Wutkrankheit verfallen, wenn ihn August Barnard nicht noch rechtzeitig nach dem Vorderkastell zurückgebracht hätte.

Nun folgt (im Roman) eine lange Abhandlung über die Stauung der Fracht des Handelsschiffs, von der die Sicherheit an Bord wesentlich abhängt. Die des »Grampus« war nur sehr nachlässig erfolgt, und da viele Frachtstücke bei jeder Schwankung durcheinanderfielen, konnte Arthur Pym nicht länger ohne Gefahr im Raume blieben. Zum Glück fand er mit Hilfe August Barnards einen Schlupfwinkel im Zwischendeck neben dem Volkslogis.

Der Mestize erwies sich gegen den Sohn des Kapitäns Barnard andauernd sehr freundlich, so daß der junge Mann sich fragte, ob er nicht auf den Tauwerksmaat rechnen könne, um sich wieder in Besitz des Schiffes zu setzen.

Dreizehn Tage waren seit der Abfahrt von Nantucket verflossen, als am 4. Juli zwischen den Meuterern ein heftiger Wortwechsel wegen einer kleinen, in der Ferne aufgetauchten Brigg entbrannte, die die einen verfolgen, die andern ruhig weiterziehen lassen wollten. Daraus entwickelte sich ein Streit, der einem zur Partei des Schiffskochs gehörigen Matrosen das Leben kostete. Dieser Gegenpartei des zweiten Offiziers hatte sich auch

Dirk Peters angeschlossen.

Jetzt waren, Arthur Pym mitgerechnet, nur noch dreizehn Mann an Bord.

Da begann ein furchtbarer Sturm das Meer aufzuwühlen. Der »Grampus« nahm durch die Plankenfugen Wasser ein, so daß die Pumpen stets in Bewegung bleiben und am Vorderteil des Rumpfes ein Segel ausgebreitet werden mußte, um dem Wasserandrang einigermaßen zu steuern.

Der Sturm legte sich erst am 9. Juli, und an diesem Tage erklärte Dirk Peters seine Absicht, sich des zweiten Offiziers zu entledigen. August Barnard versprach, ihn dabei zu unterstützen, ohne jedoch der Anwesenheit Arthur Pyms Erwähnung zu tun.

Am nächsten Tage verschied einer der dem Schiffskoch ergebenen Matrosen namens Roger unter heftigen Krämpfen, und niemand bezweifelte, daß ihn der zweite Offizier vergiftet habe. Auf der Seite des Kochs standen nun bloß noch vier Mann, darunter Dirk Peters. Der zweite Offizier hatte noch fünf Mann für sich und würde über die Partei des Kochs schließlich wohl den Sieg davongetragen haben.

Nun war keine Stunde zu verlieren. Der Mestize hatte August Barnard auch erklärt, daß die Stunde zum Handeln gekommen sei, und dieser machte ihm nun Mitteilung über alles, was Arthur Pym betraf.

Während beide sich noch über die anzuwendenden Mittel besprachen, um wieder in Besitz des Schiffs zu kommen, legte dieses ein furchtbarer Windstoß weit auf die Seite. Der »Grampus« richtete sich nicht wieder auf, ohne eine ungeheure Menge Wasser übergenommen zu haben, und solcher verderblicher Windstöße hatte er noch mehrere auszuhalten.

Die Gelegenheit schien günstig, den Kampf zu beginnen, obwohl die Meuterer vorläufig untereinander Frieden geschlossen hatten und der Wachposten jetzt nur von drei Mann, Dirk Peters, August Barnard und Arthur Pym, eingenommen war, während sich neun Mann in der Back befanden. Nur der Schiffskoch besaß zwei Pistolen und ein Seemannsmesser. Es galt also, mit aller

Klugheit und Vorsicht ans Werk zu gehen.

Da fiel es Arthur Pym, dessen Anwesenheit an Bord die Meuterer noch nicht ahnen konnten, ein, sich einer Hinterlist zu bedienen, die einige Wirkung versprach. Da die Leiche des vergifteten Matrosen noch auf dem Verdeck lag, meinte er, daß, wenn er in dessen Kleidung plötzlich inmitten der abergläubischen Matrosen erschiene, schon der Schreck sie Dirk Peters auf Gnade oder Ungnade überliefern würde.

Es war tiefdunkle Nacht, als der Mestize dem Hinterteile zuschritt. Von Natur mit großer Kraft beschenkt, stürzte er sich auf den Mann am Ruder und warf ihn im Handumdrehen über die Schanzkleidung hinaus.

August Barnard und Arthur Pym, beide mit einem Pumpenschwengel bewaffnet, schlossen sich ihm an. Dirk Peters blieb dann am Platze des Untersteuermanns zurück, während Arthur Pym so verkleidet, daß er dem Toten möglichst ähnlich aussah, und sein Kamerad sich neben der Kappe der nach der Back hinabführenden Leiter aufstellten. Der zweite Offizier, der Schiffskoch und alle übrigen befanden sich darin, schliefen, schwatzten oder tranken und hatten Flinten und Pistolen nahe bei der Hand liegen.

Der Sturm heulte wütend, so daß es fast unmöglich war, auf dem Verdeck auszuharren.

Da befahl der zweite Offizier, August Barnard und Dirk Peters herunterzuschicken, ein Befehl, der dem Mann am Steuer übermittelt wurde, also keinem andern als dem Tauwerksmaat selbst. Dieser und der junge Barnard begaben sich nach der Back hinab, wo Arthur Pym bald darauf erschien.

Die Wirkung dieser Erscheinung war wunderbar. Erschreckt durch den Anblick des wiederauferstandenen Matrosen, schnellte der zweite Offizier in die Höhe, focht mit den Armen in der Luft umher und brach auf der Stelle tot zusammen. Da stürzte sich Dirk Peters, unterstützt von August Barnard, Arthur Pym und dessen Hunde Tigre, auf die übrigen. In wenigen Augenblicken waren alle abgetan bis auf den Matrosen Richard Parker, dem man das Leben schenkte.

Jetzt, bei der schlimmsten Aufregung der Elemente, waren nur noch vier Mann zur Führung der Brigg da, die mit sieben Fuß Wasser im Raume furchtbar arbeitete. Man mußte den Großmast kappen und ihm am nächsten Morgen auch noch den Fockmast nachsenden. Das war ein schrecklicher Tag und eine noch schrecklichere Nacht! Hätten sich Dirk Peters und seine drei Genossen nicht an den Pfosten des Spills festgeklammert, so wären sie von einer überschlagenden Woge, die die Lukendekkel des »Grampus« zertrümmerte, über Bord gespült worden.

Weiter folgt im Roman die eingehende Schilderung der Ereignisse, die eine Folge dieser Lage waren, vom 14. Juli bis 7. August: das Fischen nach Lebensmitteln aus dem mit Wasser gefüllten Schiffsraum, die Erscheinung einer geheimnisvollen, mit Leichen bedeckten Brigg, die die Luft weithin verpestete und führerlos vor dem Winde trieb, die Qualen von Hunger und Durst, die Unmöglichkeit, nach der Vorratskammer zu gelangen, das Losen mit Strohhalmstücken, das dahin ausfällt, daß Richard Parker geopfert werden soll, um das Leben der drei andern zu retten, der Tod dieses Unglücklichen, der, von Dirk Peters erschlagen, verzehrt wurde ... Endlich werden einige Nahrungsmittel aus dem Schiffsraum erlangt: ein Schinken, ein Gefäß mit Oliven, später eine kleine Schildkröte ... Infolge der Lageveränderung der Ladung neigt sich der »Grampus« immer weiter auf die Seite ... Bei einer entsetzlichen Hitze, die in diesen Gegenden herrscht, steigern sich die Qualen des Durstes bis zum höchsten Grade, den Menschen erdulden können ... August Barnard stirbt am 1. August ... Die Brigg kentert in der Nacht vom 3. zum 4. ... Arthur Pym und der Mestize, die sich auf den umgekehrten Schiffsrumpf zu retten vermochten, sind nun darauf beschränkt, sich von den Muscheln, die den Rumpf bedekken, zu ernähren, während immer Banden von Haifischen um sie herum schwärmen. Endlich erscheint die Goëlette »Jane« von Liverpool, Kapitän William Guy, als die Schiffbrüchigen schon vierundzwanzig Breitengrade nach Süden zu getrieben waren.

Es widerspricht am Ende noch nicht der Vernunft, diese Ereignisse als Tatsachen hinzunehmen, obwohl die Übertreibung dabei schon auf die Spitze getrieben erscheint – was aus der Feder des phantasievollen amerikanischen Dichters ja nicht so wunderbar erscheint. Von hier aus wird der Leser erkennen, daß in den sich weiter folgenden Ereignissen der Wahrscheinlichkeit gar nicht mehr Rechnung getragen ist.

Arthur Pym und Dirk Peters erfuhren nach ihrer Unterbringung auf der englischen Goëlette die beste Behandlung. Vierzehn Tage später, als sie sich von ihren Leiden und Entbehrungen völlig erholt hatten, erinnerten sie sich dieser gar nicht mehr – »so sehr wächst die Macht der Vergessenheit mit der Energie des Kontrastes«. Unter abwechselnd gutem und schlechtem Wetter erreichte die »Jane« am 13. Oktober die Prinz-Eduard-Insel, später in der dem Kurse der »Halbrane« entgegengesetzten Richtung die Crozet-Inseln und nachher die Kerguelen, die ich vor elf Tagen verlassen hatte.

Hier wurde drei Wochen lang auf Seekühe Jagd gemacht, von denen die Goëlette sehr viele erbeutete. Gelegentlich dieses Aufenthaltes war es, wo der Kapitän der »Jane« jene Flasche zurückließ, worin sein Namensvetter von der »Halbrane« einen Brief mit der Meldung gefunden zu haben glaubte, daß William Guy sich von hier aus nach den südlichen Meeren begeben wollte.

Am 22. November verließ die Goëlette die Kerguelen und steuerte zunächst, ganz wie wir in diesem Augenblicke, westlich auf Tristan d'Acunha zu. Diese Insel lief sie vierzehn Tage später an, blieb eine Woche lang hier liegen und segelte am 5. Dezember wieder ab, um unter 53 Grad 15 Minuten südlicher Breite und 47 Grad 38 Minuten westlicher Länge die – unauffindbaren und folglich auch nicht gefundenen – Auroras-Inseln aufzusuchen.

Am 12. Dezember richtet die »Jane« den Kurs dem Südpole zu. Am 25. Dezember erscheinen, jenseits des dreiundsechzigsten Grades, die ersten Eisberge und wird das Packeis zuerst gesehen.

Vom 1. bis 14. Januar schwierige Segelmanöver, Passage des Polarkreises inmitten mächtiger Eismassen, dann Umschiffung des Packeises und Weiterfahrt über ein offenes Meer – jenes berühmte eisfreie Meer, das unter 81 Grad 21 Minuten südlicher Breite und 42 Grad westlicher Länge entdeckt wird. Die Lufttemperatur zeigt daselbst 47 Grad Fahrenheit (+ 8,33° Celsius) und das Wasser eine Wärme von 34 Grad Fahrenheit (+ 1,11° Celsius).

Hier überläßt sich, das wird jedermann zugestehen, Edgar Poe schon völlig seiner Phantasie. Noch nie war ein Seefahrer bis zu jenen hohen Breiten vorgedrungen – nicht einmal der Kapitän James Wedell von der englischen Flotte, der im Jahre 1822 über den vierundsiebzigsten Grad nicht hinauskam.

Erscheint nun schon dieser von der »Jane« angeblich erreichte Punkt als nicht glaubhaft, wieviel mehr die Ereignisse, die sich weiter abspielten! Und diese ganz außerordentlichen Ereignisse schildert Arthur Pym – eigentlich Edgar Poe – mit einer unbewußten Naivität, deren sich niemand versehen möchte. Er zweifelte tatsächlich gar nicht daran, bis zum Pole zu gelangen.

Zunächst erblickt man keinen einzigen Eisberg auf diesem erdichteten Meere. Unzählige Scharen von Vögeln ziehen darüber hin, und ein Pelikan wird durch einen Flintenschuß erlegt. Man trifft auf einer Eisscholle – also gab es solche doch hier? – einen Polarbären von riesenhafter Größe. Endlich wird vor Steuerbord Land gemeldet . . . Es ist eine Insel von einer Lieue Umfang, die zu Ehren des Mitbesitzers der »Jane« Bennet-Insel getauft wird.

Diese Insel liegt unter 82 Grad 50 Minuten südlicher Breite und 40 Grad 20 Minuten westlicher Länge, sagt Arthur Pym in seinem Berichte. Ich möchte die Hydrographen aber dringend warnen, auf diese unglaublichen Angaben hin eine Karte der antarktischen Gebiete zu entwerfen.

Je weiter die Goëlette nun nach Süden vordrang, desto weniger verringerte sich natürlich die Abweichung des Kompasses, während die Temperatur der Luft und des Wassers bei beständig heiterem Himmel und einem nur wenige Striche um den Nordpunkt wechselnden Winde immer milder wurde.

Leider traten jetzt unter der Mannschaft Symptome von Skorbut auf, und ohne die dringlichen Bitten Arthur Pyms wäre der Kapitän vielleicht umgekehrt.

Es versteht sich von selbst, daß unter dieser Breite und im Monat Januar immerwährender Tag herrschte, und alles in allem tat die »Jane« gut daran, ihre Fahrt fortzusetzen, denn am 18. Januar wurde unter 83 Grad 20 Minuten der Breite und 43 Grad 5 Minuten westlicher Länge wieder Land entdeckt.

Eine Insel war es, die zu einer ganzen im Westen verstreuten Gruppe solcher gehörte.

Die Goëlette segelte auf sie zu und ging bei sechs Faden Wasser vor Anker. Die Boote wurden bemannt. Arthur Pym und Dirk Peters nahmen in dem einen Platz, das erst vor vier mit bewaffneten Männern besetzten Canots haltmachte – vor »neuen Menschen« sagt der Bericht.

Neuartig erschienen sie allerdings, diese pechschwarzen Eingebornen, die in ein schwarzes Tierfell gehüllt waren und einen instinktiven Abscheu vor der »weißen Farbe« haben mochten. Doch wie weit mochte dieser Abscheu wohl im Winter gehen? . . . Fiel hier etwa auch schwarzer Schnee und sahen die Eisschollen, wenn sich solche bildeten, ebenfalls schwarz aus? . . . Ein reines Phantasiegebilde!

Ohne irgendwelche feindselige Absichten zu zeigen, riefen die Eingebornen fortwährend »anamoo-moo« und »lama-lama«. Als ihre Canots an der Goëlette angekommen waren, erhielt der Häuptling Too-Wit Erlaubnis, mit zwanzig seiner Begleiter an Bord zu kommen. Hier verrieten alle das ungeheucheltste Erstaunen, denn sie hielten das Schiff für ein lebendes Wesen und streichelten und liebkosten dessen Tauwerk, Masten und Schanzkleidung. Von ihnen zwischen die Uferklippen hin und durch eine Bucht mit schwarzsandigem Grunde geleitet, ging die Goëlette eine Seemeile vom Ufer vor Anker, und der Kapitän Guy, der aus Vorsicht einige Geiseln zurückbehalten hatte, betrat das felsige Ufer.

Die Insel Tsalal war, wenn man Arthur Pym Glauben schenkt, ein höchst merkwürdiges Stückchen Erde. Die Bäume glichen keiner der vielen Arten, die in den verschiedenen Zonen des Erdballs sonst vorkommen; ebenso zeigten die Felsen eine den neueren Mineralogen gewiß unbekannte Schichtung. Im Bette der Rios glitt eine undurchsichtige Flüssigkeit hin, auf der sich andersartige Adern zeigten, die, mit der Messerklinge geteilt, sich nicht wieder zusammenschlossen.

Bis nach Klock-Klock, dem Hauptorte der Insel, war ein Weg von drei Meilen zurückzulegen. Hier sah man nur elende, einzig von schwarzen Fellen umschlossene Wohnstätten, Haustiere, die dem gewöhnlichen Schwein ähnelten, eine Art Schafe mit schwarzem Vlies, etwa zwanzig Arten Vögel, darunter zahme Albatrosse, Taucherenten und Galapagos-Schildkröten in überraschender Menge.

In Klock-Klock angelangt, fanden der Kapitän Guy und seine Gefährten eine von Arthur Pym auf zehntausend Seelen geschätzte, aus Männern, Frauen und Kindern bestehende Bevölkerung. Zu fürchten waren die Leute zwar nicht, doch hielt man sie sich, mit Rücksicht auf ihr lärmendes, demonstratives Auftreten, wohl besser drei Schritte vom Leibe. Nach längerem Verweilen im Hause Too-Wits begab man sich wieder nach dem Ufer, wo es die von den Chinesen so geschätzten Seekühe in solcher Masse gab, daß davon leicht eine tüchtige Ladung zu erbeuten gewesen wäre.

Hierüber suchte man sich auch mit Too-Wit zu verständigen. Der Kapitän Guy ersuchte ihn um die Erlaubnis, Schuppen bauen zu dürfen, worin einige der Leute der »Jane« die Seekühe zurichten sollten, während die Goëlette ihre Fahrt nach dem Pole fortsetzte. Too-Wit ging gern darauf ein, und es wurde noch abgemacht, daß eine Anzahl Eingeborner bei der Jagd auf die kostbaren Meerbewohner helfen sollte.

Nach Verlauf eines Monats waren die einfachen Einrichtungen vollendet, und drei Mann von der Besatzung wurden ausgewählt, auf Tsalal zurückzubleiben. Bisher hatte man nicht die geringste Ursache gehabt, gegen die

Eingebornen irgendwelchen Verdacht zu hegen. Vor der letzten Verabschiedung wollte sich der Kapitän Guy noch einmal nach dem Dorfe Klock-Klock begeben, ließ aber aus Vorsicht sechs Mann auf dem Schiffe zurück, dessen Kanonen geladen waren und dessen Anker zum Lichten schon emporgehoben war. Diese Leute sollten sich unbedingt jeder Annäherung von Eingebornen widersetzen.

Von hundert Kriegern begleitet, zog Too-Wit seinen Gästen entgegen. Der Weg führte durch ein schmales Tal zwischen Hügeln und einem fettigen Gestein, einer Art Steatit, hin, wie es Arthur Pym noch niemals gesehen hatte. Weiter folgten einander tausend Windungen zwischen sechzig und achtzig Fuß hohen Abhängen, die einen kaum vierzig Fuß breiten Raum zwischen sich ließen.

Ohne besonderes Mißtrauen, obwohl die Örtlichkeit für einen Überfall wie geschaffen schien, marschierten der Kapitän Guy und seine Begleiter eng aneinandergeschlossen dahin.

Rechts und etwas voraus hielten sich Arthur Pym, Dirk Peters und ein Matrose namens Allen.

An einem Spalt angelangt, der sich an der Seite eines Hügels öffnete, fiel es Arthur Pym ein, dahin einzudringen, um einige Haselnüsse zu pflücken, die von verkrüppelten Büschen in Träubchen herabhingen. Gleich darauf wollte er umkehren, als er sah, daß der Mestize und Allen ihm gefolgt waren. Eben gedachten nun alle drei, den Ausgang aus der Spalte wiederzugewinnen, als ein heftiger, plötzlicher Stoß sie zu Boden warf. Gleichzeitig barsten die seifig fetten Massen des Hügels, und sie erkannten, daß sie hier lebendig begraben würden ...

Lebendig? ... Alle drei? ... Nein, nur Allen war unter den Schuttmassen schon so tief begraben, daß er nicht mehr atmete.

Sich auf den Knien hinschleppend und mit dem Messer einen Weg ausbrechend, wobei sie ihr großes Bowiemesser benützten, gelang es Arthur Pym und Dirk Peters, einige Vorsprünge aus etwas widerstandsfähigerem, schiefrigem Ton und von hier eine Art natürlicher

Plattform am Ende einer bewaldeten Schlucht zu erreichen, über der ein Streifen blauen Himmels leuchtete.

Von hier aus konnten sie die ganze Umgebung weithin überblicken.

Es war ein ausgedehnter Bergsturz, was sich eben ereignet hatte ... doch ein künstlicher Bergsturz, den die Eingebornen hervorgerufen hatten. Der Kapitän Guy nebst seinen achtundzwanzig Begleitern war, von Millionen Tonnen Erde und Gestein verschüttet, für immer verschwunden ...

Das Land umher wimmelte von Eingebornen, die wohl auch von den Nachbarinseln mit dem Verlangen gekommen waren, die »Jane« zu plündern. Siebzig Boote mit Auslegern drangen gegen die Goëlette vor. Die sechs an Bord zurückgebliebenen Leute sandten ihnen eine schlecht gezielte Salve entgegen, darauf eine zweite von Kartätschen und Kettenkugeln, die eine schreckliche Wirkung hatte. Nichtsdestoweniger wurde die »Jane« gestürmt, angezündet und ihre Besatzung umgebracht. Zuletzt entstand eine entsetzliche Explosion, als die Pulverkammer Feuer fing – eine Explosion, die wohl tausend Eingeborne zerriß und ebenso viele verstümmelte, während die übrigen unter dem Rufe »tekeli-li! ... tekeli-li!« flüchteten.

Die ganze folgende Woche lebten Arthur Pym und Dirk Peters von Haselnüssen, Rohrdommelfleisch und Weichtieren und entgingen auch den Eingebornen, die ihre Gegenwart gewiß nicht mehr vermuteten. Sie hielten sich dabei fast immer in der Tiefe eines ausgangslosen Abgrunds auf, der sich in den Steatit und eine Art Mergel mit eingesprengten Metallkörnern einsenkte. Er hing nur nach einer Seite mit einer Reihe weiterer Schlünde zusammen, von deren geometrischer Anordnung Arthur Pym eine Skizze entwarf, die in ihrer Gestalt ein Wort arabischen Stammes mit der Bedeutung »Weißes Wesen« und eines ägyptischen Ursprungs, ΠΦΥΓΡΗC, mit der Bedeutung »Südgebiet« wiedergibt. Man erkennt, daß der amerikanische Verfasser die Unwahrscheinlichkeiten schon auf die Spitze treibt. Ich hatte übrigens nicht nur den Roman »Arthur Gordon

Pym« wiederholt gelesen, sondern kannte auch die andern Werke Edgar Poes. Ich wußte, was man von diesem mehr sensitiven als intellektuellen Geiste zu halten hatte. Einer seiner Kritiker sagt gewiß mit vollem Rechte: Die Phantasie überwiegt bei ihm alle andern Anlagen ... eine sozusagen göttliche Anlage, die die tiefsten und geheimsten Beziehungen der Dinge durchdringt, ihre übereinstimmenden und analogen Seiten erkennt ...

Unzweifelhaft ist es, daß in diesen Arbeiten bisher niemand etwas anderes gesehen hatte als Schöpfungen der Phantasie. Wie konnte nun, ohne geistegestört zu sein, ein Mann gleich dem Kapitän Len Guy diese Schöpfungen lebendigster Einbildungskraft für tatsächlich wahr hinnehmen?

Ich fahre weiter fort:

Arthur Pym und Dirk Peters konnten natürlich nicht für immer in ihrem tiefen Schlupfwinkel bleiben, doch erst nach vielen Versuchen gelang es ihnen, an einem Abhange des Hügels hinabzugleiten. Sofort stürzten fünf Eingeborne auf sie zu. Dank ihrer Pistolen und der außergewöhnlichen Körperkraft des Mestizen wurden vier davon getötet, der fünfte aber von den Flüchtlingen mit fortgeschleppt, die am Ufer ein mit drei großen Schildkröten beladenes Boot fanden. Zwanzig Insulaner, die ihnen nacheilten, versuchten vergeblich, sie anzuhalten. Sie wurden zurückgetrieben und das mit den nötigen Pagaien versehene Boot glitt aufs Meer hinaus und wandte sich nach Süden.

Arthur Pym befand sich jetzt jenseits des vierundachtzigsten Grades südlicher Breite. Es war zu Anfang des März, also kurz vor Eintritt des antarktischen Winters. Im Westen tauchten fünf oder sechs Inseln auf, an denen man aber aus Vorsicht vorüberfuhr. Arthur Pym vertrat immer die Ansicht, daß die Temperatur je näher dem Pole desto milder sein werde. Am Ende der vorn am Boote aufgerichteten zwei Pagaien wurde ein Segel angebracht, das aus den miteinander verbundnen Hemden Arthur Pyms und Dirk Peters' bestand – weißen Hemden, vor deren Farbe der gefangene Eingeborne, der den

Namen Nu-Nu führte, einen grenzenlosen Abscheu zu erkennen gab. Begünstigt von einem mäßigen Nordwinde und bei noch fortwährender Tageshelle ging die seltsame Fahrt acht Tage lang fort, über ein Meer ohne jede Eisscholle, denn bei der höheren, auch im Wasser vorhandenen Temperatur hatte sich schon von der Insel Bennet an keine einzige solche gezeigt.

Jetzt drangen nun Arthur Pym und Dirk Peters in ein neues und wunderbares Gebiet ein. Am Horizont lagerte eine breite Schicht grauen, leichten Dampfes mit weit hervorschießenden Ausstrahlungen, wie man solche an Nordlichtern beobachtet. Eine ziemlich rasche Strömung unterstützte noch die Wirkung des Windes. Das Boot glitt über eine außerordentlich flüssige Masse von milchigem Aussehen hin, die von unten her bewegt zu werden schien. Da begann eine weiße Asche niederzufallen, was den Schrecken Nu-Nus, dessen Lippen sich bis über seine schwarzen Zahnreihen zurückzogen, nur vermehrte.

Am 9. März verdoppelte sich der Aschenregen und nahm die Temperatur des Wassers so sehr zu, daß man die Hand nicht mehr hineinhalten konnte. Die ungeheure Dampfschicht, die den fernen Halbkreis des Horizonts einnahm, glich einem unbegrenzten Wasserfalle, der still von irgendeinem hohen, in der Höhe des Himmels verlorenen Walle herniedersank ...

Zwölf Tage später breitet sich über die Umgebung die Finsternis, nur unterbrochen durch leuchtende Ausströmungen, die sich aus der milchigen Tiefe des antarktischen Ozeans erheben, in den der nie nachlassende Aschenregen niederrieselt.

Das Boot näherte sich dem Katarakte mit unheimlicher Schnelligkeit, über deren Ursachen Arthur Pym keinen Aufschluß gibt. Zuweilen spaltete sich die Dunstmasse, und dann erblickte man hinter ihr ein Chaos schwankender, unbestimmter Bilder, die von mächtigen Luftströmungen bewegt zu werden schienen ...

Mitten durch die entsetzliche Dunkelheit flatterten Scharen riesiger Vögel von fahlweißer Farbe, die ihr ewiges »teleli-li« kreischten, und dabei hauchte der von

Schaudern ergriffene Wilde seinen letzten Seufzer aus.

Plötzlich stürzt das Boot, von rasender Schnelligkeit gepackt, sozusagen in die Arme des Katarakts, in dem sich ein Abgrund öffnet, wie um es zu verschlingen ... Doch gleichzeitig erhebt sich dem Boote gegenüber eine verschleierte menschliche Gestalt von einer Größe, wie man auf Erden wohl noch keine gesehen hat ... und die Hautfarbe der Erscheinung war ganz schneeweiß ...

Das ist der merkwürdige Roman, den das übermenschliche Genie des größten Dichters der Neuen Welt hervorgebracht hat. Und so endigt er auch ... oder endigt er vielmehr nicht. Meiner Ansicht nach hat Edgar Poe, außerstande, für diese außerordentliche Sachlage eine Lösung zu geben, den Bericht mit »dem plötzlichen und beklagenswerten Tode seines Helden« abgebrochen, wobei er die Hoffnung durchschimmern ließ, daß auch die fehlenden letzten zwei oder drei Kapitel nach ihrer etwaigen Auffindung veröffentlicht werden würden.

Sechstes Kapitel

»Wie ein sich aufschlagendes Bahrtuch«

Die »Halbrane« fuhr mit Hilfe der Strömungen und des Windes immer weiter. Hielt das auch ferner so an, so mußte die Entfernung, die die Prinz-Eduard-Insel von Tristan d'Acunha trennt – ungefähr dreitausendzweihundert Seemeilen –, binnen vierzehn Tagen zurückgelegt werden und das, wie der Hochbootsmann prophezeit hatte, ohne die Segelstellung ein einziges Mal zu wechseln. Unveränderlich stand der Wind aus Südosten, manchmal so frisch, daß die höchsten Segel eingezogen werden mußten.

Der Kapitän Len Guy überließ übrigens die Führung des Schiffes gänzlich dem Jem West, und dieser tollkühne Leinenhändler – man verzeihe den Ausdruck – ließ nicht eher reffen, als bis die Maste zu brechen drohten. Ich fürchtete jedoch nichts, denn mit einem solchen Seemann war keine Havarie zu gewärtigen. Dafür hatte er die Augen überall und für alles zu weit offen.

»Unser Lieutenant hat doch nicht seinesgleichen«, versicherte mir eines Tages Hurliguerly, »er verdiente wahrlich ein Admiralschiff zu führen!«

»Ja«, antwortete ich zustimmend, »Ihr Herr Jem West scheint mir der geborne Seemann zu sein.«

»Unsre ›Halbrane‹ ist aber auch eine Goëlette, die sich sehen lassen kann! Wünschen Sie sich Glück, Herr Jeorling, und mir auch, daß ich den Kapitän zur Änderung seines ersten Entschlusses zu bringen vermochte.«

»Wenn Sie es waren, der das durchgesetzt hat, so danke ich Ihnen herzlich!«

»Und die Sache war nicht so leicht, denn er zögerte verteufelt lange, unser Kapitän, trotz des dringenden Zuredens des Vater Atkins! Mir gelang es endlich, ihm Vernunft beizubringen ...«

»Das vergesse ich auch nicht, Hochbootsmann, das vergesse ich Ihnen nicht, denn statt mich auf den Kerguelen zu Tode zu langweilen, werd' ich nun, dank Ihrem Eintreten für mich, bald in Sicht von Tristan d'Acunha sein ...«

»Schon nach wenigen Tagen, Herr Jeorling. Wie ich verlauten gehört habe, beschäftigt man sich in Amerika und in England jetzt mit Schiffen, die eine Maschine im Leibe und Räder haben, deren sie sich wie Enten der Pfoten bedienen! Na, meinetwegen, man wird ja sehen, was dabei herauskommt. Ich bin überzeugt, daß solche Schiffe es niemals mit einer guten Fregatte mit sechzig Kanonen, die bei frischer Brise noch dicht am Winde segelt, werden aufnehmen können. Der Wind, Herr Jeorling, der Wind, selbst wenn man ihn in ganz spitzem Winkel abfangen muß, genügt schon allein, und eine Teerjacke braucht keine Räder am Rumpfe!«

Ich hatte gegen die Anschauungen des Hochbootsmanns über die Verwendung des Dampfes in der Schifffahrt nichts zu erwidern. Damals war man noch im Stadium der Versuche, und die Schraube hatte die Schaufelräder noch nicht ersetzt. Wer konnte wohl deutlich in die Zukunft blicken? ...

Da erinnerte ich mich, daß die »Jane« – jene »Jane«, von der der Kapitän Len Guy sprach, als ob sie wirklich existiert und fast als ob er sie mit eigenen Augen gesehen hätte – genau in vierzehn Tagen von der Prinz-Eduard-Insel nach Tristan d'Acunha gesegelt war. Edgar Poe verfügte über Winde und Meeresströmungen freilich ganz nach Belieben.

Im Laufe der folgenden vierzehn Tage unterhielt mich der Kapitän Len Guy nicht weiter von Arthur Pym; es erschien sogar, als habe er mir von den Abenteuern dieses Helden des südlichen Eismeeres überhaupt noch nicht gesprochen. Hatte er übrigens gehofft, mich von deren Tatsächlichkeit zu überzeugen, so wäre das von ihm ein Beweis sehr mittelmäßiger Intelligenz gewesen. Wie konnte auch ein Mann mit gesunder Vernunft ernsthaft über diese Sache sprechen! Wenn er nicht Sinn und Verstand eingebüßt, nicht bezüglich dieses besondern Falles ebenso Monomane wie der Kapitän Len Guy war, konnte – ich wiederhole es zum zehnten Male – in dem Berichte Edgar Poes niemand etwas andres als eine Schöpfung der Phantasie erblicken.

Man bedenke nur: Nach genanntem Bericht wäre eine englische Goëlette bis zum vierundachtzigsten Grade südlicher Breite vorgedrungen, und diese Fahrt wäre nicht zu einem geographischen Ereignis erster Klasse geworden? ... Arthur Pym hätte man, nach seiner Rückkehr aus den Tiefen des Antarktischen Ozeans, nicht über einen Cook, Wedell oder Biscoe gestellt? Man sollte ihm und Dirk Peters, den beiden Passagieren der »Jane«, die noch über den genannten Breitengrad hinausgekommen waren, keine öffentlichen Ehrenbezeugungen erwiesen haben? ... Und was soll man von dem von ihnen entdeckten freien Meere halten ... von der außerordentlichen Geschwindigkeit der Strömungen, die sie nach dem Pole zu führten ... von der abnormen Temperatur des Wassers, das von unten her so stark erwärmt wurde, daß man die Hand nicht darin leiden konnte ... was von jenem Dunstwall längs des Horizonts ... von dem Gaskatarakt, der sich zuweilen spaltet und hinter dem Gestalten von übermenschlicher Größe auftauchen?

Von allen diesen Unwahrscheinlichkeiten aber abgesehen, wär' ich doch begierig zu erfahren, wie Arthur Pym und der Mestize von so weit her zurückgekommen seien, wie ihr tsalalisches Boot sie bis über den Polarkreis hinausgetragen haben möchte, wie sie endlich aufgefunden und nach der Heimat befördert worden seien. Wäre Arthur Pym in einem gebrechlichen Boote mit Pagaien über zwanzig Breitengrade weit gefahren, hätte er darin wieder das Packeis durchbrochen und eines der nächstgelegenen Länder erreicht, so würde er die Vorfälle unterwegs gewiß erzählt haben ... Oh ..., wird man einwerfen, Arthur Pym starb, ehe er den letzten Teil seines Berichts niederschreiben konnte. Zugegeben; doch ist es wahrscheinlich, daß er dem Herausgeber des *Southern Literary Messenger* davon keine mündlichen Mitteilungen gemacht hätte? ... Und warum sollte Dirk Peters, der angeblich noch einige Jahre in Illinois wohnte, über den endlichen Ausgang ihrer Abenteuer geschwiegen haben? Hätte er ein Interesse daran gehabt, nicht davon zu sprechen? ...

Den Worten des Kapitäns Len Guy nach hatte sich dieser allerdings nach Vandalia begeben, wo Dirk Peters – dem Romane nach – sich aufhielt, hatte ihn aber nicht angetroffen. Das glaub' ich gern. Gleich wie Arthur Pym hatte er, ich wiederhole es, nur in der erregten Einbildung des amerikanischen Dichters gelebt. Zeugt es aber nicht gerade für die außerordentliche Macht dieses Genius, daß das, was er nur erfunden hatte, von einigen Personen für tatsächliche Wahrheit hingenommen wurde?

Ich begriff wohl, daß es übel angebracht gewesen wäre, mit dem nun einmal von seiner fixen Idee besessenen Kapitän Len Guy noch weiter über dasselbe Thema zu verhandeln und eine Beweisführung wieder aufzunehmen, die ihn doch nicht überzeugt hätte. Düstrer und verschlossener als vorher, erschien er nur noch auf Deck, wenn es dringend nötig war. Dann schweiften seine Blicke unablässig über den südlichen Horizont, den sie zu durchdringen suchten ...

Vielleicht glaubte er da schon die von großen Spalten gestreifte Dunstschicht zu sehen, die von der Finsternis verhüllten Tiefen des Himmels, die aufsteigenden Flammengarben aus dem milchigtrüben Meere wahrzunehmen und den weißen Riesen zu erkennen, der ihm den Weg durch die Schluchten des Kataraktes zeigte ...

Ein sonderbarer Schwärmer, unser Kapitän! Zum Glück blieb seine Intelligenz nach jeder andern Seite hin ungetrübt, seine Fähigkeiten als Seemann unbeeinflußt, und die Befürchtungen, die mir anfänglich aufstiegen, schienen sich nicht bewahrheiten zu sollen.

Von größtem Interesse erschien es mir jedoch, zu ergründen, warum der Kapitän Len Guy eine so rege Teilnahme für die angeblich Schiffbrüchigen von der »Jane« bewahrte. Selbst Arthur Pyms Bericht als wahr angenommen und zugegeben, daß die englische Goëlette jene undurchdringlichen Gebiete dennoch durchschifft hätte – wozu konnte seine warme Teilnahme am Schicksale der betreffenden Leute dienen? Hatten auch einzelne Matrosen der »Jane«, ihr Führer oder seine Offiziere, die Explosion und den von den Eingebornen der Insel Tsalal herbeigeführten Bergsturz überlebt, konnte man deshalb vernünftigerweise annehmen, daß sie auch jetzt noch am Leben wären? Seit jenen Ereignissen waren nach den Zeitangaben Arthur Pyms elf Jahre verflossen, und wie hätten die Unglücklichen, wenn sie den Insulanern damals wirklich entkamen, unter den gegebenen Verhältnissen ihre Bedürfnisse befriedigen können, oder sollten sie nicht vielmehr bis zum letzten Mann umgekommen sein?

Doch da ertappte ich mich ja bei der ernsten Betrachtung von Hypothesen, denen es an jeder Unterlage gebricht. Noch etwas mehr, und ich fing vielleicht an, an die Existenz Arthur Pyms und Dirk Peters', an deren Gefährten und an die im südlichen Packeise verlorne »Jane« zu glauben! ... Hatte mich die Verwirrung des Kapitäns Len Guy bereits angesteckt? In der Tat hatte ich mich ja dabei überrascht, einen Vergleich zwischen dem Wege der »Jane«, als sie nach Westen steuerte, und dem anzustellen, dem die »Halbrane« auf ihrer Fahrt nach Tristan d'Acunha folgte.

Wir schrieben jetzt den 3. September. Kam es zu einer Verzögerung – und die hätte nur ein Seeunfall herbeiführen können – so mußte unsre Goëlette binnen drei Tagen in Sicht des Hafens sein. Die Inselgruppe steigt übrigens so hoch empor, daß man sie bei günstiger Witterung schon aus großer Ferne sieht.

An diesem Tage spazierte ich zwischen zehn und elf Uhr vormittags an der Windseite zwischen Vorder- und Hinterteil des Schiffes hin und her. Wir glitten leicht über das schwach bewegte, kaum plätschernde Meer. Die »Halbrane« glich mehr einem ungeheuren Vogel, einem der von Arthur Pym erwähnten riesenhaften Albatrosse, der, sein mächtiges Gefieder entfaltend, eine ganze Mannschaft durch den Luftraum mit forttrug. Ja, für einen etwas phantastisch angelegten Kopf war das keine Seefahrt mehr, sondern ein Flug, und das Schlagen der Segel war das Schlagen von Fittichen.

Am Spill, vom Gaffelsegel geschützt und das Fernrohr vor den Augen, stand Jem West und schaute an der Leeseite an Backbord nach einem in ein bis zwei Seemeilen Entfernung schwimmenden Gegenstande hin, nach dem mehrere über die Schanzkleidung gebeugte Matrosen mit dem Finger zeigten.

Es war das eine Masse von zehn bis zwölf Quadratyard Oberfläche, von unregelmäßiger Gestalt und mit einer lebhaft glänzenden Erhebung in der Mitte. Diese Masse hob und senkte sich mit den Wellen, die sie in der Richtung nach Nordwesten weitertrugen.

Ich begab mich nach dem Vorderdecke und faßte jenen Gegenstand scharf ins Auge.

Dabei vernahm ich die Bemerkungen der Mannschaften, die für die geringsten Seetriften allemal besondres Interesse haben.

»Ein Walfisch ist das nicht«, erklärte der Segelmaat Martin Holt. »Er würde, seit wir ihn beobachten, mindestens schon zehnmal ausgeatmet und also eine Wassersäule mit Luft vermengt emporgetrieben haben.«

»Nein, von einem Wal kann keine Rede sein«, bestätigte Hardie, der Kalfatermeister. »Vielleicht ist es der Rumpf eines verlassenen Schiffes . . .«

»Das der Teufel vollends versenken möge!« rief Rogers. »Daran sollten wir in der Nacht nur einmal anstoßen! Da käme keiner mehr dazu, sich hinter den Ohren zu kratzen, und wir gingen unter, ohne zu wissen, wie und warum!«

»Hast recht«, stimmte Drap ihm bei. »Diese Wracks sind schlimmer als Felsen, denn sie treiben heute hier und morgen da . . . wer könnte sich ihrer erwehren?«

Eben trat Hurliguerly zu den Leuten heran.

»Was denken Sie davon, Hochbootsmann?« fragte ich ihn, als er sich neben mir auf die Reling gelehnt hatte.

Hurliguerly blickte scharf hinaus, und da die von frischer Brise getriebene Goëlette sich der Masse rasch näherte, war jetzt ein Urteil schon leichter abzugeben.

»Was wir da draußen sehen, Herr Jeorling«, antwortete der Hochbootsmann, »ist meiner Ansicht nach weder ein Wal noch eine Seetrift, sondern ganz einfach eine Eisscholle . . .«

»Eine Eisscholle?« rief ich verwundert.

»Hurliguerly täuscht sich nicht«, fiel jetzt Jem West ein. »Es handelt sich ganz einfach um eine Eisscholle, um ein Stück eines Eisbergs, das die Strömung weggeführt hat . . .«

»Wie«, versetzte ich, »bis herab zum fünfundvierzigsten Breitengrade?«

»Das kommt zuweilen vor«, erwiderte der Lieutenant. »Zuweilen verirren sich Eisschollen bis in die Nähe des Kaps, wenn man einem französischen Seefahrer, dem Kapitän Blosseville, glauben darf, der 1828 solche in dieser Höhe getroffen zu haben behauptet.«

»Dann wird diese hier aber wohl bald zerschmelzen?« bemerkte ich, erstaunt, daß mich der Lieutenant West einer so langen Antwort gewürdigt hatte.

«Sie wird schon zum größten Teil aufgelöst sein«, versicherte der Lieutenant, »und was wir hier sehen, ist gewiß nur der Rest eines Eisbergs, der vielleicht mehrere Millionen Tonnen Gewicht gehabt hat.«

Inzwischen war der Kapitän Len Guy aus seiner Kabine heraufgekommen. Als er die Gruppe von Matrosen um Jem West stehen sah, ging er auch selbst nach vorn.

Nach einigen, mit leiser Stimme gewechselten Worten übergab der Lieutenant ihm das Fernrohr.

Len Guy richtete es auf den schwimmenden Gegenstand, dem sich die Goëlette jetzt bis auf eine Seemeile genähert hatte, und nachdem er jenen eine Minute lang beobachtet hatte, sagte er:

»Es ist eine Eisscholle und für uns ein Glück, daß sie im Schmelzen ist! Die ›Halbrane‹ hätte eine ernste Havarie davontragen können, wenn sie in der Nacht mit ihr kollidierte . . .«

Mir fiel die Sorgfalt auf, womit der Kapitän seine Beobachtung fortsetzte. Es schien, als ob seine Augen von dem Okular des Fernrohrs, das sozusagen seine Pupille geworden war, gar nicht weichen könnten. Er blieb, wie an den Boden gebannt, regungslos stehen. Unempfänglich für das Rollen und Schlingern, die beiden Arme seiner Gewohnheit gemäß straff ausgestreckt, hielt er die Eisscholle unverrückbar im Gesichtsfelde des Objektivs. Sein ernsthaftes Gesicht zeigte hier und da hektische Flecken, bleiche Stellen, und über seine Lippen kamen unverständliche Worte.

So verstrichen einige Minuten. Die »Halbrane« war schon nahe dabei, an der Scholle vorüberzusegeln.

»Um ein Quart abfallen!« befahl der Kapitän, ohne das Fernrohr abzusetzen.

Ich erriet, was im Gehirn des von einer fixen Idee befallenen Mannes vorging. Diese vom südlichen Packeis abgesprengte Scholle kam ja aus den Gebieten, wohin ihn sein Gedanke unablässig zog. Er wollte sie näher sehen . . . vielleicht sie anlaufen . . . vielleicht irgend etwas davon mitnehmen . . .

Infolge des von Jem West übermittelten Befehls, hatte der Hochbootsmann die Schoten langsam nachschießen lassen, und um ein Quart beigedreht lief die Goëlette nun auf die Eisscholle zu. Bald waren wir nur noch zwei Kabellängen davon entfernt, und ich konnte sie schon besser erkennen.

Wie schon erwähnt, schmolz die Erhebung der Mitte von allen Seiten ab. Wasserfäden schlängelten sich an ihren Wänden hernieder. Im September dieses schon frühzeitig warmen Jahres hatte die Sonne bereits die Kraft, die Auflösung alles Eises hervorzurufen und sogar zu beschleunigen.

Am Ende des Tages war sicherlich nichts mehr von der Scholle übrig, die die Strömungen bis zum fünfundvierzigsten Breitengrade getragen hatten.

Der Kapitän Len Guy behielt sie noch immer im Auge, ohne jetzt das Fernrohr nötig zu haben. Allmählich unterschied man auf dem Eise einen fremdartigen Körper, der beim weitern Schmelzen immer mehr zum Vorschein kam – eine Gestalt von dunkler Farbe, die auf dem weißen Untergrunde lag.

Wie erstaunten, wie erschraken wir aber, als wir erst einen Arm, dann ein Bein, endlich einen Rumpf nebst Kopf hervortreten sahen, kurz eine Menschengestalt, die nicht nackt, sondern noch mit dunkler Kleidung verhüllt war ...

Einen Augenblick glaubte ich sogar, daß diese Glieder sich bewegten ... daß diese Hände sich gegen uns ausstreckten ...

Die Mannschaft konnte einen Aufschrei nicht unterdrücken.

Nein, der Körper bewegte sich zwar nicht, er glitt aber langsam aus seinem eisigen Bette herab.

Ich sah den Kapitän Len Guy an. Sein Gesicht war so bleich wie das des Leichnams, der aus den hohen Breiten des südlichen Polarmeers hierher verschlagen war.

Was möglich war, um den Ungücklichen aufzunehmen, geschah ohne Zögern ... wer wußte, ob er nicht vielleicht noch ins Leben zurückgerufen werden konnte. Jedenfalls enthielten seine Taschen irgendein Schriftstück, das seine Persönlichkeit festzustellen erlaubte. Dann würde ein letztes Gebet gesprochen und dieser Überrest eines menschlichen Wesens in die Tiefe des Ozeans, dem Friedhof der auf dem Meere verstorbenen Seeleute, versenkt werden.

Sofort wurde ein Boot flottgemacht. Der Hochbootsmann nahm darin mit den Matrosen Gratian und Francis Platz, und letztere ergriffen die Riemen. Durch Gegenbrassen hemmte Jem West den Lauf der Goëlette, die jetzt fast still lag und sich mit den langen Wellen hob und senkte.

Mit den Blicken folgte ich dem Boote, das an dem vom Wasser angenagten Rande der Scholle anlegte.

Hurliguerly betrat sie an einer Stelle, die noch mehr Zusammenhang und Festigkeit zu bieten schien. Gratian stieg mit ihm aus, während Francis das Boot mittels der Kette eines kleinen Dreggankers festhielt.

Beide krochen dann mehr nach dem Kadaver hin, zogen ihn, der eine an den Armen, der andre an den Beinen, vollends herab und brachten ihn ins Boot.

Mit einigen Ruderschlägen gelangten die Leute wieder nach der Goëlette. Der vom Kopf bis zu den Füßen steinhart gefrorene Leichnam wurde nahe dem Fockmast niedergelegt.

Sofort ging der Kapitän Len Guy auf ihn zu und betrachtete ihn aufmerksam, als ob er den Mann zu erkennen suchte.

Es war ein mit groben Stoffen bekleideter Seemann mit wollenen Beinkleidern, einer Jacke aus dickem Gewebe, einem Hemd aus dichtem Molton und mit einem Gürtel, der seine Taille zweimal umschlang. Offenbar war er schon seit mehreren Monaten tot . . . vielleicht schon bald nachher gestorben, als der Unglückliche auf der Scholle fortgetrieben worden war.

Der Mann, den wir an Bord genommen hatten, konnte nicht älter als vierzig Jahre sein, trotz seines schon grau gesprenkelten Haars. Seine Magerkeit war erschreckend – ein Skelett, an dem die Knochen fast durch die Haut drangen. Gewiß hatte er auf der unfreiwilligen Fahrt, über fast zwanzig Breitengrade vom Polarkreise aus, alle Qualen des Hungers gekostet.

Der Kapitän hob die vom Froste unversehrt erhaltnen Haare des Leichnams in die Höhe. Er richtete dessen Kopf auf und suchte das Auge zwischen den zusammengefrorenen Lidrändern zu sehen. Plötzlich rief er mit einem herzzerreißenden Seufzer:

»Patterson! ... Patterson!«

»Patterson?« entfuhr es auch mir.

Ich glaubte, daß dieser Name, trotz seines häufigen Vorkommens, sich meinem Gedächtnis besonders eingeprägt habe ... Wo hatte ich ihn doch nennen hören oder hatte ich ihn nicht irgendwo gelesen? ...

Still stehenbleibend, ließ der Kapitän die Blicke über den Horizont schweifen, als wolle er Befehl geben, das Schiff nach Süden umzulegen.

Da griff der Hochbootsmann auf einen Wink Jem Wests in die Taschen des Toten, worauf er ein Messer, ein Stück Kabelgarn, einen leeren Tabaksbeutel und schließlich ein ledernes Notizbuch mit metallenem Schreibstifte hervorzog.

Der Kapitän Len Guy drehte sich um und sagte, als Hurliguerly das Notizbuch eben Jem West aushändigen wollte:

»Gib es mir!«

Einige Seiten darin waren mit Schriftzügen bedeckt, die von der Feuchtigkeit fast ganz verwischt waren. Auf der letzten Seite aber befanden sich noch einige lesbare Worte, und der Leser wird sich meine tiefe Erregung vorstellen können, als ich diese vom Kapitän mit zitternder Stimme vorlesen hörte.

»Die ›Jane‹ – lauteten sie – *unter dreiundachtzig ... da ... seit elf Jahren ... Kapitän ... fünf Matrosen noch am Leben ... Eilt, ihnen Hilfe zu bringen! ...«*

Und unter diesen Zeilen ein Name ... eine Unterschrift ... Der Name Patterson ...

Patterson! ... jetzt entsann ich mich ... Das war der zweite Offizier der »Jane«, der Obersteuermann jener Goëlette, die Arthur Pym und Dirk Peters vom Wrack des »Grampus« aufgenommen hatte ... der »Jane«, die bis zur Höhe der Insel Tsalal gekommen war, der »Jane«, die von den Insulanern überfallen und deren Trümmer durch die Explosion weithin verstreut wurden ...

Das war also doch alles wahr? ... Edgar Poe hatte als Geschichtsschreiber, nicht als Romandichter gearbeitet? Hatte das Tagebuch Arthur Gordon Pyms als Unterlage besessen ... war zu ihm in unmittelbare Beziehung getreten? ... Arthur Pym lebte also oder hatte vielmehr gelebt ... er ... ein wirkliches greifbares Wesen? ... Und er war tot ... einem plötzlichen beklagenswerten Tode unter Umständen verfallen, die niemand kannte, da es ihm versagt blieb, den Bericht über seine außergewöhnliche Fahrt zu vollenden! ... Wie weit hinauf mochte er nach der Flucht von der Insel Tsalal mit seinem Genossen gekommen ... wie mochten beide nach ihrer amerikanischen Heimat zurückgelangt sein? ...

Ich glaubte, der Kopf wollte mir zerspringen, ich müßte toll werden, ich, der den Kapitän Len Guy dessen beschuldigte! ... Nein, ich hatte mich verhört, hatte falsch verstanden! Das war alles nur ein Hirngespinst von mir!

Und doch, wie hätte ich dieses Beweisstück, das eben am Körper des zweiten Offiziers der »Jane« gefunden wurde, ableugnen können, die Angaben dieses Patterson, die sich auf so bestimmte Vorkommnisse und Zeiten stützten? Doch auch der letzte Zweifel mußte schwinden, als es Jem West, der jetzt ruhiger erschien, gelang, noch einzelne weitere Bruchstücke der Sätze zu enträtseln.

»Seit dem 3. Juni nach Norden von der Insel Tsalal abgetrieben! ... Da ... noch immer ... Kapitän William Guy und fünf Leute von der ›Jane‹ ... Meine Scholle treibt durch das Packeis ... bald wird es mir an Nahrung fehlen ... Seit dem 13. Juni ... meine letzten Hilfsmittel erschöpft ... Heute ... 16. Juni ... werd' ich wohl sterben ...«

Schon drei Monate lang lag der Leichnam Pattersons also auf der Eisscholle, der wir auf der Fahrt von den Kerguelen nach Tristan d'Acunha begegneten. Ach, warum hatten wir den Obersteuermann von der »Jane« nicht lebend retten können! Er hätte uns aufgeklärt über das, was wir nicht wußten, was vielleicht nie jemand erfahren wird ... aufgeklärt über das Geheimnis jenes entsetzlichen Abenteuers!

Jetzt mußt' ich mich wohl den Tatsachen fügen. Der Kapitän Len Guy, der Patterson kannte, hatte ihn in diesem gefrorenen Leichnam wiedergefunden. Er war es, der den Kapitän der »Jane« damals begleitete, als dieser auf den Kerguelen eine Flasche niederlegte, und darin befand sich der Brief mit den authentischen Angaben, an den zu glauben ich mich weigerte. Ja! Seit elf Jahren befanden sich die Überlebenden von der englischen Goëlette da unten ... ohne Hoffnung, jemals erlöst zu werden!

Da trat mir in der Erregung des Augenblicks wieder die Übereinstimmung der beiden Namen vor Augen, die mir mehr und mehr das Interesse erklärte, das unser Kapitän für alles, was die Angelegenheit Arthur Pyms betraf, an den Tag legte.

Len Guy wandte sich endlich nach mir um und fragte, mich scharf ansehend:

»Glauben Sie denn nun daran?...«

»Ja ... freilich ...« stammelte ich. »Doch der Kapitän William Guy von der ›Jane‹?«

»Und der Kapitän Len Guy von der ›Halbrane‹ sind Brüder!« antwortete er mit überlauter Stimme, so daß ihn die ganze Mannschaft hörte.

Als wir dann wieder nach der Stelle, wo die Eisscholle trieb, hinausblickten, hatte der doppelte Einfluß der Sonnenstrahlen und des ziemlich warmen Wassers seine Wirkung getan – keine Spur davon war auf der Oberfläche des Meeres mehr übrig.

Siebentes Kapitel

Tristan d'Acunha

Vier Tage darauf lief die »Halbrane« die merkwürdige Insel Tristan d'Acunha an, die gleichsam den Dampfkessel der afrikanischen Meere bildet.

Gewiß war es ein außergewöhnlicher Zufall, das vorher erzählte Zusammentreffen in fünfhundert Lieues Entfernung vom Polarkreise, das Auftauchen der Leiche Pattersons. Jetzt waren der Kapitän von der »Halbrane«

und sein Bruder, der Kapitän von der »Jane«, durch diesen freilich toten Zeugen der Fahrt Arthur Pyms gleichsam aufs neue verknüpft. Jedermann wird das unwahrscheinlich finden, und doch tritt es gegen das, was ich noch zu erzählen habe, ganz bedeutend zurück.

Was mir von Anfang an alle Grenzen der Unwahrscheinlichkeit zu überschreiten schien, war die Annahme, daß der Roman des amerikanischen Dichters auf Tatsachen beruhe ... Mein Verstand empörte sich dagegen! ... Ich wollte die Augen selbst vor den Beweisen dafür verschließen.

Schließlich mußt' ich mich doch ergeben, und meine letzten Zweifel verschwanden mit dem Leichnam Pattersons in der Tiefe des Weltmeers.

Und nicht nur unser Kapitän war durch Bande des Blutes mit dieser dramatischen und wahrhaftigen Geschichte verknüpft, wie ich es vor kurzer Zeit erfahren hatte, sondern auch unser Segelmaat stand mit ihr in gewisser Verbindung. Martin Holt war nämlich der Bruder eines der besten Matrosen vom »Grampus«, einer derjenigen, die bei der Rettung Arthur Pyms und Dirk Peters' durch die »Jane« jedenfalls mit umgekommen waren.

Zwischen dem dreiundachtzigsten und vierundachtzigsten Grade südlicher Breite hatten also sieben englische Seeleute – die heute bis auf sechs vermindert waren – elf Jahre lang auf der Insel Tsalal gelebt, der Kapitän William Guy, der zweite Offizier Patterson und die fünf Matrosen von der »Jane«, die – doch durch welches Wunder? – den Eingebornen von Klock-Klock glücklich entgangen waren.

Und was wollte der Kapitän Len Guy nun unternehmen? – Darüber konnte nicht der leiseste Zweifel aufkommen. Er würde alles versuchen, um die Überlebenden von der »Jane« zu retten ... würde sich mit der »Halbrane« nach dem von Arthur Pym bezeichneten Längengrade begeben und sich mit dem Schiffe bis nach der im Notizbuche Pattersons angegebenen Insel Tsalal hinauswagen. Sein Lieutenant Jem West ging auf alle Fälle, wohin er ihm zu gehen befahl; seine Mannschaft zögerte gewiß nicht, ihm zu folgen, und die Furcht vor

Gefahren, die diese Expedition, die sich vielleicht bis jenseits der der Menschenkraft gezogenen Grenzen ausdehnte, etwa mit sich bringen konnte, würde sie nicht abzuschrecken vermögen. Der Geist ihres Kapitäns lebte in den Leuten, der Arm Jem Wests bewegte ihre Arme...

Das war also der Grund, warum der Kapitän Len Guy die Aufnahme von Passagieren verweigerte, warum er erklärte, nie einer vorherbestimmten Reiseroute zu folgen, da er immer auf die Gelegenheit wartete, sich mit einiger Aussicht auf Erfolg nach dem Südpolarmeere zu begeben.

Ja, wäre die »Halbrane« schon in dem Zustande gewesen, diesen Zug zu unternehmen, ich glaube, der Kapitän Len Guy hätte augenblicklich den Befehl erteilt, nach Süden zu steuern. Und nach dem, was ich ihm bei meiner Einschiffung erklärt hatte, wär' ich gar nicht in der Lage gewesen, ihn zur Einhaltung des jetzigen Kurses zu bestimmen, um mich an der Insel Tristan d'Acunha abzusetzen.

Vorläufig machte es sich aber nötig, auf dieser Insel, von der wir nicht mehr weit entfernt waren, Süßwasser einzunehmen. Dort fand sich wohl auch die Möglichkeit, die Goëlette zum Kampfe gegen die Eisberge auszurüsten und das freie Meer zu erreichen, denn jenseits des zweiundachtzigsten Breitengrades sollte es ja eisfrei sein, dann weiter vorzudringen, als einem Cook, Weddell, einem Biscoe und Kamp gelungen war, und das zu versuchen, was einst der Lieutenant Wilkes von der amerikanischen Marine versucht hatte.

Nun, an Tristan d'Acunha einmal gelandet, gedachte ich dort ein andres Schiff abzuwarten. Doch selbst wenn die »Halbrane« jetzt ausgerüstet gewesen wäre, die waghalsige Fahrt zu unternehmen, hätte es die Jahreszeit noch nicht einmal gestattet, den Polarkreis zu überschreiten. Jetzt war die erste Septemberwoche noch nicht vorbei, und mindestens mußten noch zwei Monate verstreichen, ehe der südliche Sommer den Packeiswall lockerte und die Eisschollen zum Zerfallen brachte.

Nur dann – das war allen Seefahrern bekannt –, das

heißt von Mitte November bis zu Anfang März, können solche Unternehmungen mit einiger Aussicht auf Erfolg ausgeführt werden, dann ist die Lufttemperatur erträglicher, sind Stürme weniger häufig, dann »kalben« die Eisberge (d. h., sie reißen sich von der dahinterliegenden Masse los), das Packeis öffnet sich stellenweise und fortwährendes Tageslicht badet jene entlegenen Gebiete. Hier galten also Vorsichtsmaßregeln, die die »Halbrane« vernünftigerweise nicht außer acht lassen durfte. Im Bedarfsfalle konnte unsere Goëlette, nachdem sie ihren Wasservorrat auf Tristan d'Acunha ergänzt und frische Nahrungsmittel eingenommen hatte, bis dahin noch immer an den Falkland-Inseln oder der amerikanischen Küste einen für etwaige Ausbesserungen besser geeigneten Hafenplatz aufsuchen, als den an dieser in der Wasserwüste des südatlantischen Ozeans verlornen Gruppe.

Bei klarer Luft ist deren Hauptinsel auf fünfundachtzig bis neunzig Seemeilen weit sichtbar. Die nachfolgenden Mitteilungen über Tristan d'Acunha erhielt ich von dem Hochbootsmann, der nach öfters wiederholten Besuchen der Insel seine Aussagen auf persönliche Anschauung und Erfahrung stützte.

Tristan d'Acunha liegt etwas südlich von der Zone des beständigen Südwestwindes. Sein mildes und feuchtes Klima zeigt eine gemäßigte Luftwärme, die nie unter fünfundzwanzig Grad Fahrenheit (etwa 4° C unter Null) herabsinkt und nie über achtundsechzig Grad (20° C über Null) ansteigt. Die vorherrschenden Winde kommen aus Westen und Nordwesten und während des Winters – im August und September – aus Süden.

Die Insel wurde, seit 1811, von dem Amerikaner Lambert nebst mehreren Landsleuten desselben bewohnt, die zum Fange von Seesäugetieren ausgezogen waren. Nach ihnen ließen sich hier zur Überwachung des Meeres bei St. Helena bestimmte englische Soldaten häuslich nieder, die erst 1821, nach dem Tode Napoleons, wieder abzogen.

Tristan d'Acunha zählte dreißig oder vierzig Jahre später etwa hundert Bewohner von recht hübschem Typus, Abkömmlinge von Europäern, Amerikanern und Holländern vom Kap; vorher war auch hier eine Republik gegründet worden, der ein Patriarch – derjenige der Familienväter, der die meisten Kinder hatte – vorstand, und zuletzt erkannte die Inselgruppe die Oberherrlichkeit Großbritanniens an – von alledem war aber 1839, als die »Halbrane« dort vor Anker gehen sollte, noch keine Rede.

Übrigens sollte ich mich durch persönliche Beobachtung bald überzeugen, daß Tristan d'Acunha gar kein so begehrenswerter Besitz war, obwohl sein Name im 16. Jahrhundert »Land des Lebens« lautete. Wenn es sich einer ihm eigentümlichen Flora erfreut, so besteht diese doch nur aus Farnkräutern, Lykopoden und einer stacheligen Graminee, einer Ginsterart (Spartine), die den Fuß der Berge überkleidet. Was die häusliche Fauna angeht, so bilden Rinder, Schafe und Schweine den einzigen Reichtum und sind der Gegenstand eines unbedeutenden Handels mit St. Helena. Reptilien und Insekten kommen gar nicht vor, und die Wälder bergen nur eine kaum gefährliche Katzenart – eine wieder wild gewordene Art Hauskatze.

Der einzige Baum, den die Insel hervorbringt, ist ein achtzehn bis zwanzig Fuß hoher Kreuzdorn, dagegen wird viel zu Heizungszwecken benütztes Holz durch die Strömungen hierher getragen. Von Gemüsepflanzen fand ich nur Kohl, Steck- und rote Rüben, Zwiebeln, nebst Kürbissen und von Früchten Birnen, Pfirsiche und recht minderwertige Weintrauben. Der Liebhaber der Vogelwelt hätte nichts andres als Möwen, Sturmvögel, Pinguine und Albatrosse zu jagen; weitere Vertreter hat ihm die Ornithologie von Tristan d'Acunha nicht zu bieten.

Am Morgen des 5. September war es, als der hohe Vulkan der Hauptinsel sichtbar wurde – ein schneebedeckter Bergstock von zwölfhundert Toisen Höhe, dessen erloschener Krater ein kleines Seebecken bildet. Bei weiterer Annäherung am folgenden Morgen konnte man die breiten Ströme alter Lava unterscheiden, die einem Moränenfelde glichen.

Hier schwammen Streifen riesigen Meergrases auf der Meeresfläche, wirkliche vegetabilische Taue, die bei einer Länge von sechs- bis zwölfhundert Fuß zuweilen so dick wie eine Tonne waren.

Ich habe hier einzufügen, daß sich der Kapitän Len Guy an den drei Tagen nach dem Zusammentreffen mit der Eisscholle auf dem Verdeck nur zeigte, wenn er eine Höhenmessung der Sonne vornahm. Gleich nachher kehrte er in seine Kabine zurück, und nur beim Essen hatte ich noch Gelegenheit, ihn zu sehen. Es war unmöglich gewesen, ihn aus seiner Schweigsamkeit, die mehr völliger Stummheit gleichkam, zu erwecken. Selbst Jem West hätte hier nichts erzielt. Ich bewahrte die strengste Zurückhaltung, in der Meinung, die Stunde werde schon kommen, wo mir Len Guy von seinem Bruder William und von seinem Vorhaben, dessen und seiner Landsleute Rettung zu versuchen, sprechen würde. Diese Stunde war, wie ich hier wiederhole, in Anbetracht der Jahreszeit noch nicht gekommen, als diese Goëlette am 6. September bei achtzehn Faden Tiefe Anker warf, und zwar an der Nordwestküste nahe der größeren Insel, bei »Ansiedlung«, im Hintergrunde der Falmouth-Bai, genau an der Stelle, die Arthur Pym in seinem Berichte als Ankerplatz der »Jane« bezeichnet hatte.

Ich sagte der größern Insel, denn die Gruppe von Tristan d'Acunha besteht auch aus noch zwei minder bedeutenden. Gegen acht Lieues im Südwesten liegt die Insel Inaccessible und etwa fünf Lieues im Südosten die Insel Nightingale. Der ganze Archipel ist etwa unter 37 Grad 8 Minuten südlicher Breite und 12 Grad 8 Minuten westlicher Länge zu suchen.

Die Inseln sind kreisrund. Auf der Karte ähnelt Tristan d'Acunha einem aufgespannten Regenschirm von fünfzehn Seemeilen Umfang, dessen nach dem Mittelpunkte zusammenlaufende Stäbe von den regelmäßigen Bergrücken dargestellt werden, die von dem zentralen Vulkane ausgehen.

Die Gruppe bildet ein fast unabhängiges ozeanisches Landgebiet, das von dem Portugiesen entdeckt wurde, der ihm seinen Namen beilegte. Nach einer Untersuchung durch Holländer im Jahre 1643 und einer durch Franzosen im Jahre 1767 siedelten sich hier einige Amerikaner zum Zwecke des Fanges von Seekälbern an, die an den Küsten in großer Menge vorkommen. Natürlich folgten diesen bald die unausbleiblichen Engländer.

Zur Zeit, als die »Jane« hier gelegen hatte, »herrschte« ein früherer englischer Artillerie-Unteroffizier über eine kleine Kolonie von sechsundzwanzig Personen, die, nur im Besitze einer Goëlette von mäßigem Tonnengehalt, mit dem Kap Handelsverbindungen unterhielten. Bei unserer Ankunft hatte derselbe »Gouverneur« namens Glaß wohl schon gegen fünfzig »Untertanen«, doch, wie Arthur Pym bemerkt, ganz »frei von jedem Eingriff der britischen Regierung«. Ein Meer, dessen Tiefe zwischen zwölf- und fünfzehnhundert Faden schwankt, umspült die Gruppe, neben der die südliche Äquinoktialströmung nach Westen hin verläuft. Im allgemeinen sind hier regelmäßige Südwestwinde vorherrschend, während Stürme nur selten auftreten. Im Winter gelangen die treibenden Eisschollen oft bis zehn Grade über den Breitengrad der Gruppe hinaus, ohne St. Helena doch je zu erreichen – ebensowenig wie die großen Spritzfische (Wale u. dgl.), die zu warmes Wasser stets zu meiden suchen.

Die an den Spitzen eines Dreiecks liegenden Inseln sind voneinander durch verschiedne gegen zehn Seemeilen breite und bequem schiffbare Wasserstraßen getrennt. Ihre Küsten liegen frei und dicht, um Tristan d'Acunha hat das Meer schon hundert Faden Tiefe.

An jenen Ex-Unteroffizier hatte sich nun die »Halbrane« nach ihrer Ankunft zu wenden. Der Mann erwies sich übrigens als recht wohlwollend. Jem West, dem der Kapitän Len Guy es überließ, die Wasserbehälter neu zu füllen und frisches Fleisch und Gemüse einzukaufen, konnte Glaß' Zuvorkommenheit nur rühmen, wenn dieser auch darauf hielt, eine anständige Bezahlung zu erlangen.

Bald nach der Ankunft der »Halbrane« zeigte es sich indes, daß auf Tristan d'Acunha nicht alles zu beschaffen war, was zur Ausrüstung eines Schiffes gehörte, das eine Fahrt nach dem Antarktischen Meere ausführen wollte. Bezüglich der Nahrungsmittel kann Tristan d'Acunha dagegen von den Seefahrern mit Vorteil aufgesucht werden. Ihre Vorgänger haben nach der Gruppe allerlei Haustiere, Schafe, Schweine, Rinder und Geflügel, eingeführt, während der amerikanische Kapitän Patten, der Befehlshaber der »Industry«, gegen Ende vorigen Jahrhunderts hier nur vereinzelte wilde Ziegen vorgefunden hatte. Nach ihm ließ der Kapitän Colguhum von der amerikanischen Brigg »Betsey« Pflanzungen von Zwiebeln, Kartoffeln und verschiedenen Gemüsen anlegen, die bei dem fruchtbaren Erdboden recht gut gediehen. Das erzählt Arthur Pym wenigstens in seinem Bericht, und man hat kaum Ursache, daran zu zweifeln.

Der Leser wird bemerken, daß ich von dem Helden Edgar Poes wie von einem Menschen spreche, an dessen Existenz ich niemals gedeutelt hatte. Es verwundert mich auch, daß der Kapitän Len Guy gegen mich auf dieses Thema nie wieder zu sprechen kam. Offenbar waren die so bestimmten Aufzeichnungen, die sich in Pattersons Notizbuche vorfanden, doch nicht in Berechnung jenes Zwischenfalls fabriziert, und es hätte mir übel angestanden, meinen früheren Irrtum nicht einzugestehen.

Wenn ich übrigens noch irgendwelchen Zweifel hegte, kam zu den Angaben des zweiten Offiziers von der »Jane« noch ein weiterer, unwiderlegbarer Beweis.

Am Tage nach unserm Eintreffen war ich bei Ansiedlung an einem schönen Strande von schwärzlichem Sand ans Land gegangen. Ich sagte mir, daß ein solcher Strand doch nicht habe nach der Insel Tsalal versetzt werden können, wo diese Trauerfarbe mit Ausschluß des Weiß herrschte, das die Insulaner in eine so heftige, in Schlaffheit und geistige Stumpfheit ausgehende Aufregung versetzte. Doch wenn ich diese wunderbaren Dinge auch nicht direkt für erfunden hielt, konnte Arthur Pym doch vielleicht das Opfer einer Sinnestäuschung gewesen sein. Was davon zu halten wäre, das müßte sich ja bei der Insel Tsalal ausweisen, wenn die »Halbrane« je dahin gelangte.

Ich begegnete dem Ex-Korporal Glaß, einem gut konservierten Manne mit freilich ziemlich verschmitztem Gesichtsausdruck, dessen sechzig Jahre seine sprudelnde Lebhaftigkeit nicht zu schwächen vermocht hatten. Abgesehen von dem Geschäftsverkehr mit dem Kap und den Falkland-Inseln, trieb er noch einen ausgedehnten Handel mit Robbenfellen und See-Elefantenöl, und seine Geschäfte gediehen offenbar nach Wunsch.

Da er zum Plaudern viel Neigung hatte, verwickelte ich diesen Gouverneur eigener Wahl, den die Kolonie jedoch anerkannte, gleich beim ersten Zusammentreffen mühelos in eine Unterhaltung, die sich nach mehr als einer Seite hin recht interessant gestalten sollte.

»Laufen Tristan d'Acunha wohl viele Schiffe an?« fragte ich.

»Oh, so viele, wie wir brauchen, allemal, werter Herr«, antwortete er und rieb sich die Hände hinter dem Rücken – eine, wie es scheint, bei ihm eingewurzelte Gewohnheit.

»In der schönen Jahreszeit natürlich«, fuhr ich fort.

»Ja, in der schönen Jahreszeit, wenn wir in unserer Gegend überhaupt von einer schlechten sprechen können.«

»Da gratuliere ich Ihnen, Herr Glaß. Zu bedauern ist freilich, daß Tristan d'Acunha keinen eigentlichen Hafen aufweist, und wenn ein Schiff draußen im offenen Meer ankern muß . . .«

»Auf dem offenen Meere, mein Herr? . . . Was meinen Sie damit?« rief der Ex-Korporal mit einer Lebhaftigkeit, die große Eigenliebe verriet.

»Ich meine nur, Herr Glaß, wenn Sie hier Kais zum Anlegen hätten . . .«

»Wozu das, mein Herr, wenn die Natur uns eine Bai wie diese beschert hat, wo man gegen jeden Sturm gesichert ist und sich im Notfall mit der Nase an den Felsen festlegen kann? . . . Nein, Tristan hat freilich keinen Hafen, aber es braucht auch keinen!«

Warum hätt' ich dem wackren Manne widersprechen sollen? Er war auf seine Insel ebenso stolz wie der Fürst von Monaco ein Recht hat, auf sein Duodez-Fürstentum stolz zu sein.

Ich schwenkte also von dem ersten Thema ab, und wir schwatzten von diesem und jenem. Er erbot sich, einen Ausflug durch die dichten Wälder, die bis zur halben Höhe des Mittelgipfels hinanreichen, zu veranstalten.

Ich dankte, entschuldigte mich aber, sein Anerbieten ablehnen zu müssen. Die Stunden unsres Aufenthaltes konnte ich schon mit einigen mineralogischen Studien ausfüllen. Die »Halbrane« sollte auch sofort nach der Neuverproviantierung die Anker lichten.

»Ihr Kapitän muß ganz besondere Eile haben«, bemerkte der Gouverneur Glaß.

»Finden Sie das? . . .«

»Solche Eile, daß sein Lieutenant mit mir nicht einmal wegen des Einkaufs von Fellen und Öl verhandelt.«

»Wir brauchen nur frische Nahrungsmittel und Süßwasser, Herr Glaß.«

»Nun, mein Herr«, entgegnete der Gouverneur, etwas verdrossen, »was die ›Halbrane‹ nicht mitnimmt, werden andre Schiffe nicht liegenlassen!«

Bald darauf nahm er wieder das Wort.

»Wohin geht Ihre Goëlette von hier aus?«

»Jedenfalls nach den Falkland-Inseln, wo sie Reparaturen vornehmen lassen kann.«

»Sie, werter Herr, sind, wie ich vermute, nur Passagier? . . .«

»Wie Sie sagen, Herr Glaß. Ich hatte sogar die Absicht, auf Tristan d'Acunha einige Wochen zu verweilen, mußte davon aber schließlich absehen.«

»Das bedaure ich wirklich, werter Herr!« erklärte der Gouverneur. »Wir würden uns glücklich geschätzt haben, Sie gastfreundlich aufzunehmen, bis ein anderes Schiff eintraf.«

»Eine Gastfreundschaft, die ich gewiß zu schätzen gewußt hätte«, versicherte ich. »Leider kann ich davon nicht Gebrauch machen . . .«

In der Tat war ich entschlossen, die Goëlette auf keinen Fall zu verlassen. Nach dem nötigen Aufenthalte hier sollte sie nach den Falkland-Inseln steuern, wo alle Vorbereitungen zu einer Fahrt ins Antarktische Meer getroffen werden sollten. Bis dahin gedachte ich mitzufahren, da sich dort gewiß ohne großen Zeitverlust eine Gelegenheit zur Rückkehr nach Amerika bieten mußte, und der Kapitän Len Guy würde ja jedenfalls zustimmen, mich mitzunehmen.

Mit dem Ausdruck der Verwunderung fuhr der Ex-Korporal fort:

»Wahrhaftig, ich habe von Ihrem Kapitän weder die Farbe der Haare noch den Teint seines Gesichts gesehen ...«

»Ich glaube, er denkt gar nicht daran, einmal ans Land zu gehen, Herr Glaß.«

»Ist er etwa krank?«

»Daß ich nicht wüßte! Doch das ficht Sie wohl kaum an, er hat sich ja durch seinen Lieutenant vertreten lassen.«

»Oh, mit dem ist ja nichts zu reden! ... Kaum daß man dann und wann zwei Worte aus ihm herausbringt! ... Zum Glück kommen die Piaster leichter aus seiner Börse als die Worte aus seinem Munde.«

»Das ist ja das wichtigste, Herr Glaß!«

»Ja freilich, Herr ...?«

»Jeorling, aus Connecticut.«

»Na, da weiß ich doch nun Ihren Namen, während ich den des Kapitäns der ›Halbrane‹ noch nicht kenne.«

»Er heißt Guy ... Len Guy ...«

»Ein Engländer?«

»Ja, ein Engländer.«

»Er brauchte sich wohl auch die Mühe nicht verdrießen zu lassen, einen Landsmann aufzusuchen, Herr Jeorling ... Doch ... erlauben Sie ... ich habe doch schon einmal mit einem Kapitän namens Guy zu tun gehabt ...«

»Etwa William Guy?« fragte ich lebhaft.

»Ganz recht, William Guy ...«

»Der die ›Jane‹ befehligte ...?«

»Die ›Jane‹ ... richtig.«

»Eine englische Goëlette, die vor elf Jahren bei Tristan d'Acunha ankerte?«

»Vor elf Jahren, ja, Herr Jeorling. Schon sieben Jahre

früher hatte ich hier auf der Insel verweilt, wo mich im Jahre 1824 der Kapitän Jeffrey vom ›Berwick‹ aus London fand. Ich erinnere mich jenes William Guy so genau, als ob ich ihn vor mir sähe ... es war ein braver Mann, der das Herz auf der Zunge hatte, und ich lieferte ihm damals eine Ladung Robbenfelle. Er sah ein bißchen vornehm, sogar stolz aus ... war aber gutmütiger Natur ...«

»Und die ›Jane‹?« fragte ich.

»Die seh' ich auch noch ... dort an der nämlichen Stelle, wo die ›Halbrane‹ liegt ... ein hübsches Fahrzeug von hundertachzig Tonnen mit weit ausladendem Bug ... sie hatte Liverpool als Heimathafen ...«

»Ja, das stimmt«, rief ich überrascht, »das stimmt alles!«

»Und fährt die ›Jane‹ auch jetzt noch, Herr Jeorling?«

»Nein, Herr Glaß.«

»Ist sie etwa gar verunglückt? ...«

»Das ist mit Sicherheit anzunehmen, und der größte Teil der Mannschaft ist mit ihr verschwunden.«

»Können Sie mir auch sagen, wie das sich zugetragen hat, Herr Jeorling?«

»Gewiß, Herr Glaß! Die ›Jane‹ schlug von Tristan d'Acunha aus den Kurs nach den Auroras-Inseln und andern ein, die William Guy aufzufinden hoffte. Er stützte sich dabei auf Angaben ...«

»Die von mir herrührten, Herr Jeorling!« fiel der Ex-Korporal ein. »Nun ... und jene andern Inseln ... darf ich wissen, ob die ›Jane‹ sie entdeckt hat?«

»Nein, ebensowenig wie die Auroras, obwohl William Guy sich mehrere Jahre in jenen Gewässern von Osten nach Westen segelnd aufgehalten hat, wobei auf der Mars stets ein Mann auf Ausguck saß ...«

»Da muß er doch die richtige Örtlichkeit verfehlt haben, Herr Jeorling, denn nach der Aussage verschiedner Walfänger, die ich für ganz glaubwürdig halte, müssen jene Inseln vorhanden sein. Es ist ja gar schon davon die Rede gewesen, sie nach meinem Namen zu taufen ...«

»Und das gewiß mit Recht«, fügte ich höflich ein.

»Und wenn sie nicht doch noch entdeckt werden sollten, wäre das recht ärgerlich«, setzte der Gouverneur hinzu, der eine gute Portion Eitelkeit verriet.

»Damals wollte der Kapitän William Guy also«, fuhr ich fort, »ein schon lange bestehendes Vorhaben ausführen, wozu ihn ein Passagier antrieb, der sich auf der ›Jane‹ befand.«

»Arthur Gordon Pym«, rief Glaß sofort, »und sein Gefährte Dirk Peters ... die beide von der Goëlette aus dem Meere aufgefischt worden waren.«

»Haben Sie denn die Leute gekannt, Herr Glaß?« fragte ich gespannt.

»Ob ich sie gekannt habe, Herr Jeorling! – Es war ein eigentümlicher Bursche, dieser Arthur Pym ... immer begierig, sich in Abenteuer zu stürzen ... ein unerschrockener Amerikaner, der jedenfalls gleich bereit gewesen wäre, selbst nach dem Monde abzufahren! ... Er wäre also nicht nach den genannten Inseln gekommen?«

»Nein, Herr Glaß; die Goëlette William Guys scheint bei ihrer Fahrt aber den Polarkreis überschritten und das Packeis durchbrochen zu haben, wodurch sie dann weiter hinaufgelangt wäre, als je ein Fahrzeug vor ihr.«

»Ah, eine erfolgreiche Reise!« rief Glaß.

»Gewiß ... Doch leider ist die ›Jane‹ davon nicht zurückgekehrt.«

»Arthur Pym und Dirk Peters – letzterer eine Art Mestize von außergewöhnlicher Körperkraft, den sechs Mann nicht hätten zu Boden werfen können – die wären also umgekommen, Herr Jeorling?«

»Nein, das nicht, Herr Glaß; Arthur Pym und Dirk Peters vermochten der Katastrophe zu entgehen, der die ›Jane‹ mit der Mehrzahl ihrer Leute zum Opfer gefallen ist. Sie sind sogar nach Amerika heimgekehrt ... auf welche Weise, ist freilich unbekannt. Später ist Arthur Pym unter unerklärt gebliebenen Verhältnissen gestorben. Der Mestize aber, der sich nach Illinois zurückgezogen hatte, ist eines Tages, ohne jemand davon zu benachrichtigen, verschwunden, und seine Spur ist gänzlich verloren.«

»Und William Guy selbst?« fragte Glaß.

Ich erzählte nun, wie die Leiche Pattersons, des zweiten Offiziers von der »Jane«, von uns auf einer Scholle gefunden worden war, und fügte hinzu, daß alles darauf hindeute, daß der Kapitän der »Jane« mit fünf seiner Leute noch auf einer tief südlich, kaum sechs Grade vom Pole gelegenen Insel leben möge.

»Oh, Herr Jeorling«, rief Glaß lebhaft, »möchte es doch gelingen, William Guy und seine Matrosen, die mir alle als recht brave Leute erschienen, bald zu retten!«

»Das wird die ›Halbrane‹ jedenfalls versuchen, sobald sie dazu instand gesetzt ist, denn Kapitän Len Guy ist der leibliche Bruder jenes William Guy...«

»Was Sie sagen, Herr Jeorling!« fuhr Glaß auf. »Nun, obwohl ich den Kapitän Len Guy nicht kenne, möchte ich doch behaupten, daß die zwei Brüder sich nicht ähneln... wenigstens nicht bezüglich der Art und Weise, wie sie sich dem Gouverneur von Tristan d'Acunha gegenüber verhalten haben!«

Ich sah, daß der Ex-Korporal sich durch die Indifferenz Len Guys, der ihm nicht einmal einen Besuch abgestattet hatte, tief verletzt fühlte. Man bedenke nur: Der Beherrscher dieser unabhängigen Insel, dessen Machtbereich auch noch zwei Nachbarinseln, Inaccessible und Nightingale, umfaßte! Er tröstete sich aber jedenfalls mit der Aussicht, seine Ware fünfundzwanzig Prozent über dem reellen Wert abzusetzen.

Der Kapitän Len Guy zeigte keinen Augenblick die Absicht, den Fuß ans Land zu setzen. Das war um so auffälliger, als er doch wußte und wissen mußte, daß die »Jane« hier an der Nordwestküste von Tristan d'Acunha vor Anker gelegen hatte, ehe sie nach den südlichen Meeren absegelte. Sich aber mit dem letzten Europäer, der seinem Bruder noch die Hand gedrückt hatte, in Verbindung zu setzen, das erschien doch gewiß angezeigt.

Jem West und seine Leute blieben indes die einzigen, die ans Land kamen. Dabei beeilten sie sich nach Möglichkeit, das Zinn- und Kupfererz, die bisherige Fracht der Goëlette, zu löschen und frischen Proviant nebst Süßwasser einzunehmen.

Die ganze Zeit über verweilte der Kapitän Len Guy an Bord, sogar ohne je das Verdeck zu betreten, und immer sah ich ihn über den Tisch gebeugt durch das Schiebfenster seiner Kabine.

Auf dem Tische lagen Karten ausgebreitet und Bücher aufgeschlagen. Ohne Zweifel waren die Karten solche der Südpolargebiete und die Bücher solche, die die Fahrten der Vorgänger der »Jane« in den geheimnisvollen antarktischen Einöden schilderten.

Darunter befand sich auch ein hundertmal gelesener und wiedergelesener Band, dessen meiste Blattecken eingebogen waren, während die freien Seitenränder zahlreiche Bleistiftnotizen enthielten ... Auf dem Umschlage aber leuchtete der wie mit feurigen Buchstaben gedruckte Titel: *Die Abenteuer des Arthur Gordon Pym.*

Achtes Kapitel

Auf dem Wege nach den Falkland-Inseln

Am Abend des 8. September hatte ich von Seiner Exzellenz dem Generalgouverneur des Archipels von Tristan d'Acunha – so lautete der offizielle Titel – von dem braven Glaß, dem Ex-Korporal der britischen Artillerie, Abschied genommen. Am folgenden Tage ging die »Halbrane« frühzeitig unter Segel.

Selbstverständlich hatte ich von Kapitän Guy Erlaubnis erhalten, bis nach den Falkland-Inseln mitzufahren. Es handelte sich dabei um eine Strecke von zweitausend Seemeilen, die in etwa vierzehn Tagen zurückgelegt werden konnte, wenn unsre Fahrt jetzt ebenso wie zwischen den Kerguelen und Tristan d'Acunha vom Wind und Wetter begünstigt wurde. Den Kapitän Len Guy schien mein Gesuch gar nicht zu überraschen, er schien es vielmehr erwartet zu haben. Ich selbst erwartete dagegen, daß er gelegentlich wieder auf Arthur Pym zu sprechen käme, von welchem Thema er mir gegenüber hartnäckiges Schweigen bewahrte, seit die Auffindung des unglücklichen Patterson ihm gegen meine Auffassung des Werkes Edgar Poes so handgreiflich recht gegeben hatte.

Doch wenn er das bisher vermied, so behielt er sich wohl nur vor, es bei passender Gelegenheit zu tun. Übrigens blieb das ja ohne Einfluß auf seine letzten Pläne, und er war gewiß entschlossen, die »Halbrane« nach den weitentlegenen Gebieten zu führen, wo die »Jane« einst untergegangen war.

Nach Umschiffung der Herald-Spitze verschwanden die wenigen Häuschen von Ansiedlung hinter jenem Landvorsprunge nebender Falmouth-Bai. Bei der Richtung des Schiffes nach Nordwesten gestattete eine leichte Brise alle Segel zu entfalten.

Im Laufe des Vormittags ließen wir die Elefanten-Bai, Hardy-Rock, West-Point, Cotton-Bai und zuletzt das Vorgebirge Daley hinter uns. Es bedurfte nicht einmal des ganzen Tages, um auch den achttausend Fuß hohen Vulkan aus den Augen zu verlieren, da uns schon die Abenddämmerung seinen schneeigen Gipfel verbarg.

Die ganze Woche hindurch verlief die Fahrt unter den günstigsten Verhältnissen, und wenn das so fortging, konnte der September noch nicht zu Ende sein, wenn wir die ersten Höhen der Gruppe der Falkland-Inseln zu Gesicht bekamen. Diese Überfahrt sollte uns schon weit nach Süden hinabbringen, da die Goëlette vom achtunddreißigsten bis zum fünfundfünfzigsten Breitengrade hinuntersteuern mußte.

Da nun der Kapitän Len Guy bestimmt die Absicht hat, tief in die antarktischen Gebiete vorzudringen, erscheint es hier angezeigt, sogar unumgänglich, auszugsweise die Versuche anzuführen, die zur Erreichung des Südpols oder doch des großen Festlands, in dem dieser Zentralpunkt liegen mochte, gemacht worden sind. Len Guy hatte mir die Bücher zur Verfügung gestellt, worin alle jene Unternehmungen sehr ins einzelne geschildert sind, darunter auch das große Werk Edgar Poes, »Außerordentliche Geschichten« betitelt, das ich unter dem

Eindruck meiner bisherigen merkwürdigen Erfahrungen mit wirklicher Leidenschaft durchstudierte.

Wenn Arthur Pym sich auch verpflichtet glaubte, die wichtigsten Entdeckungen der ersten Seefahrer zu erwähnen, so mußte er doch vor jenen nach dem Jahre 1828 selbstverständlich haltmachen. Da ich nun zwölf Jahre nach ihm schreibe, obliegt es mir, das mitzuteilen, was seine Nachfolger bis zur jetzigen Fahrt der »Halbrane«, 1839 bis 1840, erzielt hatten.

Das Gebiet, das man geographisch als das antarktische bezeichnen darf, scheint etwa vom sechzigsten Grade südlicher Breite eingeschlossen zu sein.

Im Jahre 1772 trafen die »Resolution«, Kapitän Cook, und die »Adventure«, Kapitän Fourneaux, am achtundfünfzigsten Grade das Eis, dessen Rand etwa von Nordwest nach Südost verlief. Die beiden Schiffe erreichten, während sie unter den schlimmsten Gefahren zwischen ungeheuren Eismassen hindurchschlüpften, Mitte Dezember den vierundsechzigsten Breitengrad, überschritten im Januar den Polarkreis und wurden schließlich von acht bis zwanzig Fuß hoch frei aufragenden Eismassen unter 67° 17′, also nahe dem südlichen Polarkreise (66° 32′ 3″), aufgehalten.

Im folgenden Jahre versuchte es Kapitän Cook im Monat November noch einmal, weiter vorzudringen. Unterstützt von einer kräftigen Strömung und dem Nebel, den Stürmen und einer recht strengen Kälte trotzend, gelangte er ein wenig über den einundsiebzigsten Breitengrad hinaus, sah sich hier aber endgültig aufgehalten durch unüberwindliches Packeis, durch feste zwei- bis dreihundert Fuß hohe, an ihren Rändern verlötete Massen, die bei 71° 10′ südlicher Breite und 106° 54′ westlicher Länge noch von riesigen Eisbergen überragt wurden.

Weiter sollte der unerschrockne englische Kapitän auf den antarktischen Meeren nicht vordringen.

Dreißig Jahre später, 1803, sollte die russische Expedition der Kapitäne Krusenstern und Lisiansky, die von Südwinden zurückgetrieben wurden, nur bis 59° 52′ südlicher Breite und 70° 15′ wetlicher Länge gelangen, obwohl die im März unternommene Fahrt vom Eise nicht behindert wurde.

Im Jahre 1818 entdeckten William Smith und nach ihm Barnesfield die South-Shetlands-Inseln; ferner Botwell, 1820, die South-Orkneys, und Palmer und andere Robbenjäger kamen bis in Sicht des Trinitätslandes, wagten sich über dieses aber nicht hinaus.

Im Jahre 1819 drangen die »Vostock« und die »Mirni« von der russischen Marine, unter dem Befehle des Kapitäns Bellingshausen und des Lieutenants Lazarew, nachdem sie an der Insel Georgia vorübergekommen waren und das Sandwichland umschifft hatten, sechshundert Seemeilen nach Süden vor und erreichten dabei auch den siebzigsten Grad der Breite. Ein zweiter Versuch unter 160° östlicher Länge gestattete ihnen ebenfalls nicht weiter zum Pole hin vorzudringen. Sie entdeckten bei dieser Gelegenheit aber die Inseln Peters I. und Alexanders I., die jedoch wahrscheinlich mit den von dem Amerikaner Palmer gesehenen Lande zusammenhängen.

Erst 1822 kam der Kapitän James Weddell von der englischen Flotte, wenn sein Bericht nicht Übertreibungen enthält, bis 74° 15′ südlicher Breite hinauf, wo er ein eisfreies Meer antraf, was ihn veranlaßte, das Vorhandensein eines polaren Festlands zu leugnen. Ich bemerke hierzu, daß die Route dieses Seefahrers dieselbe ist, der sechs Jahre später auch die »Jane« Arthur Pyms folgen sollte.

Im Jahre 1823 unternahm der Amerikaner Benjamin Morrel auf der Goëlette »Wash« im März eine erste Erforschungsfahrt, die ihn erst bis 69° 15′ südlicher Breite, später unter 70° 14′ nach einem offnen Meere brachte, über dem die Lufttemperatur siebenundvierzig Grad Fahrenheit (+ 8,33° C) und die Wassertemperatur vierundvierzig Grad (+ 6,67° C) betrug – Beobachtungen, die mit den an Bord der »Jane« und neben der Insel Tsalal gemachten vollkommen übereinstimmen. Hätte es ihm nicht an Proviant gefehlt, so versichert der Kapitän Morell, daß er, wenn auch nicht den Südpol selbst, doch wenigstens den fünfundachtzigsten Breitengrad hätte erreichen können. In den Jahren 1829 und 1830 brachte ihn eine Expedition auf der »Antarktique« unter 116° der Länge ohne bemerkenswerte Hindernisse bis 70° 30′, wobei er Süd-Grönland entdeckte.

Genau zu der Zeit, wo Arthur Pym und Dirk Peters weiter als alle ihre Vorgänger hinaufdrangen, überschritten die Engländer Forster und Kendal, von der Admiralität zur Bestimmung der Gestalt der Erde mittels Beobachtung der Pendelschwingungen an verschiedenen Punkten beauftragt, nicht einmal 64° 45′ südlicher Breite.

Im Jahre 1830 wurde John Biscoë, der Befehlshaber der »Tuba« und des »Lively« (Eigentümer die Brüder Enderby) beauftragt, bei der Jagd auf Walfische und Seehunde, die südlichen Gebiete zu erforschen. Im Januar 1831 segelte der Genannte über den sechzigsten Breitengrad, erreichte 68° 51′ unter 10° östlicher Länge, mußte dann vor undurchdringlichem Eise haltmachen, entdeckte jedoch unter 65° 57′ südlicher Breite und 45° östlicher Länge ein großes Land, das er Enderby-Land taufte, leider aber nicht anlaufen konnte. Bei einer zweiten Fahrt, 1832, kam er über den sechsundsechzigsten Grad nur noch siebenundzwanzig Minuten weit hinaus. Er entdeckte jedoch und taufte die Insel Adelaide vor einem hohen und sich weithin fortsetzenden Lande, das Graham-Land genannt wurde. Als den Ergebnissen dieser Fahrt schloß die Königliche geographische Gesellschaft, daß zwischen dem siebenundvierzigsten und neunundsechzigsten Grade östlicher Länge unter dem sechsundsechzigsten und siebenundsechzigsten Grade der Breite ein großes Festland liegen werde. Arthur Pym hatte aber jedenfalls recht gehabt mit seiner Behauptung, daß das ein Fehlschluß sein müsse, da Weddell über jenes angebliche Land hingesegelt und die »Jane« derselben Richtung weit über den vierundsiebzigsten Breitengrad hinauf gefolgt war.

Im Jahre 1835 verließ der englische Lieutenant Kemp die Kerguelen. Nachdem er unter 70° östlicher Länge Anzeichen von Land beobachtet, fuhr er bis zum sechsundsechzigsten Grade hinauf, entdeckte auch eine Küste, die wahrscheinlich mit Enderby-Land zusammenhing, drang aber nicht weiter nach Süden vor.

Endlich, zu Anfang dieses Jahres (1839) überschritt der Kapitän Balleny mit dem Schiffe »Elisabeth Scott« am 7. Februar 67° 7′ der Breite unter 104° 25′ westlicher Länge und entdeckte dabei den Rosenkranz von Inseln, der seinen Namen führt, im März peilte er dann unter 65° 10′ der Breite und 116° 10′ östlicher Länge das Land, dem er den Namen Sabrina beilegte. Dieser Seemann, ein einfacher Walfänger – wie ich später erfuhr – hatte hiermit genaue Angaben gemacht, die wenigstens in dieser Gegend des südlichen Eismeers das Vorhandensein eines polaren Festlandes vermuten ließen.

Überdies suchte – wie ich bereits zu Anfang dieses Berichts bemerkte – zur Zeit, wo die »Halbrane« ihre Fahrt begann, die sie weiter hinauf als alle Seefahrer im Zeitraume von 1772 bis 1839 führen sollte, der Lieutenant Charles Wilkes von der Flotte der Vereinigten Staaten als Befehlshaber eines Geschwaders von vier Schiffen, der »Vincennes«, dem »Peacock«, der »Porpoise«, dem »Flying-Fish«, nebst einigen Begleitschiffen, sich Bahn nach dem Südpole unter dem hundertzweiten Grade östlicher Länge zu brechen. Jenerzeit waren noch nahezu fünf Millionen Quadratseemeilen (17 ½ Millionen Quadrat-Kilometer) des antarktischen Gebietes unentdeckt.

Das sind die Fahrten, die im südlichen Polarmeere der der Goëlette »Halbrane« unter Befehl des Kapitäns Len Guy vorangingen. Die kühnsten oder, wenn man will, die vom Glück am meisten begünstigten Entdecker waren nicht weiter vorgedrungen als: Kemp bis zum sechsundsechzigsten Breitengrade, Balleny bis zum siebenundsechzigsten, Biscoë bis zum achtundsechzigsten, Bellingshausen und Morell bis zum siebzigsten, Cook bis zum einundsiebzigsten und Weddell bis zum vierundsiebzigsten Grade. Jetzt galt es aber bis zum dreiundachtzigsten, fast fünfhundertfünfzig Seemeilen weiter, hinaufzugehen, wenn den Überlebenden von der »Jane« Hilfe gebracht werden sollte.

Ich muß gestehen, daß ich trotz meines nüchternen Charakters und meiner wenig schwärmerisch veranlagten Natur seit der Auffindung der Eisscholle mit dem armen Patterson doch ganz sonderbar erregt war. Eine gewisse Nervosität ließ mir keine Ruhe mehr. Immer gaukelten mir die Gestalten Arthur Pyms und seiner inmitten der Einöden des Polarmeeres zurückgebliebenen Gefährten vor den Augen umher, und in mir erwachte der lebhafte Wunsch, an der vom Kapitän Len Guy geplanten Fahrt teilzunehmen. Ich dachte ohne Unterlaß daran. Eigentlich rief mich ja nichts nach Amerika zurück, und ob mein Fernbleiben sich um sechs oder zwölf Monate verlängerte, das verschlug sehr wenig. Freilich mußte ich mir die Zustimmung des Befehlshabers der »Halbrane« erwirken. Doch warum sollte er sich weigern, mich auch noch länger als Passagier zu behalten? Müßte es ihm nicht vielmehr eine ganz menschliche Befriedigung gewähren, recht »handgreiflich« nachzuweisen, daß er mir gegenüber recht gehabt, mich nach dem Schauplatz einer Katastrophe zu führen, die ich als erdichtet betrachtet hatte, mir die Überreste der »Jane« bei der Insel Tsalal zu zeigen, mich an dieser Insel, deren Vorhandensein ich geleugnet hatte, ans Land zu setzen, mich seinem Bruder William und überhaupt sozusagen Auge in Auge der tatsächlichen Wahrheit gegenüberzustellen?

Ich beschloß aber mit Herbeiführung einer endgültigen Entscheidung zu warten, bis sich eine passende Gelegenheit bot, den Kapitän Len Guy deshalb anzusprechen.

Die Sache drängte ja noch nicht so sehr. Nach einem »Wetter nach Wunsch« in den zehn Tagen, die unserer Abfahrt von Tristan d'Acunha folgten, stellte sich eine vierundzwanzigstündige völlige Windstille ein. Nachher sprang der Wind mehr nach Süden um, und die sehr scharf daran hinsegelnde »Halbrane« mußte viel Leinwand einziehen, da es bald recht heftig wehte. Jetzt war auf die hundert Seemeilen, die wir von einem Sonnenaufgang zum andern durchschnittlich zurückgelegt hatten, nicht mehr zu rechnen. Die Dauer der Überfahrt mußte sich deshalb wohl verdoppeln, und dann durfte uns immer noch kein Sturm überraschen, der ein Schiff etwa zwang, sich ihm ganz gerade entgegenzuhalten oder ihm mit dem Wind im Rücken zu entfliehen.

Zum Glück erwies sich die Goëlette – ich konnte mich selbst davon überzeugen – als ungemein seetüchtig. Für ihr solides Mastwerk war nichts zu fürchten, wenn sie auch alle Leinwand trug. Überdies ließ der Lieutenant, ein so kühner und meererprobter Seemann er auch war, sofort die Segel reffen, wenn die Gewalt des Sturmes sein Schiff irgendwie zu gefährden drohte. . . . Vor einer Unklugheit oder Ungeschicklichkeit Jem Wests brauchte uns gewiß nicht bange zu sein.

Vom 22. September bis 3. Oktober, also zwölf Tage lang, kamen wir nur sehr wenig vorwärts. Der Abtrieb nach der amerikanischen Küste zu war so bemerkbar, daß wir ohne eine Strömung, die die Goëlette von unten her gegen den Wind halten half, wahrscheinlich noch mit Patagonien Bekanntschaft gemacht hätten.

Während dieser Periode schlechten Wetters suchte ich vergeblich Gelegenheit, mit dem Kapitän Len Guy unter vier Augen zu sprechen. Außer den Mahlzeiten blieb er stets in seiner Kabine, überließ die Schiffsführung dem Lieutenant und erschien auf Deck nur zum Zwecke einer Höhenmessung, wenn sich die Sonne einmal durch eine Lichtung der Wolken zeigte. Jem West – das sei nicht verschwiegen – wurde von seiner Mannschaft, dem Hochbootsmann an der Spitze, aufs beste unterstützt, und es möchte sehr schwierig gewesen sein, so eine Handvoll geschickterer, kühnerer und entschlossenerer Männer zu finden.

Am Morgen des 4. Oktober änderte sich der Zustand des Himmels und des Meeres ganz bedeutend. Der Wind flaute ab, der hohe Wogengang legte sich allmählich, und am nächsten Tage zeigte die Brise schon Neigung, nach Nordwesten umzulaufen.

Eine günstigere Änderung konnten wir uns gar nicht wünschen. Die Reffe wurden gelöst und jetzt auch alle obern Segel beigesetzt, obwohl der Wind bald wieder steifer wurde. Hielt diese Witterung aus, so mußten wir vor Ablauf von zehn Tagen die ersten Höhen der Falkland-Inseln erblicken.

Vom 5. bis zum 10. Oktober wehte es mit der Beständigkeit und Regelmäßigkeit eines Passats, so daß keine Schote anzuziehen oder nachzulassen war. Wenn sich die Stärke des Windes auch etwas verminderte, so blieb uns seine Richtung doch fortwährend günstig.

Die von mir gesuchte Gelegenheit, den Kapitän Len Guy ein wenig auszuhorchen, bot sich am Nachmittage des 11. Er lieferte sie mir sogar selbst, indem er mich unter folgenden Umständen anredete.

Ich saß in Lee (unter dem Winde) des Ruff, als der Kapitän Len Guy aus seiner Kabine trat, sich nach rückwärts hin umsah und dann neben mir Platz nahm.

Offenbar wünschte er, mit mir zu sprechen, und worüber anders als das, was seine Gedanken vollständig in Anspruch nahm. So begann er denn, noch leiser flüsternd als gewöhnlich:

»Seit unsrer Abfahrt von Tristan d'Acunha, Herr Jeorling, hatte ich noch nicht wieder das Vergnügen, mit Ihnen zu plaudern ...«

»Was ich sehr bedauert habe, Kapitän«, antwortete ich, ohne auf weiteres einzugehen, da er womöglich davon anfangen sollte.

»Oh, ich bitte um Entschuldigung«, sagte er. »Ich habe den Kopf gar so voll gehabt ... hatte einen Fahrtplan zu entwerfen ... dabei alles bis aufs kleinste vorzusehen ... Sie werden mir also nicht böse sein ...«

»Nicht im mindesten ... gewiß nicht ...«

»Ich danke, Herr Jeorling, und heute, wo ich Sie kenne und schätzengelernt habe, gratuliere ich mir, Sie bis zu unserm Eintreffen an den Falkland-Inseln als Passagier zu haben ...«

»Ich bin Ihnen sehr verpflichtet, Kapitän, für das, was Sie für mich getan haben, und das ermutigt mich auch ...«

Der Augenblick schien mir geeignet, mein Gesuch anzubringen, als der Kapitän Len Guy mich unterbrach.

»Nun, Herr Jeorling«, fragte er, »sind Sie nun von der Tatsächlichkeit der Fahrt der ›Jane‹ überzeugt, oder betrachten Sie das Buch Edgar Poes immer noch als reines Erzeugnis dichterischer Erfindung?«

»Nein, Kapitän!«

»Sie zweifeln nicht mehr daran, daß Arthur Pym und Dirk Peters gelebt haben, noch daran, daß William Guy, mein Bruder, und fünf seiner Gefährten noch jetzt am Leben sind?...«

»Ich müßte ja der ungläubigste Christenmensch sein, Kapitän! Oh, ich habe nur den einen Wunsch, daß der Himmel Sie begünstigen möge und die Rettung der Schiffbrüchigen von der ›Jane‹ gestatte!«

»Was an mir liegt, werd' ich tun, Herr Jeorling, und beim allmächtigen Gott, ich werde zum Ziele gelangen!«

»Ich hoffe es, Herr Kapitän ... ja, ich bin davon überzeugt ... und wenn Sie zustimmten ...«

»Haben Sie Gelegenheit gehabt, über alles das mit einem gewissen Glaß zu sprechen, mit jenem englischen Ex-Korporal, der sich die Würde eines Gouverneurs von Tristan d'Acunha anmaßt?...« erkundigte sich der Kapitän Len Guy, ohne mich meine Worte vollenden zu lassen.

»Ja freilich«, antwortete ich, »und was er mir sagte, hat nicht wenig dazu beigetragen, meine etwa noch vorhandenen Zweifel zu verscheuchen ...«

»Ah, er hat Ihnen also bestätigt ...«

»Gewiß; er erinnert sich noch deutlich, die ›Jane‹ gesehen zu haben, als sie dort vor elf Jahren ankerte ...«

»Die ›Jane‹ ... doch meinen Bruder?...«

»Ich hörte von ihm, daß er den Kapitän William Guy persönlich gekannt habe.«

»Und er hat auch mit der ›Jane‹ gehandelt?«

»Jawohl ... ganz wie unlängst mit der ›Halbrane‹.«

»Sie hat in jener Bai vor Anker gelegen?«

»An derselben Stelle wie Ihre Goëlette, Herr Kapitän.«

»Und Arthur Pym ... Dirk Peters?...«

»Auch mit diesen ist er häufig zusammengekommen.«

»Hat er wohl gefragt, was aus ihnen geworden wäre?«

»Natürlich; ich meldete ihm das Ableben Arthur Pyms, den er für einen Furchtlosen, einen Tollkühnen ... für einen Wagehals erklärte, der der abenteuerlichsten Torheiten fähig gewesen wäre ...«

»Sagen Sie, für einen Narren, einen gefährlichen Narren, Herr Jeorling. Er allein ist es doch gewesen, der meinen unglücklichen Bruder zu jener verderblichen Reise verführt hat.«

»Seinem Berichte nach muß man das allerdings annehmen ...«

»Um es nie zu vergessen!« setzte der Kapitän Len Guy lebhaft hinzu.

»Jener Glaß«, fuhr ich fort, »hat auch den zweiten Offizier der ›Jane‹, Patterson, ganz gut gekannt.«

»Das war ein vortrefflicher Seemann, Herr Jeorling, ein warmes Herz ... und mutig wie sonst einer! ... Patterson hatte nur Freunde und war meinem Bruder mit Leib und Seele ergeben ...«

»Wie Jem West Ihnen, Herr Kapitän!«

»Ach, warum mußten wir den unglücklichen Patterson auf jener Scholle tot ... schon seit mehreren Wochen tot finden.«

»Seine Gegenwart wäre Ihnen für Ihre zukünftigen Nachforschungen allerdings von großem Vorteil gewesen!« bemerkte ich.

»Ja freilich, Herr Jeorling. Weiß denn Glaß, wo sich die Schiffbrüchigen von der ›Jane‹ zur Zeit befinden?«

»Ich hab' es ihm mitgeteilt, Herr Kapitän, sowie alles, was Sie zu deren Rettung zu tun beabsichtigen.«

Ich hielt es für unnötig, hinzuzufügen, daß Glaß erstaunt gewesen war, von dem Kapitän Len Guy keinen Besuch erhalten zu haben, daß der Ex-Korporal in seiner tief eingefleischten Eitelkeit diesen Besuch erwartet hatte und nicht glaubte, daß es die Pflicht eines Gouverneurs von Tristan d'Acunha sei, damit den Anfang zu machen.

Der Kapitän Len Guy wechselte übrigens den Gegenstand des Gesprächs und sagte zu mir:

»Ich wollte Sie fragen, Herr Jeorling, ob Sie auch glauben, daß alles verläßlich sei, was Arthur Pym in dem von Edgar Poe veröffentlichten Berichte mitteilt.«

»Man wird wohl so manches – im Hinblick auf die Eigenart des Helden jener Abenteuer – mit einiger Vorsicht aufnehmen müssen«, erwiderte ich, »mindestens bezüglich der wunderbaren Erscheinungen, die er aus dem Gewässer der Insel Tsalal berichtet. Gerade, was William Guy und mehrere seiner Gefährten angeht, sehen Sie ja selbst, daß sich Arthur Pym mit der Behauptung, diese wären beim Einsturz des Hügels bei Klock-Klock alle umgekommen, arg getäuscht hat ...«

»Oh, das behauptet er auch nicht, Herr Jeorling«, entgegnete der Kapitän Len Guy. »Er sagt ja nur, daß Dirk Peters und er, als sie die Öffnung erreicht hatten, von wo aus sie das umgebende Land übersehen konnten, das Zustandekommen jenes Erdbebens durchschaut hätten. Da nun die ganze Hügelwand in die Schlucht hinabgestürzt war, konnte ihm das Schicksal meines Bruders und seiner Gefährten kaum zweifelhaft erscheinen. Das brachte ihn auf den Gedanken, daß Dirk Peters und er die einzigen weißen Menschen wären, die lebend auf der Insel Tsalal zurückblieben. Er sagt nur das ... nichts weiter! Es waren von ihm nur Vermutungen ... und zwar, wie Sie zugeben werden, sehr annehmbare Vermutungen ... doch eben weiter nichts als das ...«

»Zugegeben, Herr Kapitän.«

»Jetzt haben wir aber, dank dem Notizbuche Pattersons, die Gewißheit, daß mein Bruder nebst fünf seiner Gefährten der von den Eingebornen ins Werk gesetzten Vernichtung entgangen sind ...«

»Das steht außer allem Zweifel, Herr Kapitän. Was indes aus den Überlebenden der ›Jane‹ geworden ist, ob sie von den Einwohnern Tsalals wieder ergriffen wurden und deren Gefangene, oder ob sie frei geblieben sind, davon sprechen die Anmerkungen Pattersons ebensowenig wie von den Umständen, unter denen er allein so weit weg gelangen konnte ...«

»Das werden wir erfahren, Herr Jeorling ... ja, das erfahren wir noch! ... Das wichtigste bleibt es für uns doch, bestimmt zu wissen, daß mein Bruder und fünf seiner Matrosen vor vier Monaten irgendwo auf der Insel Tsalal noch am Leben waren. Jetzt haben wir es nicht mehr mit einem von Edgar Poe verfaßten Romane, sondern mit einem zuverlässigen Bericht zu tun, der die Unterschrift Pattersons trägt ...«

»Herr Kapitän«, fiel ich ein, »würden Sie zustimmen, daß ich bis zum Ende der Fahrt der ›Halbrane‹ durch die antarktischen Meere bei Ihnen bliebe?«

Der Kapitän Len Guy starrte mich mit ungewissem Blicke an. Er schien von dem Vorschlag, den ich ihm eben machte, nicht besonders überrascht zu sein ... er mochte ihn vielleicht erwartet haben ... denn seine Antwort lautete einfach:

»Sehr gern!«

Neuntes Kapitel

Ausrüstung der »Halbrane«

Man stelle sich ein Rechteck vor, das von Osten nach Westen fünfundsechzig Seemeilen lang und von Norden nach Süden deren vierzig breit wäre, fülle dasselbe mit zwei großen Inseln und gegen hundert Eilanden zwischen 60° 10′ westlicher Länge und 51° und 52° 45′ südlicher Breite – so hat man die Gruppe, die geographisch unter der Bezeichnung Falkland- oder Malvinen-Inseln bekannt ist. Sie liegt dreihundert Seemeilen von der Magellanstraße entfernt und bildet eine Art vorgeschobenen Postens zwischen dem Atlantischen und dem Stillen Ozean.

Entdeckt wurde dieser Archipel 1592 von John Davis, der Seeräuber Hawkins besuchte ihn 1593, und Strong, ein Engländer wie die beiden andern, gab ihm 1689 den Namen.

Fast ein Jahrhundert später versuchten aus ihren kanadischen Niederlassungen vertriebene Franzosen auf genanntem Archipel eine Ausrüstungs- und Versorgungsstation für die den Stillen Ozean befahrenden Schiffe zu gründen, und da diese in der großen Mehrzahl von Seeräubern aus Saint-Malo bestanden, tauften sie die Inseln auf den Namen der Malvinen, der ihnen auch neben dem der Falkland-Inseln verblieben ist. Ihr Landsmann Bougainville brachte 1763 die ersten Ansiedler der Kolonie, siebenundzwanzig Personen, darunter fünf Frauen, hierher, und zehn Monate später war die Bevölkerung bereits auf hundertfünfzig Köpfe angewachsen.

Dieser gedeihliche Fortgang rief natürlich den Einspruch des länderräuberischen Großbritanniens hervor. Die Admiralität entsandte den »Tamar« und den »Dauphin« unter dem Befehle des Kommandanten Byron. Im Jahre 1766 steuerten die Engländer, nach einer Fahrt durch die Magellanstraße, auf die Falkland-Inseln zu, begnügten sich aber vorläufig, den Westen der Insel Port Egmont anzulaufen, und fuhren dann nach den südlichen Meeren weiter.

Die französische Kolonie machte aber doch keine weiteren Fortschritte, und übrigens erhoben die Spanier aufgrund einer älteren päpstlichen Konzession nicht ganz unbegründete Ansprüche. Die Regierung Ludwigs des XV. entschied sich auch für Anerkennung derselben, wobei sie nur auf einer Geldentschädigung bestand, und übergab 1767 Bougainville die Falkland-Inseln den Vertretern des Königs von Spanien.

Dieser Wechsel, »dieses von-Hand-zu-Hand-Gehen« führte das bei allen kolonialen Unternehmungen unausbleibliche Resultat herbei, daß die Spanier später von den gewissenlosen Engländern verdrängt wurden. Seit 1833 sind also diese Länderräuber die Herren der Falkland-Inseln.

Seit sechs Jahren gehörte die Gruppe zu den britischen Besitzungen im südatlantischen Ozean, als unsre Goëlette am 16. Oktober Port Egmont anlief.

Die beiden großen Inseln heißen, ihrer gegenseitigen Lage entsprechend, Ost-Falkland oder Soledad, und West-Falkland. An der Nordseite der letzteren liegt Port Egmont.

Als die »Halbrane« in diesem Hafen vor Anker gegangen war, gewährte der Kapitän Len Guy der gesamten Mannschaft einen zwölfstündigen Urlaub. Am nächsten Tag sollte mit der sorgfältigen und im Hinblick auf eine längere Fahrt im Polarmeere unumgänglichen Untersuchung des Schiffsrumpfes und der Takelage begonnen werden.

Der Kapitän Len Guy begab sich noch am nämlichen Tage ans Land, um mit dem Gouverneur der Gruppe – dessen Ernennung der Königin zustand – wegen sofortiger Ausrüstung der Goëlette zu verhandeln. Ein Geizen ist hier nicht am Platze, denn jede übel angebrachte Ersparnis kann der Grund zum Mißerfolge einer an und für sich so schwierigen Reise werden. Bereit, auch mit meiner Börse beizuspringen – was ich dem Kapitän nicht verhehlte – gedachte ich mich mit einer gewissen Summe an den Unkosten dieser Fahrt zu beteiligen.

Ich war jetzt in der Tat gefangengenommen . . . gefesselt durch so viele unerwartete Dinge, durch die merkwürdige Verkettung der Verhältnisse. Ich erschien mir wie der Held der »Domaine d'Arnheim«, nach dem »eine Reise durch die südlichen Meere angezeigt ist für jeden, dem vollständige Einsamkeit, unbedingtes Beschränktsein auf sich selbst und die Schwierigkeiten einer solchen Fahrt den höchsten, verlockendsten Reiz bilden«. Ja, dahin war ich infolge des Lesens der phantastischen Werke eines Edgar Poe gekommen! . . . Hier handelte es sich überdies darum, Unglücklichen Hilfe zu bringen, und es hätte mich hoch beglückt, zu ihrer Rettung persönlich beitragen zu können.

Begab sich an jenem Tage auch der Kapitän Len Guy ans Land, so blieb doch Jem West seiner Gewohnheit nach an Bord. Während sich die Mannschaft durch Zerstreuung erholte, gönnte sich der zweite Offizier keine Ruhe, sondern beschäftigte sich bis zum Abend mit der Besichtigung des Laderaums.

Ich selbst wollte mich erst am nächsten Tage ausschiffen. Unser Aufenthalt ließ mir ja genügend Zeit, die Umgebung von Port Egmont kennenzulernen und meine geologischen und mineralogischen Forschungen auszuführen.

Das bot dem schwatzhaften Hurliguerly vortreffliche Gelegenheit, mit mir wieder ein »Garn zu spinnen«, und er ließ sie auch nicht unbenützt.

»Meine aufrichtigsten und wärmsten Glückwünsche, Herr Jeorling«, begann er, an mich herantretend.

»Wozu denn, Hochbootsmann?«

»Zu dem, was ich gehört habe, daß Sie uns bis zum äußersten Strande der antarktischen Meere Gesellschaft leisten wollen.«

»Oh, ich denke, nicht so weit! Es handelt sich doch nicht darum, über den vierundachtzigsten Breitengrad hinauszugehen ...«

»Wer kann das vorher wissen?« antwortete der Hochbootsmann. »Jedenfalls wird die ›Halbrane‹ über mehr Breitengrade hinwegkommen, als sie Seisinge im Großsegel oder Querleinen in den Strickleitern hat.«

»Das wird sich ja finden.«

»Und das erschreckt Sie nicht, Herr Jeorling?«

»Nicht im mindesten.«

»Na, uns auch nicht, das dürfen Sie glauben!« versicherte Hurliguerly. »Oh, Sie sehen ja, daß unser Kapitän, wenn er auch nicht viel spricht, doch seine guten Seiten hat. Man muß ihn nur zu nehmen wissen! Nachdem er Ihnen bis Tristan d'Acunha die Überfahrt gewährt hat, die er anfangs verweigerte, läßt er sich sogar herbei, Sie bis zum Pole mitzunehmen und ...«

»Vom Pol ist keine Rede, Hochbootsmann!«

»Mag sein; eines schönen Tages kommt aber doch einmal einer dahin.«

»Das ist noch nicht abgemacht. Übrigens ist das nicht von besonderem Interesse und ich beabsichtige nicht, mir den Ruhm der Entdeckung des Pols zu erwerben. In jedem Fall handelt es sich einzig um die Insel Tsalal ...«

»Die Insel Tsalal, einverstanden!« erwiderte Hurliguerly. »Immerhin denken Sie daran, daß unser Kapitän sich in bezug auf Sie sehr zuvorkommend erwiesen hat ...«

»Wofür ich ihm sehr verbunden bin, Hochbootsmann ... und auch Ihnen«, beeilte ich mich hinzuzufügen, »weil ich es Ihrem Einflusse verdanke, an dieser Fahrt haben teilnehmen zu können ...«

»Und auch an der noch in Aussicht stehenden ...«

»Das hoffe ich bestimmt, Hochbootsmann.«

Es ist wohl möglich, daß Hurliguerly – im Grunde ein

braver Mann, wie ich es später noch mehr erkennen sollte – aus meiner Antwort eine leichte Ironie herausfühlte. Jedenfalls ließ er davon aber nichts merken, sondern bemühte sich, mir gegenüber die Rolle des Gönners zu spielen. Eine Unterhaltung mit ihm konnte mir übrigens nur von Nutzen sein, denn er kannte die Falkland- ebenso wie alle andern Inseln des südatlantischen Meeres, die er schon seit einer Reihe von Jahren besuchte.

Ich war also hinreichend vorbereitet und unterrichtet, als am nächsten Tage das Boot, das mich ans Land brachte, ans Ufer stieß, wo eine starke Ansammlung von Seegras nur dazu dazusein schien, das Stoßen und Schaukeln sich nahender Boote zu mildern.

Jenerzeit waren die Falkland-Inseln noch nicht so besucht und benützt wie heutzutage. Erst später wurde auf Soledad der Stanley-Hafen entdeckt – jener Hafen, den der französische Geograph Elisée Reclus als geradezu »ideal« bezeichnet hat, denn er ist gegen die Winde aus allen Richtungen geschützt und könnte die ganze Flotte Großbritanniens aufnehmen. Die »Halbrane« hatte an der Nordküste von West-Falkland, oder dem eigentlichen Falkland, den Hafen Port Egmont aufgesucht.

Hätte ich nun während der letzten zweimonatigen Seereise eine Binde um die Augen und auch von dem von der Goëlette eingehaltenen Kurse keine Ahnung gehabt, und es hätte mich einer in den ersten Stunden nach der Ankunft hier gefragt, ob ich mich auf den Falkland-Inseln oder in Norwegen befände – ich wäre um die Antwort wirklich verlegen gewesen.

Angesichts dieser von tiefen Buchten eingeschnittenen Küsten, der schroff aufragenden Berge und der Steilufer, an denen sich graubraune Felsmassen auftürmen, erscheint ja ein Zweifel verzeihlich. Sogar das ausgesprochene Seeklima ohne große Unterschiede in der Wärme und der Kälte ist beiden Ländern gemeinsam. Die häufigen Regen des westlichen Skandinavien fallen ebenso reichlich auch über die Magellangebiete, und nicht minder stellen sich hier im Frühling und Herbst dichte Nebel und so stürmische Winde ein, daß sie die Gartenpflanzen aus der Erde reißen.

Einige Ausflüge hätten mich freilich leicht überzeugt, daß der Äquator mich von den westlichen Ländern Europas trennte.

In der Umgebung von Port Egmont erkannte ich ja schon nach wenigen Tagen – und konnte es gar nicht übersehen –, daß hier ausschließlich die Vegetation der Malediven, ohne jeden Baumwuchs, vorherrschte. Nur da und dort fanden sich einige dürftige Gebüsche gegenüber den stolzen Fichtenwaldungen der norwegischen Berge – wie der Bolax, eine Schwertlilie, dünn wie eine sechs bis sieben Fuß hohe Binse, die ein aromatisches Harz aussondert; ferner Baldrianarten, Bomareen, fadenförmige Flechten, Cenomyceen, Azorellen, kriechende Cytisen, Bionien, Pfriemengräser, Lebermoose, Veilchen, Sumach und rote und weiße Selleriestauden, deren Früchte ein so vortreffliches Mittel gegen den Skorbut bilden. Auf dem flachen, torfartigen Boden, der sich unter dem Fuße senkt und hebt, breitete sich endlich noch ein bunter Teppich von Moosen, Flechten und ähnlichen niedrigen Pflanzen aus ... Nein, das war nicht das reizende Land, wo die Echos der Sagas widerhallten, das war nicht die poetische Wohnstätte Odins, der Asen und der Walküren!

Auf dem tiefen Gewässer der Falklandstraße, die die beiden Hauptinseln scheidet, zeigten sich seltsame Wasserpflanzen, die sogenannten Pfriemenseile, die eine Reihe mit Luft gefüllter Blasen tragen und die ausschließlich in der Flora Falklands vorkommen.

Die Buchten dieses Archipels, worin die Walfische bereits seltner wurden, waren von andern gewaltigen Seesäugetieren stark bevölkert; hier tummelten sich langhaarige Ohrenrobben von fünfundzwanzig Fuß Länge und zwanzig Fuß Umfang, und gleich herdenweise See-Elefanten, See-Wölfe und -Löwen von nicht geringerer Größe. Das laute Geschrei dieser Tiere, vorzüglich der Weibchen und ihrer Jungen, kann sich gar niemand vorstellen, der es nicht selbst gehört hat. Man möchte glauben, große Ochsenherden am Strande brüllen zu hören. Der Fang, oder eigentlich das Erschlagen dieser Tiere, bietet aber weder Schwierigkeiten noch Gefahren. Die

Fischer töten sie einfach durch einen Knüppelhieb, wenn jene sich auf dem Sande am Ufer gelagert haben.

Das sind etwa die Eigentümlichkeiten, die Skandinavien und die Falkland-Inseln unterscheiden, ohne von den großen Schwärmen verschiedner Vogelarten zu reden, die bei meiner Annäherung kreischend aufflatterten, wie Trappen, Kormorane, Silbertaucher, schwarzköpfige Schwäne und vor allem große Völker von Pinguinen, von denen hier jährlich Hunderttausende erlegt werden.

Eines Tages, als die Luft von rein ohrzerreißendem Geschrei erfüllt war, fragte ich darüber einen alten Seemann von Port Egmont.

»Gibt es denn auch Esel in der Umgebung des Hafens?«

»Nein, Herr, das sind keine Esel, was Sie da schreien hören – das sind Pinguine.«

Das mag richtig sein, doch selbst wirkliche Esel würden sich täuschen, wenn sie das blökende Geschrei jener stumpfsinnigen Vögel hörten.

Während der drei Tage des 17., 18. und 19. Oktober ließ Jem West den Rumpf unsres Fahrzeugs mit peinlichster Sorgfalt untersuchen. Dabei zeigte sich, daß dieser nicht im mindesten gelitten hatte. Der Steven erschien fest genug, um die jungen Schollen am Rande des Packeises zu zersprengen. Nur der Hintersteven erhielt einige Verstärkungen, um die Bewegungen des Steuerruders zu sichern und es vor dem Anprall des Eises zu schützen. Die Goëlette wurde stark nach Back- und dann nach Steuerbord umgelegt und so einige Plankennähte frisch kalfatert und sorgsam geteert. Wie die meisten Schiffe, die durch kalte Meere segeln sollen, war die »Halbrane« nicht gekupfert, was deshalb vorzuziehen ist, weil beim unvermeidlichen Anstreifen von Eisschollen deren scharfe Kanten einen Metallbeschlag zu leicht aufreißen. Eine gewisse Anzahl Holzpflöcke, die die Abdeckung der Rippen mit diesen verband, wurde erneuert, und unter Leitung Hardies, unsers Kalfatermeisters, »erklangen« die Schlägel mit einer Tonfülle und Übereinstimmung von guter Vorbedeutung.

Am Nachmittage des 20. dehnte ich, in Gesellschaft des schon erwähnten alten Seemanns – eines kreuzbraven Mannes, der für die Lockspeise eines Piasters nebst einem Gläschen Gin sehr empfänglich war – meinen Spaziergang im Westen der Bucht etwas weiter aus. Die Insel West-Falkland übertrifft an Ausdehnung ihre Nachbarin Soledad und hat am Südende des Byron-Sundes noch einen zweiten Hafen, der aber zu weit entfernt lag, als daß ich ihn hätte besuchen können.

Die Volksmenge des Archipels vermag ich nicht einmal annähernd abzuschätzen. Vielleicht betrug sie nicht mehr als zwei- bis dreihundert Personen, meist Engländer und daneben Indianer, Portugiesen, Spanier, Gauchos aus den argentinischen Pampas und Eingeborne aus dem Feuerlande; andrerseits war aber die Anzahl der Vertreter der Schaf- und Rinderrassen, die hier überall verstreut vorkommen, auf ungezählte Tausende anzunehmen. Über fünfhunderttausend Schafe liefern z. B. alljährlich für vierhunderttausend Dollar Wolle. Man züchtet auf den Inseln auch Rinder, deren Größe hier noch gewachsen zu sein scheint, während die anderer Vierfüßler, wie Schweine, Ziegen, Kaninchen usw., sich verringert hat. Übrigens leben alle diese Tiere wild. Ein der Falkland-Fauna eigentümlicher Fuchshund ist der einzige Vertreter der Hunderasse.

Nicht ohne Grund hat man die Inselgruppe als »Tierfarm« bezeichnet. Sie enthält in der Tat unerschöpfliche Weideflächen mit einem Überfluß der saftigen, hier Tussock genannten Grasart, die die Natur den so zahlreichen Tieren überall bietet. Das in dieser Hinsicht so reiche Australien hält für seine Gäste aus den Schaf- und Rinderrassen auch keinen besseren Tisch gedeckt.

Wenn Schiffe sich frisch verproviantieren wollen, finden sie dazu auf den Falkland-Inseln gewiß die beste Gelegenheit, und das gilt ebenso für die, die durch die Magellanstraße segeln wollen, wie für die Fischerfahrzeuge, die in der Nähe der Polarländer auf den Fang ausziehen.

Nach Vollendung der Arbeiten am Rumpfe beschäftigte sich der Lieutenant unter Beihilfe unsres in seinem

Fache gründlich bewanderten Segelwerksmaats Martin Holt mit dem Mastwerk und der Takelage.

»Herr Jeorling«, sagte mir an jenem Tage – dem 21. Oktober – der Kapitän Len Guy. »Sie sehen, daß nichts unterlassen wird, den Erfolg unserer Fahrt zu sichern. Alles, was vorzusehen war, ist vorgesehen. Sollte die »Halbrane« doch bei einer Katastrophe ihren Untergang finden, nun, so geschieht es, weil es dem Menschen nicht vergönnt ist, gegen die Absichten Gottes mit Erfolg anzukämpfen.

»Oh, ich habe die beste Hoffnung, Herr Kapitän«, antwortete ich. »Ihre Goëlette und Ihre Mannschaft verdienen das größte Vertrauen.«

»Gewiß, Herr Jeorling, und wir werden unter den besten Umständen durch das Eis einzudringen versuchen. Ich weiß freilich nicht, was der Dampf noch dereinst ermöglichen wird, bezweifle aber, daß Schiffe mit so sperrigen und zerbrechlichen Triebrädern bei der Fahrt im tiefen Süden einem Segler die Waage halten können. Daneben wird immer der Kohlenvorrat erneuert werden müssen . . . Nein, es ist immer ratsamer, an Bord eines gut steuerbaren Schiffes zu sein, sich des Windes, der ja aus drei Vierteln der ganzen Windrose zu benützen ist, zu bedienen und sich auf die Segel einer Goëlette zu verlassen, die noch ganz scharf am Winde hinfährt . . .«

»Ich bin ganz Ihrer Ansicht, Herr Kapitän, und was Seetüchtigkeit betrifft, wird man kaum ein besseres Schiff als das ihrige finden. Im Falle die Fahrt aber längere Zeit beanspruchen sollte, dürften vielleicht die Nahrungsmittel . . .«

»Oh, davon führen wir für zwei Jahre mit, Herr Jeorling, und nur solche von bester Beschaffenheit. Port Egmont hat unsern Bedarf völlig gedeckt . . .«

»Gestatten Sie mir noch eine andere Frage? . . .«

»Ja bitte . . .«

»Sollten Sie an Bord der ›Halbrane‹ nicht eine zahlreichere Mannschaft nötig haben? . . . Sind Ihre Leute auch zur Schiffsführung ausreichend, so könnte es im antarktischen Meere doch vorkommen, daß wir jemand angreifen oder uns verteidigen müßten. Vergessen wir nicht, daß die Bewohner der Insel Tsalal nach Arthur Pyms Berichte nach Tausenden zählen. Und wenn nun Ihr Bruder William und seine Gefährten deren Gefangene wären . . .«

»Ich hoffe, Herr Jeorling, daß die ›Halbrane‹ durch unsere Artillerie besser geschützt sein wird, als es die ›Jane‹ seinerzeit war. Die jetzt vorhandene Mannschaft würde freilich für ein kriegerisches Unternehmen nicht ausreichen und ich habe auch bereits an ihre Vermehrung gedacht.«

»Sollte das Schwierigkeiten machen?«

»Ja und nein, denn ich habe die Zusage des Gouverneurs, mich bei der Anwerbung von Leuten zu unterstützen.«

»Sie werden den Leuten aber wohl einen hohen Lohn zusichern müssen, Herr Kapitän?«

»Den doppelten Sold, Herr Jeorling, der übrigens dann der ganzen Mannschaft gewährt werden wird.«

»Sie wissen, Herr Kapitän, ich bin in der Lage . . . ja ich wünschte sogar sehr, an den Unkosten der Fahrt teilnehmen zu dürfen.«

»Das wird sich ja finden, Herr Jeorling; vorläufig dank' ich Ihnen bestens. Die Hauptsache bleibt es, daß unsere Ausrüstung bald fix und fertig ist. Binnen acht Tagen müssen wir bereit sein, in See zu gehen.«

Die Neuigkeit, daß die Goëlette nach dem Südpolarmeere steuern sollte, hatte auf den Falkland-Inseln, in Port Egmont ebenso wie in den Häfen von Soledad, eine gewisse Erregung geweckt. Zur Zeit befanden sich hier nicht wenige arbeitslose Seeleute, die auf das Eintreffen von Walfängern warteten, um diesen ihre gewöhnlich gut bezahlten Dienste anzubieten. Hätte es sich nur um einen Fischzug in der Nähe des Polarkreises zwischen den Gewässern von Sandwich und Neu-Georgien gehandelt, so hätte der Kapitän Len Guy nur die Qual der Wahl gehabt. Sich aber über den Packeisrand hinauszuwagen, tiefer vorzudringen, als es einem Seefahrer bisher gelungen, das gab, obwohl es sich um die Rettung Schiffbrüchiger handelte, denn doch zu denken und ließ die meisten zögern. Es mußte einer schon zu den altgewohnten Leuten der »Halbrane« gehören, um vor den Gefahren einer solchen Fahrt nicht zurückzuschrecken und deren Führer so weit zu folgen, wie es ihm beliebte.

Es handelte sich jetzt tatsächlich um nichts Geringeres, als um eine Verdreifachung der Mannschaft der Goëlette. Mit dem Kapitän, dem Lieutenant, dem Hochbootsmann, dem Koch und mir, waren wir dreizehn an Bord. Zweiunddreißig bis vierunddreißig Mann mochten aber doch nicht zu viele sein, wenn man bedenkt, daß die »Jane« achtunddreißig Köpfe zählte.

Sich nun noch einmal so viele neue Matrosen wie die jetzt vorhandenen zu beschaffen, das wollte doch wohl überlegt sein. Es war ja fraglich, ob jene Seeleute auf den Falklands, die sich sonst den Walfängern anzubieten pflegten, auch die wünschenswerten Garantien boten. Handelt es sich nur um die Aufnahme von vier bis fünf Mann unter eine schon zahlreichere Besatzung, so hat das am Ende nicht viel zu bedeuten; für die »Halbrane« traf das aber nicht zu.

Der Kapitän Len Guy hoffte immerhin, seine Wahl nicht zu bereuen zu haben, wenn die Behörden des Archipels ihm dabei halfen.

Der Gouverneur entfaltete in dieser Angelegenheit, die ihn ungemein interessierte, einen unglaublichen Eifer.

Bei der zugesicherten hohen Bezahlung fehlte es übrigens nicht an Angeboten.

Am Abend vor der für den 27. Oktober bestimmten Abfahrt war die Besatzung denn auch vollzählig.

Es erscheint überflüssig, hier jeden der Neuangeworbenen seinem Namen und seinen Eigenschaften nach anzuführen. Das wird der Leser aus dem folgenden selbst entnehmen. Es gab eben gute und schlechte darunter.

In Wahrheit hätte man bessere oder – wenn man will – weniger schlechte nicht finden können.

Ich beschränke mich also auf die Bemerkung, daß unter den neuen Leuten sechs geborene Engländer waren, und unter ihnen ein gewisser Herr Hearne aus Glasgow.

Fünf stammten aus Amerika (aus den Vereinigten

Staaten) und acht waren von anderer, manchmal zweifelhafter Abstammung – einige gehörten zu der holländischen Bevölkerung, andere waren Halb-Spanier oder Halb-Feuerländer. Der jüngste zählte neunzehn, der älteste gegen vierzig Jahre. Den meisten war der Seemannsberuf nicht fremd, sie »hatten« bereits auf Handelsschiffen oder auf Schiffen, die den Fang von Walen, Robben und anderem Getier der Polargegenden betrieben, meist wiederholt gefahren. Die Anwerbung der neuen Mannschaft hatte ja auch nur den Zweck, die zur Verteidigung der Goëlette verfügbare Mannschaft zu vermehren.

Alles in allem hatten wir also neunzehn Rekruten, die für die nicht vorher zu bestimmende Dauer der Fahrt in die Schiffsrolle eingetragen waren ... Über die Insel Tsalal hinaus sollte die Reise jedoch nicht ausgedehnt werden. Was den Sold betraf, so war er derart bemessen, daß keiner der Matrosen früher wohl je halb soviel bezogen hatte.

Von mir abgesehen, bestand also, den Kapitän und den Lieutenant eingerechnet, die Besatzung aus einunddreißig Mann und daneben noch einem, mit dem wir uns eingehender befassen müssen.

Am Abend vor der Reise war auf den Kapitän an einer Ecke des Hafens ein Individuum zugetreten ... offenbar ein Seemann, was seine Kleidung, Haltung und Sprechweise verrieten.

Dieses Individuum begann mit rauher, schwer verständlicher Stimme:

»Kapitän ... ich hätte Ihnen einen Vorschlag zu machen.«

»Und der wäre? ...«

»Ja, hören Sie! ... Haben Sie noch einen Platz an Bord?«

»Für einen Matrosen?«

»Für einen solchen.«

»Ja und nein«, antwortete der Kapitän Len Guy.

»Darf ich Ja annehmen?« fragte der Mann.

»In dem Falle, daß der, der sich anbietet, mir paßt.«

»Was denken Sie von mir selbst? ...«

»Du bist Seemann?«

»Ich habe bereits zwanzig Jahre gefahren.«

»Wo denn?«

»Auf den südlichen Meeren. Weit ... hören Sie mich recht ... sehr weit!«

»Dein Alter? ...«

»Vierzig Jahre.«

»Du bist in Port Egmont?«

»Kommende Weihnachten werden es drei Jahre.«

»Wolltest du dich auf einen Walfänger verheuern?«

»Nein.«

»Was hast du dann hier angefangen?«

»Eigentlich nichts ... jedenfalls wollt' ich nicht mehr zur See fahren.«

»Und warum willst du dich nun doch einschiffen? ...«

»Ja, das war so ein eigner Gedanke! ... Die Nachricht von der Reise, die Ihre Goëlette unternehmen sollte, drang bald überall hin. Ich wünschte nun ... ja, ich wünsche lebhaft, daran teilzunehmen ... natürlich mit Ihrer Zustimmung ...«

»Bist du in Port Egmont bei andern bekannt?«

»Gewiß ... und so lange ich hier weile, hat mir noch niemand etwas vorzuwerfen gehabt!«

»Schön, ich werde mich erkundigen«, antwortete der Kapitän.

»Tun Sie das, und wenn Sie dann ›Ja‹ sagen, ist mein Sack noch heute abend an Bord.«

»Wie ist dein Name? ...«

»Hunt.«

»Und du stammst aus ...?«

»Aus Amerika.«

Dieser Hunt war ein kaum mittelgroßer Mann mit sonnengebräuntem Teint, fast einem gebrannten Ziegel ähnlich. Er hatte im übrigen die gelbliche Haut eines Indianers, eine breite Brust, mächtigen Kopf und stark gebogene Beine. Seine Gliedmaßen verrieten große Körperkräfte, vorzüglich die Arme mit den großen Händen. Das Haar begann grau zu werden und ähnelte mehr einem Felle.

Was der Physiognomie dieses Mannes einen besonderen Charakter verlieh und von vornherein nicht gerade für ihn einnahm, das war der stechende Blick seiner kleinen Augen, sein fast lippenloser, sehr breiter Mund mit langen, unverletzten Zähnen, die nie von Skorbut ergriffen gewesen waren, was man bei den in hohen Breiten fahrenden Seeleuten doch sonst so häufig wahrnimmt.

Seit drei Jahren wohnte Hunt auf den Falklands, zuerst in einem der Häfen an der Bai der Franzosen auf Soledad und zuletzt in Port Egmont. Wenig geselliger Natur, lebte er einsam von einer Pension – wofür er diese bezog, wußte freilich niemand. Nirgends in festen Diensten, betrieb er auf eigene Faust Fischfang, und das hätte ja zu seinem Lebensunterhalte genügt, ob er sich unmittelbar mit den Fischen ernährte oder seine Beute verkaufte.

Die Auskunft, die der Kapitän über Hunt erhielt, konnte den Umständen nach nur sehr spärlich ausfallen, außer der über seine Lebensführung, seit er in Port Egmont wohnte. Der Mann schlug sich nicht mit andern herum, er trank nicht, hatte wenigstens nie einen »Hieb«, dagegen wiederholt Proben einer wahrhaft herkulischen Kraft abgelegt. Von seiner Vergangenheit war nichts weiter bekannt, als daß er Seemann gewesen sei. Er hatte dem Kapitän Len Guy darüber eigentlich mehr als je einem andern mitgeteilt. Über alles weitere beobachtete er hartnäckiges Schweigen, ebenso über seine Familie, wie über den Ort seiner Geburt. Das machte ja nicht viel aus, wenn er sich nur als brauchbarer Matrose erwies.

Alle Erkundigungen gaben keine Veranlassung, das Anerbieten Hunts zurückzuweisen. Ja, man hätte wünschen können, daß die andern in Port Egmont neu Angeworbenen ebenso einwurfsfrei gewesen wären. Hunt erhielt also günstige Antwort und richtete sich am Abend an Bord ein.

Alles war zur Abreise fertig. Die »Halbrane« führte Lebensmittel für zwei Jahre, schwach eingesalzenes Fleisch, Gemüse verschiedner Art sowie in Essig eingelegten Sellerie und Löffelkraut, die beide gegen skorbutische Erkrankungen mit Vorteil angewendet werden. Der Frachtraum barg Fäßchen mit Branntwein und Gin für den täglichen Verbrauch und einen großen Vorrat von Mehl und Schiffszwieback, der in den Lagerhäusern des Hafens eingekauft worden war.

Auf Befehl des Gouverneurs waren der Goëlette auch Munition, Pulver, Geschosse, Flintenkugeln und Hagelschrot geliefert worden. Der Kapitän Len Guy hatte sogar Entergerätschaften erworben, die von einem kürzlich an den Klippen vor der Bai gescheiterten Schiffe herrührten.

Am Morgen des 27. gingen unter dem Beisein der Inselbehörden die Arbeiten zur Abfahrt mit bemerkenswerter Schnelligkeit vor sich. Man tauschte noch die letzten Glückwünsche, die letzten Abschiedsrufe aus. Dann tauchte der Anker vom Grunde auf, und die Goëlette setzte sich in Gang.

Ein mäßiger Wind wehte aus Nordwesten und mit ihren oberen und unteren Segeln glitt die »Halbrane« der Durchfahrt zu. Im freien Wasser angelangt, wendete sie nach Osten zur Umschiffung der Tamar-Hart-Spitze am Ende der Meerenge, die beide Inseln trennt. Am Nachmittage segelte sie an Soledad vorüber, das sie an Backbord liegenließ. Endlich verschwanden die Kaps Dolphin und Pembroke hinter den Nebeln des Horizonts.

Die Fahrt war nun angefangen. Gott allein konnte wissen, ob ein Erfolg den mutigen Männern beschieden sein werde, die menschliches Mitgefühl jetzt in die schrecklichen Gebiete des südlichen Polarmeeres führte.

Zehntes Kapitel

Der Anfang der Fahrt

Von der Gruppe der Falklands waren die »Tuba« und die »Lively« unter dem Befehl des Kapitäns Biscoë am 27. September 1830 abgefahren, worauf sie die Sandwich-Gruppe (nicht zu verwechseln mit den Sandwich-Inseln oder Hawaii) anliefen und deren nördliche Spitze am 1. Januar umschifften. Sechs Wochen später freilich ging die »Lively«, wieder an den Falklands, verloren, doch hegen wir die Hoffnung, daß unserer Goëlette nicht ein gleiches Schicksal beschieden sei.

Der Kapitän Len Guy ging also von demselben Punkte wie Biscoë aus, der bis zu den Sandwichs sechsunddreißig Tage gebraucht hatte. Schon in den ersten Tagen aber vom Treibeis jenseits des Polarkreises stark belästigt, hatte der englische Seefahrer bis zum fünfundvierzigsten Grade östlicher Länge nach Südosten hin zurückweichen müssen. Diesem Umstande verdankt man übrigens die Entdeckung des Enderbylandes.

Der Kapitän Len Guy zeigte Jem West und mir diese Route auf der Karte und sagte dazu: »Den Spuren Biscoës dürfen wir nicht nachgehen, sondern nur denen Weddells, der seine Reise nach dem Süden 1822 mit der ›Beaufoy‹ und der ›Jane‹ unternahm . . . der ›Jane‹, ein vorbildlicher Name, Herr Jeorling! Doch diese ›Jane‹ Biscoës war glücklicher als die meines Bruders und verscholl nicht jenseits des Packeises.*

---

*Die Falklands waren es auch, die Dumont d'Urville, der Führer der »Astrolabe«, mit seinem Begleitschiffe der »Zélée« 1838 als Ort des Zusammentreffens ausmachte. Genauer war hierzu die Soledad-Bai bestimmt, für den Fall, daß beide Schiffe durch schlechtes Wetter oder Eishindernisse getrennt werden sollten. Dieser Expedition von 1837 bis 1840 glückte es, bei allerdings sehr gefährlicher Fahrt, hundertzwanzig Seemeilen unbekannter Küste zwischen vierundsechzigstem und dreiundsiebzigstem Grade südlicher Breite und zwischen achtundfünfzigstem und zweiundsechzigstem Grade westlicher Länge von Paris aufzunehmen, Küstenstrecken, die als Louis-Philipps- und als Joinvilleland bezeichnet wurden. Der Expedition von 1840, die im Januar bis zur entgegengesetzten Spitze des polaren Festlandes – wenn es ein solches überhaupt gibt – ausgedehnt wurde, gelang zwischen 63° 3′ südlicher Breite und 132° 21′ westlicher Länge die Entdeckung des Adelienlandes, dann zwischen 64° 30′ südlicher Breite und 129° 54′ östlicher Länge die der Clarieküste. Zur Zeit als Jeorling die Falklands verließ, konnte er von diesen wichtigen Bereicherungen der Geographie natürlich keine Kenntnis haben. Seit jener Zeit sind auch noch mehrere Versuche gemacht worden, die höheren Breiten des Antarktischen Meeres zu erreichen. Außer James Roß ist hier vorzüglich ein junger norwegischer Seemann zu erwähnen, ein gewisser Borchgrevinch, der noch weiter als der englische Kapitän hinaufdrang; ferner die Fahrt des Kapitäns Larsen mit dem norwegischen Walfänger »Jason«, der 1893 südlich vom Joinville- und Louis-Philippslande ein offnes Meer entdeckte und bis jenseits des achtundsechzigsten Breitengrades hinauf gelangte. J. V.

»Nun, wir gehen vorwärts, Herr Kapitän, »hab' ich darauf geantwortet, »und wenn nicht Biscoës, so folgen wir Weddells Fährte. Ein einfacher Robbenjäger, hat dieser kühne Seemann bis näherhin zum Pole als alle seine Vorgänger zu dringen vermocht, und er zeigt uns die einzuschlagende Richtung ...«

»Die wir auch einhalten werden, Herr Jeorling. Erleiden wir aber keine Verspätung und träfe die ›Halbrane‹ schon gegen Mitte Dezember auf das Packeis, so wäre das etwas zu frühzeitig. Als Weddell an den zweiundsiebzigsten Breitengrad kam, war es nach den ersten Tagen des Februar, und da zeigte sich dort, wie er berichtet, nicht ein Stückchen Eis. Am 20. Februar machte er dann bei vierundsiebzig Grad sechsunddreißig Minuten, dem äußersten im Süden erreichten Punkte, mit seinem Schiffe halt. Kein Schiff ist darüber hinaus vorgedrungen ... keines außer der ›Jane‹, die aber nicht zurückgekehrt ist. An dieser Seite muß sich also an den antarktischen Landmassen zwischen dreißigstem und vierzigstem Längengrad ein tiefer Einschnitt befinden, da William Guy hier, nach Weddell, bis auf zehn Grad vom Pole vordringen konnte.«

Seiner Gewohnheit entsprechend, hörte Jem West schweigend zu. Er maß mit dem Blicke die Räume, die der Kapitän Len Guy zwischen den Spitzen seines Zirkels einschloß. Wie immer der Mann, der einen Befehl entgegennimmt, ihn ausführt, doch nicht darüber verhandelt, würde er einfach dahin gehen, wohin man ihm zu gehen befahl.

»Ihre Absicht, Herr Kapitän«, nahm ich wieder das Wort, »ist doch wohl, sich an den von der ›Jane‹ gesteuerten Kurs zu halten.«

»So genau wie möglich.«

»Nun, Ihr Bruder William hat sich von Tristan d'Acunha aus nach Süden gewendet, um die Lage der Auroras zu bestimmen, die er aber ebensowenig fand wie die dieser Inseln, den der Ex-Korporal Gouverneur Glaß so stolz war, seinen Namen beizulegen. Damals hatte er den Plan durchführen wollen, von dem ihm Arthur Pym häufig genug gesprochen haben mochte, und er hat dabei den Polarkreis am 1. Januar unter dem ein- und dem zweiundvierzigsten Längengrade überschritten ...«

»Das weiß ich«, fiel der Kapitän Len Guy ein, »und das wird auch die ›Halbrane‹ tun, ehe sie die kleine Insel Bennet und die Insel Tsalal erreicht – und der Himmel gebe seinen Segen, daß sie wie die ›Jane‹ und die Schiffe Weddells dann ein eisfreies Meer vorfindet!«

»Wenn sich zur Zeit, wo wir dahingelangen, an der Grenze des Packeises noch zu viel Eis angehäuft hat«, sagte ich, »können wir ja davor in offenem Wasser warten.«

»Das wollen wir auch, Herr Jeorling, denn es ist ratsam, gleich segelfertig an Ort und Stelle zu sein. Das Packeis ist eine Mauer, worin sich eine Pforte oft ganz plötzlich öffnet und ebenso schnell wieder schließt. Da heißt es wachsam sein ... sofort eindringen ... ohne sich wegen der Rückkehr zu beunruhigen.«

Wegen der Rückkehr! Daran dachte an Bord der »Halbrane« jetzt niemand.

»Forward!« Vorwärts! wäre jetzt der einzige Ruf aller Beteiligten gewesen.

Da machte Jem West folgende Bemerkung:

»Dank den Angaben in dem Berichte Arthur Pyms werden wir die Nichtanwesenheit seines Gefährten Dirk Peters nicht zu beklagen haben.«

»Das ist auch ein Glück«, meinte der Kapitän Len Guy, »denn ich habe den aus Illinois verschwundenen Mestizen nicht auffinden können. Die im Tagebuche Arthur Pyms enthaltenen Angaben über die Lage der Insel Tsalal müssen und werden uns schon genügen ...«

»Wenn wir unsere Nachsuchungen nicht bis über den vierundachtzigsten Grad hinauf ausdehnen müssen«, wendete ich ein.

»Warum sollte das nötig werden, Herr Jeorling, da die Schiffbrüchigen die Insel Tsalal ja nicht verlassen haben? ... Ist das nicht deutlich aus den Aufzeichnungen Pattersons zu lesen? ...«

Kurz, obwohl Dirk Peters nicht an Bord war – woran niemand zweifelte – würde die »Halbrane« ihr Ziel schon zu erreichen wissen, sobald nur nicht die drei Kardinaltugenden des Seemanns, Achtsamkeit, Unerschrokkenheit und Ausdauer, außer acht gelassen wurden.

Hier sah ich mich also in ein Abenteuer verstrickt, das meine früheren Reisen an Überraschungen weit zu überbieten versprach. Gewiß hätte das niemand von mir erwartet. Ich war hier aber von einer neuen Macht gefesselt, die mich dem Unbekannten entgegentrieb, dem Unbekannten in den Polargebieten, dem Unbekannten, dessen Geheimnisse so viele kühne Forscher vergeblich zu entschleiern versucht hatten! Doch wer konnte wissen, ob die Sphinx der antarktischen Gebiete jetzt nicht zum ersten Male zu menschlichen Ohren sprechen würde!

Ich vergaß jedoch nicht, daß es sich hier einzig um eine Tat der Menschenliebe handelte. Die Aufgabe, die sich die »Halbrane« stellte, ging ja dahin, den Kapitän William Guy und seine fünf Genossen zu erlösen, und um sie zu finden, folgte unsere Goëlette dem von der »Jane« eingeschlagenen Wege. Nachher konnte die »Halbrane« sofort nach den Meeren des alten Festlandes zurückkehren, da sie nach Arthur Pym und Dirk Peters nicht zu suchen brauchte, die ja – man weiß nur nicht wie – von ihrer außergewöhnlichen Fahrt heimgekehrt waren.

Im Laufe der ersten Tage mußten sich die neuen Mannschaften mit der Dienstordnung bekanntmachen, und die alten – wirklich braven Leute – erleichterten ihnen das nach Kräften. Trotz der dem Kapitän Len Guy zur Verfügung stehenden nur beschränkten Auswahl, schien er doch eine glückliche Hand gehabt zu haben. Diese Matrosen von verschiedner Nationalität zeigten gleich viel Eifer wie guten Willen. Sie wußten übrigens, daß der Lieutenant nicht scherzte. Hurliguerly hatte ihnen zu verstehen gegeben, daß Jem West jedem, der vom rechten Weg abwich, den Schädel zertrümmern würde. Sein Vorgesetzter ließ ihm in dieser Beziehung volle Freiheit.

»Er ist gleich bei der Hand, die Höhe mit der Faust vor den Augen des andern zu messen!«

An dieser Art einer Mitteilung erkannte ich leicht meinen Hochbootsmann.

Die Neuen ließen sich das gesagt sein, und es machte sich auch keine Bestrafung nötig. Hunt, der bei seinen Arbeiten die Gelehrigkeit des echten Seemanns an den Tag legte, hielt sich immer abgesondert, sprach mit niemand und schlief sogar in einer Ecke auf dem Verdeck, ohne seinen Platz im Volkslogis einnehmen zu wollen.

Die Temperatur war noch ziemlich niedrig. Die Leute trugen ihre dicken Jacken und wollene Hemden, nebst Hosen aus demselben Material und den undurchdringlichen Südwester aus geteertem Stoffe, der gegen Wind, Schnee und Regen so vortrefflich schützt.

Der Kapitän Len Guy beabsichtigte die Sandwich-Inseln als Ausgangspunkt nach dem Süden zu nehmen, nachdem er das achthundert Seemeilen von den Falklands gelegene Neu-Georgien angelaufen hatte. Die Goëlette befand sich dann, dem Längengrade nach, auf dem Wege der »Jane«, und sie hatte diesen nur hinauf, das heißt nach dem Südpole zu, zu fahren, um bis zum vierundachtzigsten Breitengrade vorzudringen.

Diese Fahrtrichtung brachte uns am 2. November nach der Stelle, wohin verschiedene Seefahrer unter 53° 15′ südlicher Breite und 47° 33′ westlicher Länge die Auroras-Inseln verlegt hatten.

Nun, trotz der meiner Ansicht nach verdächtigen Versicherungen der Kapitäne der »Aurora« (1762), des »San Miguel« (1769), der »Pearle« (1779), des »Prinicus« und der »Dolores« (1790) und der »Atrevida« (1794), die eine Aufnahme der drei Inseln der Gruppe gemacht haben wollten – wir sahen keine Spur von Land auf der ganzen durchfahrenen Strecke. Ganz ebenso war es Weddell 1827 und William Guy 1827 ergangen.

Wir fügen hinzu, daß es sich mit den angeblichen Inseln des eitlen Glaß nicht anders verhielt. Wir haben an der bezeichneten Stelle auch nicht das kleinste Eiland entdecken können, obgleich der Ausguck nie vernachlässigt wurde. Es ist also zu befürchten, daß Seine Exzellenz der Gouverneur von Tristan d'Acunha nie die Freude haben wird, seinen Namen unter der geographischen Nomenklatur glänzen zu sehen.

Wir waren jetzt am 6. November. Das Wetter blieb günstig. Die Überfahrt schien schneller vonstatten zu gehen als die der »Jane«. Übrigens brauchten wir nicht zu eilen. Wie ich schon gesagt habe, würde unsere Goëlette am Packeisrande voraussichtlich eher eintreffen, ehe sich darin eine Pforte öffnete.

In den nächsten Tagen wurde die »Halbrane« wiederholt von Windstößen getroffen, die Jem West veranlaßten, die obern Segel und die Jager einziehen zu lassen. Danach hielt sich das Schiff stetig sehr im Wasser und tauchte kaum merklich aus und ein, sondern hob und senkte sich gleichmäßig mit den Wellen. Bei diesen Segelmanövern gab die neue Mannschaft Proben von Gewandtheit, die ihr das warme Lob des Hochbootsmanns einbrachten. Hurliguerly erkannte dabei, daß Hunt, so täppisch er auch aussah, allein drei Mann wert sei.

»Eine vorzügliche Erwerbung!« sagte er zu mir.

»Ja«, antwortete ich, »und noch dazu eine, die sich zur rechten Zeit in letzter Stunde anbot.«

»Ganz recht, Herr Jeorling! ... Doch welch dicken Kopf er hat, dieser Hunt!«

»Draußen im fernen Westen hab' ich häufiger Amerikaner dieses Schlags getroffen«, erwiderte ich, »und es sollte mich gar nicht wundern, wenn dieser hier Indianerblut in den Adern hätte.«

»Na«, meinte der Hochbootsmann, »bei uns in Lancashire und in der Grafschaft Kent gibt's so manche, die sich mit ihm messen könnten.«

»Das glaub' ich Ihnen, Hurliguerly ... so unter anderm ... Sie selbst!«

»Oh ... vielleicht! ... Man gilt eben, was man wert ist, Herr Jeorling!«

»Plaudern Sie zuweilen mit Hunt?« fragte ich.

»Sehr wenig, Herr Jeorling. Was sollte man auch aus einem Seeigel herausbringen, der sich abseits hält und gegen niemand ein Wort spricht? ... Am Munde dazu fehlt's ihm wahrlich nicht, der fast von Backbord bis Steuerbord hinüberreicht. Und mit so einem Werkzeuge sollte Hunt keine zusammenhängenden Sätze drechseln können? ... Und dann ... seine Hände! ... Haben Sie seine Hände schon gesehen, Herr Jeorling? Nehmen Sie sich in acht, wenn er damit die ihrigen drücken sollte! ... Ich glaube die Hälfte aller Finger würden Sie dabei los!«

»Nun, Hochbootsmann, der Hunt scheint mir zum Glück kein Streithengst zu sein. Alles weist darauf hin, daß er ein ruhiger Mann ist, der seine Körperkraft nicht zu mißbrauchen sucht.«

»Nein ... außer wenn er sich vor ein Hißtau legt. Herr Gott, da fürcht' ich immer, die ganze Blockrolle kommt mit herunter und die Raa hinterdrein.«

Genannter Hunt war, wenn man ihn ordentlich betrachtete, ein recht sonderbarer Kauz, der wohl eine gewisse Aufmerksamkeit verdiente. Wenn er sich gegen die Drehbalken des Spills stemmte oder, am Hinterteile stehend, die mächtige Hand auf die Griffe des Steuerrades legte, beobachtete ich ihn öfters nicht ohne eine gewisse Neugier.

Andererseits schien es mir, als ob auch seine Blicke mit deutlicher Zähigkeit an mir hafteten. Er mußte ja wissen, daß ich als – einziger – Passagier an Bord der Goëlette war und unter welchen Verhältnissen ich mich entschlossen hatte, die Gefahren dieser Reise zu teilen. Die Vermutung, daß er, vielleicht jenseits der Insel Tsalal und nachdem wir die Schiffbrüchigen von der »Jane« gerettet hätten, noch ein anderes Ziel verfolgte als wir, war doch kaum zulässig. Der Kapitän Len Guy wiederholte auch immer und immer:

»Unsere Aufgabe besteht darin, unsere Landsleute zu retten. Die Insel Tsalal ist der einzige Punkt, der uns anlockt, und Gott gebe, daß wir nicht noch tiefer in die öden Polargebiete einzudringen brauchen!«

Am 10. November gegen zwei Uhr nachmittags meldete ein Ruf des Wachpostens:

»Land voran an Steuerbord!«

Eine gut ausgeführte Beobachtung hatte 55° 7′ der Breite und 41° 13′ östlicher Länge ergeben.

Das Land konnte kein anderes sein als die Insel Saint Pierre – nach britischer Bezeichnung Süd-Georgia, Neu-

Georgia oder Insel des Königs Georg – die ihrer Lage nach zu den zirkumpolaren Gebieten gehört.

Schon vor Cook wurde sie 1675 von dem Franzosen Barbe entdeckt; doch ohne Rücksicht darauf, daß er der Zeit nach nur der Zweite war, gab ihr der berühmte englische Seefahrer die Reihe von Namen, die sie noch heute führt.

Die Goëlette steuerte nun auf diese Insel zu, deren schneebedeckte Höhen – gewaltige Massen von Urgebirge, wie Gneis und Tonschiefer – durch den gelblichen Nebel des Luftraumes bis zwölfhundert Toisen (2340 Meter) aufsteigen.

Der Kapitän Len Guy wollte hier in der Bai Royale vierundzwanzig Stunden lang liegen bleiben, um frisches Wasser zu fassen, denn die Behälter im Laderaum erwärmten sich leicht zu sehr. Später, wenn die »Halbrane« im Treibeise segelte, war ja frisches, klares Süßwasser genug vorhanden.

Im Laufe des Nachmittags umschiffte die Goëlette das Kap Buller im Norden der Insel, ließ die Possessions- und die Cumberland-Bai an Steuerbord und drang nun in die Bai Royale ein, wo sie sich durch die vom Roß-Gletscher herabstürzenden Trümmer winden mußte. Um sechs Uhr sank der Anker bei sechs Faden Tiefe auf den Grund, und da es schon dunkel wurde, verschob man alles weitere bis zum nächsten Tage.

Neu-Georgia mißt in der Länge gegen vierzig Lieues (210 Kilometer) auf zwanzig Lieues in der Breite. Gegen fünfhundert Lieues von der Magellanstraße gelegen, gehört es mit zum Verwaltungsbezirk der Falkland-Inseln. Die britische Regierung wird hier übrigens von niemand vertreten, da die Insel ganz unbewohnt ist, obgleich sie, mindestens im Sommer, recht gut bewohnbar wäre.

Am folgenden Tage, als unsere Leute zur Aufsuchung einer Quelle auszogen, lustwandelte ich allein längs des Ufers der Bai Royale. Die Gegend war verlassen, denn wir befanden uns noch nicht in der Periode, wo manche Fischer hier den Robbenschlag betreiben; daran fehlte noch gut ein Monat. Der Einwirkung des südlichen Polarstromes völlig offenliegend, halten sich bei Neu-Georgia zu gewissen Zeiten große Mengen von Seesäugetieren auf. Ich sah schon mehrere Herden auf dem Strande längs der Felsen bis tief in die Ufergrotten hinein gelagert. Lange Reihen von Pinguinen, die bewegungslos umherstanden, erhoben durch ihr Geschrei Einspruch gegen die Störung eines Eindringlings, das heißt meiner Person.

Von der Oberfläche des Wassers und vom Strande flatterten ganze Völker von Lerchen in die Höhe, deren Gesang in mir die Erinnerung an entfernte, von der Natur mehr begünstigte Länder wachrief. Es ist ein Glück, daß diese Tierchen keine Zweige zum Nisten brauchen, denn auf ganz Neu-Georgia gibt es keinen einzigen Baum. Da und dort vegetieren einzelne Phanerogamen, halb entfärbte Moose und vor allem die so üppig gedeihende Grasart, der Tuffock, die die Bergabhänge bis zu fünfhundert Toisen aufwärts bekleidet und die hinreichende Ernten liefern würde, zahlreiche Herden zu ernähren.

Am 12. November ging die »Halbrane« mit ihren unteren Segeln wieder in See. Nach Umschiffung der Charlotten-Spitze am Ende der Bai Royale steuerte sie in südsüdöstlicher Richtung auf die vierhundert Seemeilen von hier gelegenen Sandwich-Inseln zu.

Bisher waren wir noch keiner Eisscholle begegnet; die Sommersonne hatte sie vom Packeisrande oder den Küsten der Polarländer noch nicht abgelöst. Später trug die Strömung sie bis zum fünfzigsten Breitengrade – auf der nördlichen Erdhälfte dem von Paris und Quebeck – hinauf.

Der Himmel, dessen Klarheit abzunehmen begann, drohte, sich nach Osten hin mit Wolken zu beladen. Ein kalter, mit Regen und Graupelschauern auftretender Wind wehte mit ziemlicher Stärke, doch da er uns günstig war, hatten wir keine Ursache, darüber zu klagen. Es genügte, sich den Südwester etwas dichter um die Ohren zu ziehen.

Etwas belästigender waren die dicken Nebelbänke, die häufig den Horizont verhüllten. Da diese Gegenden aber noch keine Gefahren boten und ein Zusammenstoß mit Eisbergen oder Packeismassen nicht zu befürchten war, konnte die »Halbrane« ihre Fahrt nach Südosten auf die Sandwich-Gruppe zu ohne Besorgnis fortsetzen.

Durch die Nebel zogen große Völker laut kreischender Vögel, die trotz des Gegenwindes die ausgespannten Flügel kaum zu bewegen schienen, wie Sturmvögel, Taucher, Eisvögel, Seeschwalben und Albatrosse, die vom Lande wegflogen, als wollten sie uns den Weg zeigen.

Die dichten Nebel verhinderten den Kapitän Len Guy offenbar auch, im Südwesten zwischen Neu-Georgia und den Sandwichs die von Bellingshausen entdeckte Insel Traversey zu sehen, ebenso wie die kleinen Inseln Welley, Polker, Princes Island und Christmas, deren Lage, nach Fanning, der Amerikaner James Brown mit dem Schoner »Pacific« genau bestimmt hatte. Vor allem kam es uns ja aber nur darauf an, nicht an ihre Klippen zu stoßen, wenn der Gesichtskreis sich auf zwei bis drei Kabellängen beschränkte.

An Bord wurde deshalb der Ausguck streng durchgeführt und die Wachthabenden überblickten allemal sorgsamst das Meer, wenn eine vorübergehende Lichtung ihnen einen erweiterten Gesichtskreis bot.

In der Nacht vom 14. zum 15. leuchtete ein unbestimmter, flackernder Schein am westlichen Horizont auf. Der Kapitän hielt ihn für den Widerschein eines Vulkans – vielleicht von dem der Insel Traversey, dessen Krater oft von einer Flammengarbe bekrönt ist.

Da wir aber keine der lange anhaltenden Detonationen zu vernehmen vermochten, die jeden vulkanischen Ausbruch zu begleiten pflegten, schlossen wir, daß die Goëlette sich zur Zeit in beruhigender Entfernung von den Klippen jener Insel befinden müsse.

Eine Änderung des Kurses erschien also unnötig, und so steuerten wir weiter auf die Sandwich-Inseln zu.

Der Regen hörte am Morgen des 16. auf, und der Wind drehte sich um ein Viertel nach Nordwesten. Das war nur freudig zu begrüßen, denn damit mußten sich die Dunstmassen bald zerstreuen.

Gerade zu dieser Zeit glaubte der Matrose Stern, der zum Ausguck auf einem Querholz saß, einen großen

Dreimaster zu erkennen, dessen Segelwerk sich vom nordöstlichen Himmel abhob. Zu unserm lebhaften Bedauern verschwand das Fahrzeug eher, als es uns möglich war, seine Nationalität festzustellen. Vielleicht war es eines der Schiffe von der Expedition Wilkes' oder ein Walfänger, der sich nach seinen Fangplätzen begab, denn Spritzfische zeigten sich hier in großer Menge.

Am 10. November um zehn Uhr morgens peilte die Goëlette den Archipel, dem Cook zuerst den Namen Südliches Thule gegeben hatte, als dem südlichsten Lande, das bis dahin entdeckt war und das er später Sandwich-Land taufte, mit dem Namen, den diese Inselgruppe auf den Seekarten behalten hatte und auch 1830 schon allgemein führte, als Biscoë von hier segelte, um weiter östlich eine Durchfahrt nach dem Pole zu suchen.

Seit jener Zeit haben gar viele Seefahrer die Sandwichs besucht, und die Fischer stellen in ihren Gewässern eifrig Walen, Pottfischen und Robben nach.

Im Jahre 1820 war der Kapitän Morel hier in der Hoffnung, Brennholz, das er nötig brauchte, zu finden, ans Land gegangen. Der Kapitän hielt zum Glück nicht aus gleichem Grunde daselbst an. Es wäre auch vergebliche Mühe gewesen, denn das Klima dieser Insel macht jeden Baumwuchs unmöglich.

Wenn die Goëlette für achtundvierzig Stunden an den Sandwichs vor Anker ging, geschah es, weil es ratsam schien, alle Inseln des südlichen Erdteils, auf die wir bei unserer Fahrt trafen, eingehend zu besichtigen. Patterson war ja auf einer Eisscholle hinweggetrieben, und das konnte doch auch dem oder jenem seiner Gefährten widerfahren sein.

Hier galt es also, nichts zu vernachlässigen, zumal da die Zeit uns nicht drängte. Von Neu-Georgia steuerte die »Halbrane« deshalb nach den Sandwichs, von hier sollte sie nach den New-South-Orkneys gehen und von da nach Überschreitung des Polarkreises geraden Wegs auf das Packeis zusegeln.

Geschützt von den Felsen der Insel Bristol, konnten wir noch am nämlichen Tage in einem kleinen natürlichen Hafen der Ostküste landen.

Der unter 59° südlicher Breite und 30° westlicher Länge gelegene Archipel besteht aus mehreren Inseln, deren bedeutendste Bristol und Thule sind. Eine Anzahl anderer verdient höchstens die Bezeichnung als Eilande.

Jem West erhielt den Auftrag, sich mit dem großen Boote nach Thule zu begeben, um da alle zu einer Landung geeigneten Stellen abzusuchen, während wir, der Kapitän Len Guy und ich, am Strande von Bristol ans Land gingen.

Ein trauriges Stückchen Land, nur von Vögeln der antarktischen Länder bevölkert. Die dürftige Vegetation gleicht der von Neu-Georgia. Moose und Flechten bedecken den nackten, sonst unfruchtbaren Boden.

Hinter dem Strande erheben sich einzelne magere Föhren bis ziemlich weit an den Flanken der sehr zerrissenen Hügel hinauf, von wo zuweilen Geröll mit betäubendem Lärm herunterpoltert. Überall die abschrekkende Einöde. Nichts verriet die vorübergehende Anwesenheit eines menschlichen Wesens oder den Aufenthalt von Schiffbrüchigen auf der Insel Bristol. Die Ausflüge, die wir an diesem und dem folgenden Tage unternahmen, lieferten keinerlei Ergebnis.

Dasselbe galt von den Untersuchungen des Lieutenant West auf Thule, dessen furchtbar zerklüftete Küste dieser nutzlos besichtigt hatte. Einige von unserer Goëlette abgegebene Kanonenschüsse hatten keine andere Wirkung, als daß sie Massen von Sturmvögeln und Seeschwalben von der Küste vertrieben und die Reihen der beschränkten Fettgänse am Strande einmal erschreckten.

Beim Umhergehen mit dem Kapitän Len Guy sagte ich gelegentlich zu ihm:

»Es ist Ihnen zweifelsohne bekannt, welche Ansicht Cook von der Sandwich-Gruppe, als er diese eben entdeckt hatte, hegte. Ganz zuerst glaubte er nach einem Festlande gekommen zu sein. Seiner Meinung nach lösten sich hier die Eisberge ab, die nachher von den Strömungen nach wärmeren Meeren getragen würden. Später erkannte er, daß die Sandwichs nur einen Archipel bildeten. Seine Vermutung eines polaren Festlandes weiter im Süden hielt er aber trotzdem aufrecht.«

»Ich weiß das, Herr Jeorling«, antwortete der Kapitän Len Guy, »doch wenn es dieses Festland gibt, muß man annehmen, daß es einen tiefen Einschnitt hat, den, wohin Weddell und sechs Jahre später mein Bruder eindringen konnten. Daß unser großer Seefahrer diese Wasserstraße nicht auffand, da er über den einundsiebzigsten Breitengrad nicht hinauskam, das ist ja eine Sache für sich. Andere haben sie befahren und noch andere werden es tun ...«

»Und zu denen gehören wir, Herr Kapitän ...«

»Ja ... mit Gottes Hilfe! Wenn Cook sich nicht scheute zu behaupten, daß niemand sich weiter als er selbst hinaufwagen und das Festland, wenn es dann wirklich vorhanden wäre, nie entdeckt werden würde, so wird die Zukunft lehren, daß er sich geirrt hat. Das vermutete Land ist bis zum vierundachtzigsten Grade tatsächlich gesehen worden.«

»Und – wer weiß? –« fiel ich ein, »von dem waghalsigen Arthur Pym vielleicht gar noch weiter hinauf!«

»Ja ... vielleicht ... Herr Jeorling. Doch mit Arthur Pym persönlich haben wir hier nichts zu schaffen, da er wenigstens und mit ihm Dirk Peters nach Amerika zurückgekehrt ist.«

»Wenn er nun aber doch nicht zurückgekehrt wäre ...«

»Diese Möglichkeit geht uns nichts an«, erklärte einfach der Kapitän Len Guy.

Elftes Kapitel

Von den Sandwich-Inseln nach dem Polarkreise

Sechs Tage nach der Abfahrt erreichte die Goëlette, die nun einen südwestlichen Kurs einhielt und immer von der Witterung begünstigt wurde, die Gruppe der New-South-Orkneys.

Zu ihr gehören zwei Hauptinseln; im Westen die größere, Coronation genannt, deren riesiger Gipfel bis zweitausendfünfhundert Fuß hoch ansteigt, und im Osten die Insel Laurie, die nach Westen hin im Kap Doundas ausläuft. Rundherum tauchen noch kleinere Inseln (Saddele und Powel) und eine Menge zuckerhutförmiger Eilande aus dem Meere auf. Endlich liegen noch weiter westlich die Inseln Inaccessible und du Désespoir, ohne Zweifel so genannt, weil ein Seefahrer an der einen nicht landen konnte und daran verzweifelte, die andere zu erreichen.

Der Archipel wurde von dem Amerikaner Palmer im Vereine mit dem Engländer Botwel 1821 und 1822 entdeckt. Vom einundsechzigsten Breitengrade durchschnitten, ist er zwischen dem vierundvierzigsten und siebenundvierzigsten Meridian zu suchen.

Bei dem Näherkommen der »Halbrane« konnten wir an der Nordseite zusammengewürfelte Felsmassen und oben schroff ansteigende Hügel erblicken, deren untere Abhänge, vorzüglich auf der Insel Coronation, sich nach dem Ufer zu sanfter abdachten. An ihrem Fuße lagen gewaltige Eismassen in furchtbarem Durcheinander aufgehäuft, die vor Ablauf von zwei Monaten nach wärmerem Wasser hintreiben sollten.

Dann kam die Zeit, wo sich die Walfänger hier einstellten, um der Erbeutung von Spritzfischen zu obliegen, während einzelne ihrer Leute am Lande blieben, wo sie Robben und See-Elefanten erlegten.

Oh, wie treffend sind sie benannt, diese Länder der Trauer und des Reifs, solange ihr Winterbahrtuch von den ersten Sonnenstrahlen des südlichen Sommers noch nicht durchlöchert ist.

Um die von Eilanden und Eisschollen halbverstopfte Meerenge zu vermeiden, die die Gruppe in zwei deutliche Inselhaufen scheidet, segelte der Kapitän Len Guy zunächst an dem südöstlichen Ausläufer der Insel Laurie hin, wo ein Tag, der 24., zugebracht wurde; dann hielt er sich, nach deren Umschiffung am Kap Doundas, nahe der Südküste der Insel Coronation, wo die Goëlette am 25. liegen blieb. Das Ergebnis unserer Nachsuchungen bezüglich etwaiger Leute von der »Jane« war gleich Null.

Wenn Weddell 1822 – freilich noch im September – in der Absicht, an dieser Gruppe auf Pelzrobben zu jagen, seine Zeit und Mühe verlor, so lag das an der Strenge des noch herrschenden Winters. Die »Halbrane« hätte sich jetzt eine volle Ladung dieser Amphibien beschaffen können.

Vögel gab es auf den Inseln und Eilanden zu Tausenden. Ohne von den Pinguinen auf den mit Guano dick bedeckten Felsen zu reden, schwärmten hier in großen Mengen jene weißen Tauben umher, von denen ich schon früher einige Exemplare gesehen hatte. Es sind das Strandläufer, keine mit Schwimmhäuten ausgerüsteten Plattfüßler, mit etwas länglich spitzem Schnabel und rot umränderten Augen, die man ohne große Mühe einfangen kann.

Was die Pflanzenwelt der New-South-Orkneys, wo tonige Quarze nicht vulkanischen Ursprungs vorherrschen, angeht, so enthielt diese nur mattgraue Flechten und wenige Fucusarten aus der Familie der Laminarien. Außerdem wimmelte es längs der Uferfelsen von Schüsselmuscheln, von denen viele eingesammelt wurden.

Ich muß wohl auch anführen, daß sich der Hochbootsmann und seine Leute die Gelegenheit nicht entgehen ließen, einige Dutzend Pinguine mit Stöcken zu erschlagen. Sie folgten dabei nicht einer tadelnswerten Mordlust, sondern dem ganz gerechtfertigten Wunsche, sich frische Nahrung zu verschaffen.

»So ein Vogel wiegt ein Masthuhn auf, Herr Jeorling«, versicherte mir der wackre Hurliguerly. »Haben Sie auf den Kerguelen keinen gegessen?«

»Ja freilich, Hochbootsmann, doch den hatte Atkins zubereitet.«

»Nun, hier tut das Endicott, und Sie werden da keinen Unterschied merken!«

In der Tat labte man sich im Deckhause und im Eßraume der Mannschaft an diesen Pinguinen, die der Kunst unseres Schiffskochs alle Ehre machten.

Am 26. November früh sechs Uhr ging die »Halbrane« nach Süden zu wieder unter Segel. Sie steuerte dabei bis zum dreiundvierzigsten Meridian, dessen Lage durch eine recht günstige Beobachtung sicher festgestellt werden konnte. Das war derselbe, dem Weddell und später William Guy gefolgt waren, und wenn die Goëlette von ihm weder nach Osten noch nach Westen hin abwich, mußte sie endlich auf die Insel Tsalal treffen. Jedenfalls waren hier aber manche Fahrhindernisse in Rechnung zu ziehen.

Sehr stetige östliche Winde begünstigten unser Vorwärtskommen, und die Goëlette konnte ihre gesamte Leinwand entfalten. Bei dieser starken Segelbesetzung glitt sie mit der Geschwindigkeit von elf bis zwölf Seemeilen dahin. Hielt das auch weiter so an, so mußte die Strecke zwischen den New-South-Orkneys und dem Polarkreise in sehr kurzer Zeit zurückgelegt werden.

Jenseits desselben, das wußt' ich ja, galt es freilich, die Pforte des mächtigen Packeises zu sprengen oder – was jedenfalls praktischer war – eine Bresche in diesem Eisgrenzwall zu entdecken.

Als der Kapitän Len Guy und ich uns einmal darüber unterhielten, sagte ich:

»Bis hierher hat die »Halbrane« immer prächtigen Seitenwind gehabt, und wenn das so fortgeht, werden wir das Packeis vor der Eisschmelze erreichen.«

»Vielleicht . . . vielleicht auch nicht . . . Herr Jeorling, denn die Jahreszeit ist heuer außergewöhnlich vorgeschritten. Auf der Insel Coronation habe ich schon häufig beobachtet, daß sich Eisblöcke sechs Wochen vor dem gewöhnlichen Zeitpunkte loslösten.«

»Ein glücklicher Umstand, Herr Kapitän; danach wäre es ja möglich, daß unsere Goëlette schon in den ersten Dezemberwochen das Packeis passieren könnte, was den Schiffen doch sonst erst gegen Ende Januar gelingt.«

»In der Tat, wir wurden bisher von der Milde der Witterung außerordentlich begünstigt«, antwortete der Kapitän Len Guy.

»Ich erwähne noch«, fuhr ich fort, »daß Biscoë bei seiner zweiten Forschungsreise erst gegen Mitte Februar das Land in Sicht bekam, das unter dem vierundsechzigsten Längengrade vom Mont William und Mont Stowerby überragt wird. Die Reisewerke, die Sie mir zur Verfügung stellten, berichten das ...«

»In unzweideutiger Weise, Herr Jeorling.«

»Also noch vor Ablauf eines Monats, Herr Kapitän ...«

»Vor Ablauf eines Monats denke ich jenseits der Polargrenze das offene Meer wiedergefunden zu haben, von dem Weddell und Arthur Pym mit so großer Zuverlässigkeit sprechen, und dann haben wir nur unter gewohnten Verhältnissen weiterzusegeln, erst nach der Insel Bennet und dann nach der Insel Tsalal. Welches Hindernis könnte uns auf jenem weit offenen Meere aufhalten oder nur zu Verspätungen Anlaß geben ...«

»Ich sehe keines, Herr Kapitän, wenn wir nur erst die Eisgrenze hinter uns haben. Diese zu durchbrechen, darin liegt die Schwierigkeit, darauf haben wir unser Augenmerk in erster Linie zu richten, und wenn der Ostwind aushält ...«

»Der hält hier aus, Herr Jeorling; alle Seeleute, die die südlichen Meere befahren haben, bestätigen die auch von mir gemachte Beobachtung, daß der Ostwind hier beständig weht. Ich weiß wohl, daß zwischen dem dreißigsten und dem sechzigsten Breitengrade zuweilen Stürme aus Westen losbrechen. Tiefer unten aber kehrt sich die Sache um, die entgegengesetzten Winde behalten die Oberhand, und wenn Sie jene Grenze mit uns überschritten haben, werden Sie sich von dieser Tatsache selbst überzeugen können.«

»Das freut mich wirklich, Herr Kapitän. Ich gestehe übrigens, ohne deshalb zu erröten, daß ich anfange, etwas abergläubisch zu werden ...«

»Warum soll das einer nicht, Herr Jeorling? ... Welche Unvernunft läge denn in der Annahme des Eingreifens einer übernatürlichen Macht auch in die gewöhnlichsten Ereignisse des Lebens? ... Und wir Seeleute von der »Halbrane«, sollten wir gar daran zweifeln? Erinnern Sie sich nur der Auffindung des unglücklichen Patterson auf dem Wege unserer Goëlette ... an die Eisscholle, die bis in jene von uns durchfahrenen Gewässer getrieben worden war und die fast sofort darauf zerfloß. Überlegen Sie sich, Herr Jeorling, erkennen Sie daran nicht etwas wie den Finger der Vorsehung? Ich gehe noch weiter, ich behaupte, daß Gott, nachdem er soviel getan hat, um uns unseren Landsleuten von der ›Jane‹ zuzuführen, seinen ferneren Beistand uns auch nicht versagen wird.«

»Ganz meine Ansicht, Herr Kapitän. Nein, seine tätige Mitwirkung ist gar nicht wegzuleugnen, und ich meine, der Zufall spielt auf der Bühne des Menschenlebens nur die Rolle, die eine höhere Macht ihm zuteilte. Alle Tatsachen sind durch ein geheimnisvolles Band verknüpft . . . durch eine Kette . . .«

»Eine Kette, Herr Jeorling, deren erstes Glied, was uns angeht, die Eisscholle Pattersons war und deren letztes die Insel Tsalal sein wird! . . . Ach, mein Bruder, mein armer Bruder! . . . Dort seit elf Jahren verlassen . . . mit den Genossen seines Unglücks . . . und ohne jede Hoffnung auf Hilfe! . . . Und Patterson, weit von ihnen weg verschlagen – unter welchen Umständen wissen wir nicht, so wenig wie jene wissen, was aus ihm geworden ist. Wenn mein Herz zerspringen will, wenn ich an jene Unglücksfälle denke . . . jedenfalls wird es nicht eher brechen, Herr Jeorling, als in dem Augenblicke, wo mein Bruder sich mir in die Arme wirft!«

Der Kapitän Len Guy war so tief erregt worden, daß sich auch aus meinen Augen eine Träne stahl. Jetzt fehlte mir der Mut, ihm zu sagen, daß das Rettungswerk doch recht wenig günstige Aussichten habe. Wohl war nicht daran zu deuteln, daß sich William Guy mit den fünf Matrosen von der »Jane« vor sechs Monaten noch auf der Insel Tsalal befand, denn das bestätigten die Aufzeichnungen in Pattersons Notizbuche . . . doch welcher Art war dort ihre Lage? . . . Befanden sie sich in der Gewalt der Eingebornen, deren Kopfzahl Arthur Pym, auch ohne die Bewohner der Nachbarinseln, auf mehrere Tausende schätzte? . . . Hatten wir uns dann nicht vom Häuptlinge der Insel Tsalal, jenem wilden Too-Wit, eines Angriffs zu versehen, dem die »Halbrane« vielleicht ebensowenig gewachsen war wie seinerzeit die

»Jane«?

Ja, in dieser Beziehung war gewiß die Vorsicht die Mutter der Weisheit, wenn wir auch der Vorsehung vertrauten. Sie hatte ja schon einmal in so auffälliger Weise zu unseren Gunsten eingegriffen, und die uns von Gott anvertraute Sendung wollten wir durchführen, soweit das menschlicher Kraft und Einsicht möglich war!

Von den gleichen Empfindungen erfüllt, teilte die Mannschaft der Goëlette auch die gleiche Hoffnung – ich beziehe mich hierbei auf die alten Leute an Bord, deren Hingebung für ihren Kapitän erprobt war. Die neuen Mannschaften mochten der Sache vielleicht ganz oder doch nahezu teilnahmslos gegenüberstehen, wenn sie nur die für die Fahrzeit ausbedungene Heuer erhielten.

Das behauptete wenigstens der Hochbootsmann, wobei er übrigens für Hunt eine Ausnahme gelten ließ. Dieser Mann schien nicht um des Lohnes oder einer späteren Prämie willen Dienst genommen zu haben. Jedenfalls ließ er davon kein Wort verlauten und sprach überhaupt mit niemand über irgend etwas.

»Ich meine, er denkt an dergleichen gar nicht«, sagte Hurliguerly zu mir. »Ich werde schon noch aus ihm klug werden! In seinen Reden geht er freilich nicht weiter als ein Schiff, das vor seinem Hauptanker liegt.«

»Wenn er mit Ihnen nicht spricht, Hochbootsmann, so tat er es noch weniger mit mir.«

»Ich habe da eine Idee ... was, meinen Sie, mag der Sonderling in seinem Leben schon getan haben?«

»Nun ... was denn?«

»Er wird weit in die südlichen Meere hineingekommen sein ... ja ... sehr weit, obgleich er darüber schweigt wie der Karpfen im Siedekessel. Warum er nicht spricht ... na, das ist am Ende seine Sache. Doch wenn dieser Seeigel nicht über den Südpolarkreis hinaus- und vielleicht seine zehn Grade noch weiter hinaufgefahren ist, da soll mich doch die nächste überschlagende Welle gleich über die Reling hinwegspülen.«

»Woran wollen Sie das gemerkt haben, Hochbootsmann?«

»An seinen Augen, Herr Jeorling, an seinen Augen! ... Die Goëlette mag gerade steuern, wohin es auch sei, sie bleiben stets nach Süden gerichtet ... es sind Augen, die nie unerwartet aufleuchten, sondern wie Positionslichter still glänzen.«

Hurliguerly übertrieb damit nicht, ich hatte das auch schon beobachtet. Hunt hatte, um den Ausdruck Edgar Poes zu gebrauchen, funkelnde Falkenaugen.

»Wenn er nicht beschäftigt ist«, fuhr der Hochbootsmann fort, »dann lehnt dieser Wilde die ganze Zeit über der Schanzkleidung. Wahrlich, er gehörte eigentlich für immer an den Vordersteven, wo er als Gallion der ›Halbrane‹ dienen könnte! ... Ein verdächtiges Gesicht, das er hat! ... Und wenn er einmal am Ruder steht, Herr Jeorling, dann betrachten Sie ihn nur aufmerksam! ... Seine gewaltigen Hände klammern sich an die Griffe des Rades, als wären Sie daran festgenietet. Sein Blick liegt auf dem Kompaßhäuschen, als würde er von der Magnetnadel angezogen. Ich meine doch auch ein tüchtiger Steuermann zu sein, an Kraft kann ich mich mit Hunt aber nicht messen. Bei ihm schwankt die Nadel auch nicht um einen halben Strich aus der rechten Richtung, das Wasser mag nun so wild sein, als es will! ... Ich sage Ihnen ... in der Nacht ... wenn die Laterne für den Kompaß verlöschte, Hunt brauchte sie gar nicht wieder anzuzünden. Schon mit dem Feuer seiner Pupillen würde er die Scheibe beleuchten und sich im rechten Kurse halten!«

Der Hochbootsmann wollte sich in meiner Gesellschaft offenbar für die mangelnde Beachtung entschädigen, die der Kapitän Len Guy und Jem West seinen endlosen Schwätzereien zu schenken pflegten. Hatte sich Hurliguerly über Hunt eine etwas über das Ziel hinausschießende Anschauung gebildet, so muß ich doch zugeben, daß die Haltung dieser sonderbaren Persönlichkeit ihn dazu berechtigte. Man konnte ihn tatsächlich der Kategorie halb-phantastischer Wesen zugesellen, und wenn Edgar Poe ihn gekannt hatte, erschien es erklärlich, daß er ihn zum Typus seiner außergewöhnlichsten Helden stempelte.

Mehrere Tage lang ging unsere Fahrt – ohne jeden Unfall, doch auch ohne jede Unterbrechung ihrer Eintönigkeit – unter den günstigsten Umständen weiter fort. Bei mäßig frischem Ostwind erreichte die Goëlette ihre größtmögliche Geschwindigkeit, was man aus dem langen, flachen und regelmäßigen Kielwasser erkannte, das sich mehrere Seemeilen weit hinter ihr herzog.

Andrerseits meldete sich nun das Frühjahr deutlicher. Walfische begannen in kleinen Herden aufzutauchen. Hier hätte auch für Schiffe von großem Tonnengehalt eine Woche genügt, sich eine volle Ladung des geschätzten Tranes zu verschaffen. Die neuangeworbenen Matrosen – vorzüglich die Amerikaner darunter – verhehlten auch gar nicht ihr Bedauern über die Gleichgültigkeit des Kapitäns gegen diese wertvollen Tiere, die sich in früher nie gesehener Menge vor ihnen tummelten.

Von der ganzen Mannschaft war es vorzüglich Hearne, der seine Enttäuschung zu erkennen gab – er galt als besonders erfahrener Walfänger, dessen Worten seine Genossen gern lauschten. Bei der brutalen Art und der wilden Tollkühnheit, die ihn auszeichneten, hatte er gegenüber den andern Matrosen ein gewisses Übergewicht zu erlangen gewußt. Dieser jetzt vierzigjährige Segelwerksmaat war amerikanischer Abkunft. Gewandt und kräftig wie er war, stellte ich mir ihn gern vor, wenn er, auf dem zweispitzigen Fangboote stehend, die Harpune schwang, sie einem Walfisch in die Seite schleuderte und diesen dann am nachschießenden Seile behielt – das mußte einen stolzen Anblick bilden! Bei seiner brennenden Leidenschaft für diesen Beruf konnte es nicht wundernehmen, daß er seiner Unzufriedenheit jetzt gelegentlich Ausdruck gab.

Unsere Goëlette war aber nicht zum Walfang ausgerüstet und ihr fehlten alle dazu nötigen Geräte. Seitdem er mit der »Halbrane« fuhr, hatte sich der Kapitän einzig darauf beschränkt, zwischen den südlichen Inseln des Atlantischen und des Stillen Ozeans Handelsgeschäfte zu betreiben.

Jedenfalls war die Menge von Spritzfischen, die wir im Umkreise von wenigen Kabellängen beobachteten, eine außerordentlich große zu nennen.

An jenem Tage, gegen drei Uhr des Nachmittags, lehnte ich am Vorderteile auf der Schanzkleidung, um dem Spiele mehrerer Paare der mächtigen Tiere zuzusehen. Hearne zeigte sie seinen Kameraden mit der Hand und machte mehrfach unterbrochene Bemerkungen dabei.

»Da ... da ... das ist ein Finnfisch ... und dort, dort sind noch zwei ... drei von den Burschen ... mit der fünf bis sechs Fuß langen Flosse auf dem Rücken! ... Seht ihr ihn dort hinschwimmen ... so gemächlich ... ohne einen Sprung zu machen! ... Ah, wenn ich jetzt eine Harpune bei der Hand hätte ... meinen Kopf zum Pfande, daß ich sie ihnen in einen der gelben Flecke bohrte, die sie am Leibe haben! In dieser alten Krämerlade ist aber nichts anzufangen – nicht einmal den Arm kann man sich ausarbeiten! ... Alle Teufel, wenn man auf diesen Meeren fährt, so geschieht es, um zu fischen, nicht um ...«

Er unterbrach sich mit noch einem kräftigen Seemannsfluche.

»Und da drüben ... der andere Wal!« rief er dann wieder.

»Der, der einen Buckel wie ein Dromedar hat?« fragte einer der Matrosen.

»Ja, das ist ein Buckelwal (Blaaghwal der Norweger)«, antwortete Hearne. »Kannst du seine faltigen Seiten und die lange Rückenflosse erkennen? Sie sind beschwerlich zu fangen, diese Burschen, denn sie tauchen in große Tiefen und zerren ein gewaltiges Ende Tau nach! ... Wahrlich, wir verdienten von ihm einen Schlag in die Flanke zu bekommen, weil wir ihm keine Harpune in seine Flanken jagen.«

»Achtung! ... Aufgepaßt!« rief eben der Hochbootsmann.

Das bezog sich nicht etwa darauf, daß der vom Segelwerksmaat gewünschte furchtbare Schlag mit dem Schwanze zu fürchten gewesen wäre. Nein! Dagegen zog eben ein gewaltiger Spritzfisch an der Seite der Goëlette hin, und fast sofort ergoß sich aus seinen Atmungslöchern ein Schwall übelriechendes Wasser mit einem Geräusch, das dem Krachen entfernter Geschütze zu vergleichen war. Das ganze Vorderdeck bis zur großen Luke wurde davon überschwemmt.

»Brav gemacht!« murmelte Hearne, die Achseln zukkend, während seine Kameraden sich schüttelten und über die unfreiwillige Taufe durch den Buckelwal schimpften.

Außer diesen beiden Arten von Walen sah man auch noch eine Anzahl anderer, der von den Seeleuten Rightwales genannten Art; das sind übrigens die, die in den südlichen Meeren am häufigsten vorkommen. Sie haben keine Flossen, dagegen eine sehr dicke Speckschicht, und ihr Fang bietet keine besonderen Gefahren. Man stellt ihnen auch meist hier in den antarktischen Gewässern nach, wo es in unzählbaren Mengen kleine Krustentiere – die »Walfischspeise« genannt – gibt, von denen jene sich ausschließlich ernähren.

Gerade jetzt schwamm kaum drei Kabellängen von der Goëlette ein solcher Right-wale hin, der gut sechzig Fuß Länge hatte, d. h. genug, um hundert Faß Tran zu liefern. Die Ausbeute von diesen riesigen Tieren ist so groß, daß drei davon hinreichen, einem mittelgroßen Schiffe die vollständige Fracht zu bieten.

»Ja ... das ist ein Right-wale!« rief Hearne. »Schon an seinem dicken und niedrigen Wasserstrahl würde man ihn erkennen ... der, den ihr da drüben über Backbord seht ... wie eine niedrige Rauchsäule sieht es aus ... die kommt von einem Right-wale. Und das alles geht uns an der Nase vorbei ... geht unwiederbringlich verloren! ... Sapperment, seine alten Tonnen nicht zu füllen, wenn man es kann, ist dasselbe, wie Piaster ins Meer zu werfen! ... So ein Unglücks-Kapitän, der sich all diese wertvolle Ware aus der Hand gehen läßt und seine Mannschaft obendrein schädigt ...«

»Hearne«, ertönte da eine befehlerische Stimme, »steig auf die Marsen! Da wirst du's bequemer haben, die Walfische zu zählen!«

Es war die Stimme Jem Wests.

»Lieutenant ...«

»Keine Widerrede, oder du bleibst bis morgen früh da oben! Nun schnell die Wanten hinan!«

Da es ihm schlecht bekommen wäre, sich zu widersetzen, gehorchte der Segelwerksmaat, ohne ein Wort zu sagen. Die »Halbrane« – ich wiederhole es – hatte sich nach diesen hohen Breiten nicht begeben, um Seesäugetiere zu erbeuten, und die neuen Leute waren auf den Falkland-Inseln nicht als Fischer angeworben worden. Das einzige Ziel unserer Fahrt kennt ja der Leser und nichts sollte uns diesem abwendig machen.

Die Goëlette fuhr jetzt mit vollen Segeln über ein rötlichbraunes Wasser hin, dem große Züge von Crustaceen, einer Art zur Familie der Thysanopoden gehörigen Krabben, die Farbe verlieh. Da lagen Walfische sorglos auf der Seite und sammelten das kleine Getier an den Fäden ihrer Barten, die einem Netze ähnlich zwischen den beiden Kinnladen hingen. Dann verschluckten die Riesen jene Zwerge gleich zu Myriaden.

Daß sich jetzt im November und in diesem Teile des südatlantischen Ozeans eine solche Menge Cataceen verschiedner Art vorfanden, kam, wie schon erwähnt, von der vorzeitig milden Witterung her. Ein Walfänger zeigte sich in dieser Gegend aber nirgends.

Hier sei beiläufig bemerkt, daß die Walfänger schon jenerzeit angefangen hatten, sich aus dem nördlichen Polarmeere zurückzuziehen, wo infolge unausgesetzter Vernichtung die Walfische recht selten geworden waren. Jetzt suchen Franzosen, Amerikaner und Engländer vorzugsweise die Gewässer der südlichen Polarzone zu diesem Zwecke auf, obgleich die Jagd hier mit noch größeren Schwierigkeiten verknüpft ist. Diese früher so ertragreiche Industrie droht übrigens über kurz oder lang ein Ende zu nehmen.

Aus der augenblicklich so großen Ansammlung von Cataceern ließen sich gewisse weitere Schlüsse ziehen.

Seit der Kapitän Len Guy mit mir jenes Gespräch über den Roman Edgar Poes gehabt hatte, war er entschieden weniger zurückhaltend geworden. Wir plauderten öfters von dem oder jenem, und heute sagte er zu mir:

»Die Anwesenheit dieser Cataceen weist im allgemeinen darauf hin, daß eine Küste nicht mehr fern sein kann, und zwar aus zweierlei Gründen. Der erste ist der, daß sich die Crustaceen, die ihnen als Nahrung dienen, niemals weit vom Lande entfernen; der zweite der, daß die weiblichen Wale seichteres Wasser brauchen, um ihre Jungen abzusetzen.«

»Wenn das der Fall ist, Herr Kapitän«, bemerkte ich, »warum haben wir dann zwischen den New-South-Orkneys und dem Polarkreise keine einzige Insel zu Gesicht bekommen? . . .«

»Ihr Einwand ist ganz richtig«, antwortete der Kapitän Len Guy, »doch um auf eine Küste zu treffen, hätten wir um eine Mandel Grade nach Westen hin abweichen müssen, wo die New South Shetlands Bellingshausens, die Inseln Peter und Alexander und endlich das von Biscoë entdeckte Grahamland liegen.«

»Das Vorkommen von Walfischen«, fuhr ich darauf fort, »deutet also nicht notwendig auf die Nachbarschaft eines Landes hin?«

»Ich bin in Verlegenheit, darauf zu antworten, Herr Jeorling, und es ist ja möglich, daß die Beobachtung, von der ich Ihnen sprach, unbegründet wäre. Vielleicht ist es richtiger, die Ansammlung jener Tiere aus den klimatischen Verhältnissen dieses Jahres abzuleiten . . .«

»Ich sehe keine andere Erklärung«, sagte ich, »sie deckt sich auch mit unsern eignen Beobachtungen.«

»Nun, wir werden nicht unterlassen, aus diesen uns so günstigen Verhältnissen Nutzen zu ziehen«, versicherte der Kapitän Len Guy.

»Und ohne auf die Einsprüche eines Teiles der Mannschaft Rücksicht zu nehmen«, setzte ich hinzu.

»Wie kämen die Leute dazu, Einspruch zu erheben? . . .« rief der Kapitän Len Guy. »Meines Wissens sind sie nicht zum Walfischfange angeworben worden. Es kann ihnen nicht unbekannt sein, zu welchem Zwecke wir sie an Bord nahmen, und Jem West hat sehr recht daran getan, jeden Ausbruch von Unzufriedenheit im Keime zu ersticken. Meine alte Mannschaft hätte sich so etwas nicht erlaubt! . . . Sie sehen, Herr Jeorling, wie bedauerlich es war, daß ich mich nicht mit meinen bisherigen Leuten begnügen konnte. Leider war das in Hinsicht auf die eingeborne Bevölkerung von Tsalal ganz unmöglich!«

Ich füge hier gleich ein, daß an Bord außer der Walfischjagd keine andre Art von Fischfang verboten war. Bei der Geschwindigkeit der Goëlette war die Benützung eines Schleppnetzes allerdings so gut wie ausgeschlossen. Der Hochbootsmann hatte aber wenigstens Schleppleinen herstellen lassen und der tägliche Speisezettel profitierte davon zur größten Befriedigung der von dem ewigen Salzfleisch etwas erschöpften Magen. Die Fangleinen lieferten uns hauptsächlich Trichterfische, Lachse, Kabeljaue, Makrelen, Meeraale, Seebarben und Papageifische. Mit Harpunen wurden gelegentlich auch Delphine mit schwärzlichem Fleisch erlegt, das der Mannschaft recht gut mundete und von dem die Lendenstücke und die Leber wirklich als Leckerbissen gelten können.

Was die Vögel betrifft, waren es immer dieselben, die aus allen Windrichtungen her zusammenschwärmten, Sturmvögel verschiedener Art – die einen mit weißem, die andern mit bläulichem Gefieder, doch alle von eleganter Gestalt – ferner Eisvögel, Taucher und Kaptauben in zahllosen Scharen.

Ich beobachtete auch, leider außer Schußweite, einen riesigen Sturmvogel, dessen Größe alle in Erstaunen setzte. Es war einer von den Quebrantahuesos, wie die Spanier sie genannt haben. Dieser Vogel der Magellanländer ist sehr merkwürdig wegen der Krümmung und Verzackung seiner breiten Flügel und der dreizehn bis vierzehn Fuß betragenden Spannweite, die also der der Albatrosse nahekommt. Die letzteren fehlten hier ebenfalls nicht, unter andern dieser mächtigen Flieger vorzüglich der Albatros mit ganz dunklem Gefieder, der Sommergast der kalten Breiten, der jetzt nach der Eiszone hinaufzog.

Zu bemerken ist hierbei, daß, wenn Hearne und die meisten seiner Landsleute, die wir unter den neu Angeworbenen zählten, beim Anblick jener Herden von Cetaceern ebensoviel Jagdlust wie Bedauern verrieten, sich das aus ihrer Stammeseigenschaft als Amerikaner erklärte, die ihre Jagdzüge zum allergrößten Teile in den südlichen Meeren unternehmen. Ich erinnere mich auch, daß eine von den Vereinigten Staaten gegen 1827 angeordnete Zählung den Nachweis brachte, daß die Zahl der zur Jagd auf diesen Meeren ausgerüsteten Schiffe schon etwa zweihundert mit zusammen fünfzigtausend Tonnen Tragfähigkeit betrug, und daß jedes Schiff durchschnittlich siebzehnhundert Fässer Tran heimbrachte, der von achttausend abgehäuteten Walfischen herrührte. Daneben waren noch gegen zweitausend dieser erlegten Tiere den Walfängern verlorengegangen. Bei einer zweiten Zählung vor vier Jahren (1835) hatte sich jene Zahl auf vierhundertsechzig Schiffe und der Tonnengehalt auf hundertzweiundsiebzigtausendfünfhundert gehoben – d. h., er betrug den zehnten Teil der ganzen amerikanischen Handelsflotte im Werte von achtzehnhunderttausend Dollar, während in dieser Industrie im ganzen vierzig Millionen Dollar festgelegt waren.

Der Leser begreift hiernach, daß der Segelwerksmaat und einige andere mit Leib und Seele diesem rauhen, aber gewinnreichen Berufe anhingen. Die Amerikaner sollten sich aber vor einer schonungslosen Ausbeutung der Fischgründe hier hüten. Allmählich werden die Waltiere auch in den südlichen Meeren seltner werden und dann müßten jene sich zum Fange derselben jenseits des Packeises hinaufwagen.

Auf diese Bemerkung, die ich gegen den Kapitän Len Guy fallenließ, erklärte er mir, daß sich wunderbarerweise die Engländer hierin überlegter erwiesen, was gewiß Nachahmung verdiente.

Am 30. November wurde nach einem um zehn Uhr abgelesenen Stundenwinkel eine recht genaue Messung der Mittagshöhe erhalten. Die Berechnungen ergaben, daß wir uns zur Zeit unter 66° 23′ 33″ der Breite befanden.

Die »Halbrane« sollte also sofort den Polarkreis überschreiten, der die Antarktischen Gebiete umschließt.

Zwölftes Kapitel

Zwischen dem Polarkreis und dem Packeise

Seit die »Halbrane« den angenommenen, um dreiundzwanzig Grad dreiunddreißig Minuten vom Pole abgelegenen Kreis überschritten hat, scheint sie in eine neue Welt eingetreten zu sein, in die der Verlassenheit und des Schweigens, wie Edgar Poe sagt, in das magische Gefängnis des Glanzes und des Ruhms, worin der Sänger der »Eleonora« für immer eingeschlossen zu sein wünschte, in den ungeheuren Ozean unverlöschbaren Lichtes ...

Meiner Ansicht nach ist – um hier bei minder phantastischen Hypothesen zu bleiben – diese antarktische Welt mit einer Oberfläche von mehr als fünf Millionen Quadrat(see-)meilen (gegen 20 Millionen Quadratkilometer) in demselben Zustande geblieben, wie unsre Erdkugel zur Eiszeit.

Den Sommer hindurch erfreut sich das südliche Polargebiet – genauer freilich nur der Südpol – immerwährenden Tages, dank den Strahlen, die die Sonne bei ihrer aufsteigenden Spirale darauf niedersendet. Wenn sie wieder verschwunden ist, beginnt dafür die lange, lange Nacht, die aber oft von glänzenden Polarlichtern erhellt wird.

Unsere Goëlette sollte die gefährlichen Wasserwüsten also bei vollem Tage durchfurchen. Dauernde Helligkeit würde ihr bis zur Insel Tsalal nicht mangeln, wo wir gar nicht zweifelten, die Überlebenden der »Jane« zu finden.

Ein mehr phantastisch veranlagtes Gemüt wäre in den ersten Stunden nach Überschreitung der Grenze dieser neuen Welt gewiß in der Erregung Visionen und andern Täuschungen unterlegen; es hätte sich wie in das Gebiet des Übernatürlichen versetzt geglaubt, bei der Annäherung an das Antarktische Reich hätte es wohl gefragt, was denn der Nebelschleier verhülle, der den größten Teil des Gesichtsfeldes abschloß. Sollten sich da neue Elemente des Pflanzen-, Tier- und Steinreichs, vielleicht wirklich menschliche Wesen anderer Art finden, wie Arthur Pym solche gesehen zu haben behauptete? Was würde ihm dieses »Theater der Meteore« bieten, vor dem noch der Dunstvorhang herabhing? Mußte es nicht unter dem Einfluß derartiger Träumereien bei dem Gedanken an die Rückkehr alle Hoffnung verlieren? Sollte es sich nicht aus den Versen des seltsamsten aller Gedichte die Stimme des Raben des Dichters zukreischen hören:

»*Never more* . . . niemals . . . niemals wieder!«

In einer solchen Geistesverfassung befand ich mich freilich nicht, und trotz einer seit kurzer Zeit eingetretenen Erregung gelang es mir doch, mich an den Grenzen der Wirklichkeit zu halten. In meiner Seele lebte nur der eine Wunsch, daß Wind und Meer uns jenseits des Polarkreises wie diesseits desselben günstig bleiben möchten.

Was den Kapitän Len Guy, den Lieutenant und die alten Matrosen betrifft, so malte sich in ihren rauhen Zügen, ihren wettergebräunten Gesichtern deutlich die größte Befriedigung bei der Meldung, daß die Goëlette den sechsundsechzigsten Breitengrad überschritten habe. Am nächsten Tage kam Hurliguerly auf dem Verdeck mit heiterem Gesicht zu mir und begann in fröhlichem Tone:

»Na, Herr Jeorling, da hätten wir ihn ja hinter uns, den berühmten Kreis!«

»Ja, doch nicht weit genug, Hochbootsmann, nicht weit genug!«

»Das wird alles schon noch werden. Nur eines ärgert mich ein bißchen . . .«

»Was denn?«

»Daß wir nicht vornehmen, was auf jedem Schiffe, das die Linie passiert, Gebrauch ist!«

»Das bedauern Sie?« fragte ich.

»Gewiß, die ›Halbrane‹ hätte sich wohl die Zeremonie einer ›südlichen Taufe‹ leisten können.«

»Einer Taufe? . . . Wen hätten Sie denn taufen wollen, da unsere Leute alle, ebenso wie Sie, doch schon jenseits dieses Breitengrades gefahren sind?«

»Wir . . . ja! . . . Sie, Herr Jeorling, nein! Ich frage Sie, warum hätte diese Feierlichkeit denn nicht Ihnen zu Ehren stattfinden können?«

»Es ist freilich richtig, Hochbootsmann, daß ich im Laufe meiner vielen Reisen zum ersten Male nach so hohen Breiten hinaufgekommen bin . . .«

»Und das verdient eben eine Taufe, Herr Jeorling. Oh, eine ohne großen Lärm . . . ohne Pauken und Trompeten . . . ohne den Alten vom Pole mit seinem gewöhnlichen Mummenschanz aufzubieten! . . . Wenn Sie mir gestatten wollen, Sie einzusegnen . . .«

»Meinetwegen, Hurliguerly«, antwortete ich und griff nach der Tasche. »Segnen Sie und taufen Sie nach Herzenslust. Hier ist einstweilen ein Piaster, um im nächsten Gasthaus auf meine Gesundheit zu trinken . . .«

»Dann wird das nur auf der Insel Bennet oder der Insel Tsalal geschehen können, wenn es auf diesen verwahrlosten Landstücken Schänken gibt und sich so ein Atkins dort niedergelassen hat.«

»Sagen Sie mir, Hochbootsmann . . . ich komme immer auf Hunt zurück . . . scheint er ebenso wie die alten Matrosen befriedigt, den Polarkreis überschritten zu haben?«

»Ja, wer weiß?« erwiderte Hurliguerly. »Der segelt immer mit fest zugeknöpfter Jacke und aus dem Burschen ist nichts herauszubringen. Doch, wie ich Ihnen schon sagte, wenn der nicht schon mit dem Treibeis und dem Packeis Bekanntschaft gemacht hat, dann . . .«

»Was erregt Ihnen einen solchen Gedanken?«

»Ja . . . alles und nichts, Herr Jeorling! . . . So etwas hat man im Gefühl! . . . Hunt ist ein alter Meerwolf, der seine Kiste schon in allen Ecken der Erde umhergeschleppt hat.«

Ich teilte ja im Grunde die Ansicht des Hochbootsmanns und konnte es wie von einer Ahnung gedrängt nicht unterlassen, Hunt zu beobachten, so sehr beschäftigte er immer meine Gedanken.

In den ersten Tagen des Dezembers, vom 1. bis zum 4., zeigte der Wind nach vorausgegangener Windstille eine gewisse Neigung, nach Nordwest umzuschlagen. Mit dem Nordwind in den tief südlichen Breiten liegt es nun ebenso wie mit dem Südwind im Nordpolargebiete ... er bedeutet nichts Gutes. Meist tritt damit recht schlechtes Wetter mit Sturmböen und Regenschauern ein. Solange der Wind indes nicht nach Südwest umlief, hatten wir uns darüber nicht zu beklagen. Im letzteren Falle wäre die Goëlette freilich leicht aus ihrem Kurse verschlagen worden oder hätte wenigstens schwer zu kämpfen gehabt, um sich darin zu erhalten, und ohne Zweifel war es für uns ratsamer, nicht von dem Meridian abzuweichen, dem wir seit der Abfahrt von den New-South-Orkneys gefolgt waren.

Die voraussichtliche Änderung der atmosphärischen Verhältnisse erfüllte auch den Kapitän Len Guy mit einer gewissen Unruhe. Die Geschwindigkeit der »Halbrane« erlitt übrigens eine merkbare Verminderung, denn der Wind flaute schon am 4. merklich ab und legte sich in der Nacht zum 5. ganz.

Am Morgen hingen die Segel wirkungslos und schlaff an den Masten herab oder schlugen höchstens matt von einer Seite zur andern. Obgleich wir keinen Lufthauch spürten und die Oberfläche des Meeres sich nicht im mindesten kräuselte, verursachten die langen Wellen der Dünung doch ein nicht geringes Schwanken der Goëlette.

»Das Meer wittert etwas«, sagte mir der Kapitän Len Guy, »und nach jener Seite dort« – er zeigte gegen Abend – »muß rauhes Wetter sein.«

»Der Horizont ist jetzt zu dunstig«, gab ich zur Antwort. »Zu Mittag vielleicht, wenn die Sonne ...«

»Die hat in diesen Breiten, selbst zur Sommerszeit, nicht viel Macht, Herr Jeorling ... Jem!«

Der Lieutenant trat heran.

»Was meinst du über den Himmel?«

»Mir erscheint er unsicher. Jedenfalls müssen wir auf alles vorbereitet sein, Kapitän. Ich werde die obern Segel niederholen und Bram- und Großsegel reffen lassen. Es ist möglich, daß der Wind am Nachmittag nur auffrischt, doch wenn ein Sturm die Krallen ausstreckte, wären wir zu seinem Empfange fertig.«

»Das wichtigste, Jem, bleibt immer, in der Richtung des jetzt gesegelten Längengrades zu bleiben.«

»Was möglich ist, wird geschehen, Kapitän, denn wir sind jetzt auf gutem Wege . . .«

»Hat der Ausguck noch keine treibenden Eisschollen gemeldet?« fragte ich.

»Doch«, erwiderte der Kapitän Len Guy, »und bei einem Zusammenprall mit den Eisbergen würde es deren Schaden nicht sein. Erforderte die Klugheit also eine Abweichung nach Osten oder Westen, so müßten wir uns dreinschicken, wir weichen aber nur der höheren Gewalt.«

Der Mann auf dem Ausguck hatte sich nicht getäuscht. Am Nachmittage sahen wir weißliche Massen langsam im Süden hintreiben – vereinzelte Eisinseln, die weder ihrer Ausdehnung noch ihrer Größe nach beträchtlich waren. Trümmerstücke von Eisfeldern schwammen darauf in großer Menge. Diese waren das, was die Engländer »Packs« nennen, Stücke von drei- bis vierhundert Fuß Länge, deren Ränder sich berühren, oder »Palchs«, wenn sie kreisrund sind, und »Streams«, wenn sie bei geringer Breite unverhältnismäßige Länge aufweisen. Diese Trümmer, denen leicht auszuweichen war, konnten die Fahrt der »Halbrane« nicht genieren. Hatte der Wind ihr bisher aber gestattet, ihren Kurs einzuhalten, so kam sie jetzt kaum vorwärts und ließ sich aus Mangel an Eigenbewegung nur mit Mühe steuern. Am unangenehmsten war es aber, daß dabei das hohle, gleichsam auf und ab schwingende Meer uns durch wirklich unerträgliche Stöße belästigte.

Gegen zwei Uhr sprang eine wirbelnde Luftbewegung einmal von dieser und einmal von jener Seite auf. Es wehte plötzlich aus allen Teilen der Windrose.

Die Goëlette wurde furchtbar umhergeworfen, und der Hochbootsmann mußte auf dem Verdeck alles anbinden lassen, was nicht ganz niet- und nagelfest war.

Um drei Uhr brachen genau aus Westnordwest ungewöhnlich starke Sturmböen hervor. Der Lieutenant ließ sofort noch zweimal reffen. Er hoffte sich so gegen den heftigen Wind zu halten und nicht nach Osten außerhalb der Fahrtlinie Weddells verschlagen zu werden. Freilich drohten die »Drifts« (oder das Treibeis) sich an einer Seite anzuhäufen, und es gibt für ein Schiff nichts Gefährlicheres, als sich in ein solches bewegliches Labyrinth zu wagen.

Bei den überaus heftigen Windstößen und der groben See legte sich die Goëlette zuweilen ganz bedenklich auf die Seite. Zum Glück konnte ihre Ladung sich nicht verschieben, denn alles war mit Rücksicht auf jedes Vorkommnis beim Segeln sorgsamst verstaut. Wir hatten das Schicksal des »Grampus« nicht zu befürchten, das durch Achtlosigkeit verursachte Kentern, bei dem jener zugrunde ging. Der Leser erinnert sich, daß diese Brigg mit dem Kiel nach oben zurückgetrieben war und daß Arthur Pym und Dirk Peters mehrere Tage auf ihrem Rumpfe hatten aushalten müssen.

Übrigens gaben die Pumpen der Goëlette zur Zeit keinen Tropfen Wasser. Keine Naht der Seitenwände oder des Verdecks war leck gesprungen, und das verdankten wir ohne Zweifel den gewissenhaften Ausbesserungen während unseres Aufenthalts an den Falkland-Inseln.

Ob dieser Sturm längere Zeit andauern sollte, hätte auch der beste »Weather-wise«, der erfahrenste Wetterprophet nicht zu sagen vermocht. Vierundzwanzig Stunden, zwei Tage, drei Tage lang, man weiß nie, wieviel grobes Wetter einem die südlichen Meere bringen.

Eine Stunde nach dem Aufspringen des Unwetters wechselten Graupel- und Hagelschauer mit Regenfällen und Schneetreiben unablässig ab. Die Temperatur war jetzt nämlich ziemlich niedrig. Das Thermometer zeigte nicht mehr als sechsunddreißig Grad Fahrenheit (+ 2,22° Celsius) und auch die Quecksilbersäule des Barometers stand auf 26 Zoll 8 Linien (721 Millimeter).

Es war zehn Uhr des Abends – ich muß dieses Wort gebrauchen, obgleich die Sonne noch immer über dem Horizonte stand. Jetzt fehlten ja nur noch vierzehn Tage bis zu dem Zeitpunkte, wo sie den höchsten Mittagsstand in ihrem Jahreslaufe erreichte, und dreiundzwanzig Grade vom Pole fielen zur Stunde ihre schrägen, wärmelosen Strahlen über das weite Polarbecken.

Um zehn Uhr fünfunddreißig Minuten verdoppelte sich die Wut des Sturmes.

Ich konnte mich nicht entschließen, meine Kabine aufzusuchen, und flüchtete mich zum Schutze nur hinter das Ruff.

Der Kapitän Len Guy und der Lieutenant standen nicht weit von mir in ernstem Gespräche. Bei dem Donnern der Elemente konnten sie ihre Worte gewiß kaum hören; Seeleute verstehen einander aber schon durch Zeichen und Winke.

Es lag klar auf der Hand, daß die Goëlette jetzt nach den Eismassen im Südosten zu abtrieb und diese, da sie sich langsamer als das Schiff bewegten, zuletzt erreichen mußte. Eine doppelt schlechte Aussicht, die uns aus dem Wege verschlug und obendrein mit einem furchtbaren Zusammenstoß bedrohte. Das Rollen war inzwischen so stark geworden, daß wir für die Masten fürchten mußten, denn deren Top beschrieb jetzt erschreckend weite Bogen. Während des Schloßenfalls konnte man die »Halbrane« für zerschnitten in zwei Teile halten. Vom Vorderteile nach dem Hinterteile zu vermochte keiner etwas zu erkennen.

Bei einem gelegentlichen freieren Ausblick sah man, wie furchtbar aufgeregt das Meer war und wie wütend und schäumend es gegen den Fuß der Eisberge, als wären es Uferklippen, anprallte und diese bei dem herrschenden Winde mit Wasserstaubwolken verhüllte. Die Zahl der treibenden Blöcke hatte auch zugenommen; das ließ erwarten, daß der Sturm den Eisaufbruch beschleunigen und die Grenze des Packeises leichter zugänglich machen werde.

Jedenfalls blieb es das wichtigste, das Schiff dem Winde entgegenzuhalten. Halb von der Seite von den Wogen bedrängt, arbeitete die Goëlette furchtbar, tauchte tief in deren Wellentäler hinab und richtete sich nur unter schweren Stößen wieder empor. An ein Entfliehen war gar nicht mehr zu denken, denn unter solchen Umständen setzt sich jedes Schiff der Gefahr aus, über Hackbord ungeheure Wassermengen aufzunehmen.

Vor allem mußten wir so scharf wie möglich am Winde zu segeln suchen. Bei dicht gerefftem Marssegel, das kleine Focksegel vorne und den Sturmfock hinten, befand sich die »Halbrane« dann in der augenblicklich besten Lage, dem Sturme und dem Abgetriebenwerden zu widerstehen, wobei immer noch eine Verminderung der Segelfläche im Auge zu behalten war, wenn das schlimme Wetter noch bösartiger würde.

Der Matrose Drap hatte eben das Steuer übernommen, und der Kapitän Len Guy stand neben ihm, den Lauf des Schiffes zu beobachten.

Auf dem Vorderdeck hielt sich die Mannschaft versammelt, der Befehle Jem Wests gewärtig, während sechs Mann unter der Leitung des Hochbootsmanns beschäftigt waren, anstelle der Brigantine ein Sturmsegel zu hissen. Dieses Sturmsegel bestand aus einem dreiekkigen Stücke sehr starker Leinwand, das, wie ein Klüversegel geformt, an den Stagen des kleineren Mastes oben und an dem Längsbaum des Gaffelsegels unten befestigt wird.

Um das Marssegel zu reffen, mußten die Leute auf die Rahen des Fockmastes klettern, und vier Mann sollten dazu ausreichen.

Der erste, der die Wanten bestieg, war Hunt, der zweite Martin Holt, unser Segelwerksmaat. Der Matrose Burry und einer der neu Angeworbenen folgten ihnen auf dem Fuße.

Nie hätte ich geglaubt, daß ein Mann eine solche Behendigkeit und Geschicklichkeit entwickeln könnte, wie es Hunt jetzt tat. Seine Hände und Füße schienen die Sprossen der Wanten kaum zu berühren. Als erster auf der Höhe der Rahen angekommen, kletterte er sofort auf dem Laufseile derselben bis zum Ende, um die Rahenbänder der Marsstenge nachzulassen.

Martin Holt begab sich nach deren andern Ende; die beiden andern Leute hielten sich mehr in der Mitte.

Sobald das Segel herangezogen war, galt es nur, es dicht einzureffen. Nachdem dann Hunt, Martin Holt und die beiden Matrosen wieder herabgestiegen waren, sollte es von unten aus festgestellt werden.

Der Kapitän Len Guy und der Lieutenant wußten, daß die »Halbrane« auf diese Art ihre Richtung am sichersten einhalten würde.

Während Hunt und die andern arbeiteten, hatte sich der Hochbootsmann mit dem Sturmfock beschäftigt und erwartete nur die Anweisung des Lieutenants, diesen in die richtige Lage zu bringen.

Der Sturm brach jetzt mit ganz unvergleichlicher Wut los. Zum Zerreißen gespannt, vibrierten Wanten und Stagseile wie metallische Saiten, und es war ungewiß, ob nicht auch die verkleinerten Segel in Fetzen zerrissen würden.

Plötzlich erschütterte eine schreckliche Rollbewegung das ganze Deck. Fässer, deren Halteseile zersprangen, rollten bis zur Schanzkleidung. Die Goëlette neigte sich so weit über Steuerbord, daß das Wasser durch die Speigatten eindrang.

Durch den Stoß gegen das Ruff geschleudert, konnte ich mich einige Augenblicke lang gar nicht wieder aufrichten ...

Die Goëlette war so tief nach der Seite geworfen worden, daß die Marsrah drei bis vier Fuß in den Kamm einer Woge eintauchte.

Als sie sich aus dem Wasser wieder erhob, war Martin Holt, der an demselben Ende hing, um seine Arbeit zu vollenden, verschwunden.

Ein Schrei ertönte ... der Aufschrei des Segelwerksmaats, der durch den Seegang weggespült worden war und dessen Arm man mitten im weißen Wogenschaum heftig kämpfen sah.

Die Matrosen stürzten nach dem Steuerbord und warfen der eine einen Strick, der andre ein Fäßchen und wieder ein anderer ein Stück dünnes Langholz, kurz, jeden schwimmfähigen Gegenstand hinaus, an dem sich Martin Holt halten könnte.

In dem Augenblicke, wo ich einen Takelhaken ergriff, um mich festzuhalten, erkannte ich eine Masse, die die Luft durchschnitt und im Wogenwinkel verschwand.

War das ein zweiter Unglücksfall? ... Nein, eine freiwillige Tat ... ein Akt der Aufopferung.

Nachdem Hunt die letzte Beschlagleine des Reffs festgezogen und sich wieder längs der Rah hingeschleppt hatte, sprang er dem Segelwerksmaat ohne Zögern nach, um ihm zu helfen.

»Zwei Mann über Bord!« erschallte es vom Verdeck.

Ja, zwei ... der eine freilich, um den andern zu retten ... doch sollten sie nicht beide elend umkommen?

Jem West stürmte nach dem Steuerrade und ließ die Goëlette durch eine völlige Drehung desselben um ein Viertel anluven – mehr war bei dem wütenden Sturme der allgemeinen Sicherheit wegen nicht zu wagen. Dann wurden die wenigen Segel gegengebraßt, und das Schiff hielt sich nahezu an derselben Stelle.

Zuerst erblickte man auf der Oberfläche des schäumenden Wassers Martin Holt und Hunt, deren Köpfe daraus hervorragten.

Hunt schwamm aus Leibeskräften quer durch die Wellen und näherte sich dem Segelwerksmaat.

Dieser – jetzt schon eine Kabellänge entfernt, tauchte abwechselnd auf und unter ... ein schwärzlicher Punkt, der in den tollen Wirbeln schwer zu erkennen war.

Nach dem Hinauswerfen von Fäßchen und Langholzstücken wartete die Mannschaft, die getan hatte, was sie konnte, des Ausgangs der Tragödie. Ein Boot bei dem entsetzlichen Wogengange auszusetzen, daran war kaum zu denken. Entweder wäre es gekentert oder an der Wand der Goëlette zerschmettert worden.

»Sie sind beide verloren ... alle beide!« murmelte der Kapitän Len Guy.

Dann rief er den Lieutenant an.

»Jem ... das Boot, das kleine Boot!«

»Wenn Sie Befehl geben, es ins Meer zu lassen«, antwortete der Lieutenant, »so werd' ich als der erste darin Platz nehmen, obgleich es das Leben gilt. Doch ohne den ausdrücklichen Befehl ...«

Es folgten einige Minuten ängstlicher Spannung für die Zeugen dieses Vorgangs. Niemand dachte mehr an die Lage der »Halbrane«, so gefährdet diese auch war. Alle Augen waren über Steuerbord hinaus gerichtet.

Plötzlich ertönten laute Rufe, als Hunt noch einmal

zwischen zwei Wellenbergen sichtbar wurde. Er tauchte von neuem unter und darauf sah man ihn, als hätte er einen festen Stützpunkt für die Fuße gefunden, mit übermenschlicher Kraft auf Martin Holt oder vielmehr auf die Stelle zustürzen, wo der Unglückliche eben versunken war.

Dadurch, daß Jem West die Schoten der Segel noch etwas hatte nachschießen lassen, war die Goëlette dieser Stelle bis auf eine halbe Kabellänge nahe gekommen.

Da übertönten neue Rufe den Lärm der entfesselten Elemente.

»Hurra! ... Hurra! ... Hurra!« rief die ganze Mannschaft.

Mit dem linken Arme hielt Hunt den jeder Bewegung unfähigen Martin Holt wie eine Seetrift umklammert. Mit dem andern ruderte er kräftig vorwärts und näherte sich der Goëlette.

»Halte gegen den Wind ... gegen den Wind!« befahl Jem West dem Steuermann.

Das Schiff drehte mehr bei, und die Segel schlugen donnernd an die Masten.

Die »Halbrane« sprang gleichsam auf den Wogen, wie das sich bäumende Pferd, wenn das Trensengebiß es zurückhält, als sollte es ihm das Maul zerreißen. Dem furchtbarsten Rollen und Stampfen preisgegeben, hätte man, um in dem gebrauchten Bilde zu bleiben, sagen können, daß sie auf einer Stelle courbettierte.

Eine endlose Minute verstrich. Kaum vermochte man inmitten des brodelnden Wasserschwalls die beiden Männer zu unterscheiden, von denen einer den andern schleppte.

Endlich erreichte Hunt die Goëlette und ergriff ein daran herunterhängendes Sorrtau ...

»Laß treiben ... laß treiben!« schrie der Lieutenant dem Mann am Steuer zu.

Die Goëlette wendete wieder so weit, daß das Marssegel und der Sturmfock wirken konnten, und kam damit annähernd in die frühere Richtung.

Im Handumdrehen waren Hunt und Martin Holt nach dem Deck heraufgehißt und der eine am Fuße des

Fockmastes niedergelegt worden, während der andere schon bei dem neuen Segelmanöver mit zugriff.

Dem Segelwerksmeister wurde die seinem Zustande entsprechende Pflege zuteil. Nach einiger Zeit kam seine Atmung wieder in Gang. Durch tüchtiges Abreiben wurde er vollends zum Bewußtsein zurückgerufen, und er schlug die Augen auf.

»Martin Holt«, redete der Kapitän, der sich über den Mann gebeugt hatte, ihn an, »da bist du aber von weit her wiedergekommen ...«

»Ja ... ja freilich, Kapitän!« antwortete Martin Holt, mit dem Blicke umhersuchend. »Doch ... wer hat mich noch gerettet?«

»Das ist Hunt gewesen«, rief der Hochbootsmann, »Hunt, der für dich sein Leben gewagt hat!«

Martin Holt richtete sich halb in die Höhe, stützte sich auf den Ellbogen und sah sich nach Hunt um.

Da dieser sich halb versteckt hielt, schob ihn Hurliguerly zu Martin Holt, aus dessen Augen die lebhafteste Dankbarkeit hervorleuchtete.

»Hunt«, begann er, »du hast mich gerettet! ... Ohne dich ... wär' ich verloren gewesen ... ich danke dir!«

Hunt gab keine Antwort.

»Nun, Hunt«, mischte sich der Kapitän Len Guy ein, »hörst du denn gar nichts?«

Hunt schien tatsächlich nichts gehört zu haben.

»Hunt«, begann Martin Holt wieder, »komm her ... ich danke dir ... ich möchte dir die Hand drücken.«

Er streckte ihm damit die Hand entgegen.

Hunt wich einige Schritte zurück und schüttelte den Kopf wie ein Mann, der solche Komplimente wegen einer so einfachen Sache nicht leiden mag.

Dann begab er sich nach dem Vorderdeck und beschäftigte sich, eine der Schoten am Fockmaste zu ersetzen, die von einem so heftigen Stoße, daß die Goëlette vom Kiel bis zum Top der Masten erzitterte, zersprengt worden war.

Offenbar gehörte dieser Hunt zu dem Schlage opferfreudiger, todesmutiger Heldennaturen; offenbar auch war er von Charakter unzugänglich für alle Eindrücke, und heute war es noch nicht, wo der Hochbootsmann die »Farbe seiner Worte« kennenlernte.

Die Gewalt des Sturmes ließ gar nicht nach und flößte uns noch wiederholt lebhafte Befürchtungen ein. Beim Wüten desselben blickten wir oft nach den Masten, aus Angst, daß sie trotz der verminderten Segel brechen würden. Ja . . . hundertmal, und obgleich jetzt Hunts kräftige und geschickte Hand das Steuerruder regierte. Von dem unausweichlichen seitlichen Anprall der Wogen bedrängt, nahm die Goëlette so bedenkliche Neigungswinkel an, daß ein Kentern manchmal recht nahe lag. Das Marssegel mußte auch noch ganz eingezogen werden, und wir sahen uns damit nur auf den Sturmfock und auf Klüversegel beschränkt.

»Jem«, begann der Kapitän Len Guy – es war zur Zeit fünf Uhr morgens – »wir werden uns doch entschließen müssen, vor dem Sturm zu laufen.«

»Wenn Sie es wünschen, wird es geschehen, Kapitän, doch auf die Gefahr hin, vom Meere verschlungen zu werden!«

In der Tat gibt es nichts Gewagteres, als den Wind von hinten abzufangen, wenn man nicht schneller als die Wogen selbst vorwärts kommt, und man entschließt sich dazu nur, wenn es unmöglich wird, dem Sturme Trotz zu bieten. Übrigens hätte sich die »Halbrane«, wenn sie weiter nach Osten segelte, inmitten des Gewirrs dort angehäufter Eismassen von ihrem Kurse entfernt.

Drei Tage lang, am 6., 7. und 8. Dezember, tobte der Sturm unablässig weiter, zuweilen begleitet von Schneeschauern, die die Temperatur merkbar herabsetzten. Es gelang aber, das Schiff gegen den Wind zu halten, nachdem das von einem besonders heftigen Windstoße zerrissene Klüversegel durch ein anderes, noch festeres ersetzt worden war.

Wir brauchen kaum hervorzuheben, daß der Kapitän Len Guy sich als richtiger Seebär erwies, daß Jem West die Augen überall hatte, daß die Mannschaft ihn entschlossen unterstützte und Hunt stets der erste war, wo es galt, irgendwelche drohende Gefahr abzuwenden.

Was von diesem Manne zu halten wäre, konnte sich

niemand vorstellen. Zwischen ihm und den andern auf den Falklands angeheuerten Matrosen – vorzüglich dem Master-sealing Hearne – bestand ein ganz erstaunlicher Unterschied. Diese waren nur schwer zu etwas zu bewegen, was man von ihnen zu verlangen volles Recht hatte. Sie verweigerten freilich nicht den Gehorsam, denn wohl oder übel mußten sie sich einem Offizier wie Jem West fügen. Hinter dessen Rücken wurden aber Klagen und Vorwürfe genug laut. Das schien – so fürchtete ich wenigstens – für die Zukunft nichts Gutes zu versprechen.

Selbstverständlich hatte Martin Holt nicht gezögert, seine Arbeit wiederaufzunehmen, und er verrichtete sie auch ohne Murren. Sehr erfahren in seinem Berufe, war er der einzige, der sich an Eifer und Gewandtheit mit Hunt messen konnte.

»Nun, Holt«, fragte ich ihn eines Tages, als er mit dem Hochbootsmann im Gespräch begriffen war, »wie stehen Sie sich denn jetzt mit dem Teufelsburschen, dem Hunt? – Hat er sich, seitdem er Sie gerettet, etwas mitteilsamer gezeigt?«

»Nein, Herr Jeorling«, erwiderte der Segelwerksmaat, »es scheint sogar, daß er mich zu meiden sucht . . .«

»Sie zu meiden?« versetzte ich.

»Wie er das übrigens schon vorher getan hat . . .«

»Das ist doch auffällig . . .«

»Doch nicht minder wahr«, mischte sich Hurliguerly ein. »Ich hab' es mehr als einmal beobachtet.«

»Er flieht Sie also wie die andern, Holt?«

»Mich . . . noch mehr als die andern.«

»Woher mag das kommen?«

»Das weiß ich nicht, Herr Jeorling.«

»Einerlei, Holt, du bist ihm den größten Dank schuldig«, erklärte der Hochbootsmann. »Versuche aber nicht, ihn sichtbar abtragen zu wollen, er wendete dir doch den Rücken.«

Ich war erstaunt über das, was ich eben hörte. Jedenfalls konnte ich mich aber bei genauerer Aufmerksamkeit überzeugen, daß Hunt jeder Gelegenheit aus dem Wege ging, mit unserm Segelwerksmaat zusammenzutreffen. Ob er wohl keinen Anspruch auf dessen Erkenntlichkeit zu haben glaubte, obwohl er ihm das Leben gerettet hatte? Auf jeden Fall erschien das Benehmen des so verschlossenen Mannes mindestens auffällig ...

Nach Mitternacht vom 8. zum 9. zeigte der Wind einige Neigung, nach Osten umzulaufen, was uns eine günstigere Witterung versprach.

Wenn das wirklich eintraf, konnte die »Halbrane« leicht wieder einbringen, was sie durch Abtrift verloren hatte, und konnte ihre Fahrt auf dem dreiundvierzigsten Meridian aufs neue fortsetzen.

Obgleich noch eine recht grobe See stand, wurde es gegen zwei Uhr morgens doch möglich, die Segelfläche ohne Gefahr zu vergrößern. Unter dem Bram- und dem zweigerefften Oberbramsegel, dem Gaffel- und einem Klüversegel näherte sich die »Halbrane« denn auch mit Backbord-Halsen dem Wege, von dem sie durch den Sturm abgedrängt worden war.

In diesem Teile des Antarktischen Meeres trieben nun Eisschollen in großer Zahl umher, und man konnte annehmen, daß der Sturm durch Beschleunigung des Eisganges im Osten auch die Grenze des Packeises gesprengt haben werde.

Dreizehntes Kapitel

Längs des Packeises

Trotz der außerordentlichen Beunruhigung der Gewässer jenseits des Polarkreises war unsere Fahrt bisher doch noch ausnahmsweise günstig verlaufen. Welch ein Glück mußte es aber erst sein, wenn die »Halbrane« in der ersten Dezemberhälfte gar den von Weddell eingehaltenen Weg ganz offen finden sollte!

Ich spreche hier von dem Wege Weddells, als ob es sich hier um eine wohlgepflegte, mit den nötigen Meilensteinen besetzte Landstraße handelte, wo auf einem

Wegweiser zu lesen wäre: »Weg nach dem Südpole!«

Im Laufe des 10. konnte die Goëlette ohne Schwierigkeiten gegen die losen, einzeln treibenden Schollen aufkommen. Auch die Windrichtung nötigte sie nicht zum Kreuzen, sondern gestattete ihr, auf gerader Linie durch das Treibeis zu segeln. Obgleich wir noch einen Monat von dem Zeitpunkte entfernt waren, wo der Aufbruch des Eises sich im großen vollzieht, versicherte der Kapitän als Kenner der Verhältnisse doch, daß das, was gewöhnlich erst im Januar geschah, diesmal schon im Dezember eintreten werde.

Die zahlreichen umherirrenden Massen zu vermeiden, setzte die Mannschaft nicht in Verlegenheit. Eigentliche Schwierigkeiten sollten wahrscheinlich erst an dem nahe bevorstehenden Tage auftauchen, wo die Goëlette versuchen würde, sich einen Weg durch das Packeis zu bahnen.

Überdies war hier keine Überraschung zu befürchten. Das Vorhandensein größerer Eismengen verriet sich schon durch eine gelblichere Färbung der Atmosphäre, durch das, was die Walfänger als den »Blink« bezeichnen. Es ist nur eine den Polarzonen eigentümliche Strahlungserscheinung, über die sich der Kenner niemals täuschen kann.

Die »Halbrane« segelte fünf fernere Tage ohne jede Beschädigung weiter und ohne auch nur einen Augenblick einen Zusammenstoß zu fürchten gehabt zu haben. Je weiter sie freilich nach Süden hinunter vordrang, desto zahlreicher wurden die Eisschollen und desto enger die Durchfahrt zwischen ihnen. Eine Beobachtung vom 14. ergab für unsere Lage 72° 37′ der Breite, während die Länge sich unverändert zwischen dem zwei- und dem dreiundvierzigsten Meridian hielt. Das war schon ein Punkt, den nur wenige Seefahrer jenseits des Polarkreises zu erreichen vermocht hatten – weder Balleny noch Bellingshausen. Wir befanden uns jetzt nur noch zwei Grade weniger hoch, als James Weddell seinerzeit gekommen war.

Inmitten der trüben, bleichen, von Vogelguano bedeckten Trümmer verlangte die Führung der Goëlette mehr und mehr Vorsicht. Einzelne Schollen sahen wirklich wie leprös aus. Wie winzig erschien ihrem schon beträchtlichen Rauminhalt gegenüber unser Fahrzeug, dessen Maste verschiedene Eisberge sogar noch überragten!

Zu der Verschiedenheit der Größe dieser Kristallmassen kam auch noch die ihrer Formen – eine unendliche Mannigfaltigkeit. Es brachte eine wahrhaft wunderbare Wirkung hervor, wenn die aus den Dunstmassen hervortretenden Blöcke die Sonnenstrahlen gleich geschliffenen Edelsteinen gebrochen zurückwarfen. Zuweilen schossen daraus rötliche Strahlenbündel hervor, deren Zustandekommen noch etwas unklar ist, dann wieder erschienen, jedenfalls infolge der Lichtbrechung, solche in violetter oder blauer Farbe.

Ich konnte mich an dem in Arthur Pyms Bericht so ausgezeichnet geschilderten Schauspiele gar nicht sattsehen – hier an den Pyramiden mit scharfen Spitzen, dort an den Domen mit Kuppeln wie denen einer byzantinischen Kirche; oder mit seitlich aufgetriebener Kugelform, wie an russischen Kirchen, an den Dolmen (gallischen Felsengräbern) mit waagerechten Deckplatten, den Cromlechs (Steinkreisen) und den Menchirs (aufrecht stehenden Stein-, hier Eisplatten) wie auf dem Felde von Karnac, an den zerbrochenen Vasen, den umgekehrten Tassen – kurz an allen Gestalten, die ein phantasiereiches Auge zuweilen aus eigentümlichen Wolkenbildungen zu erkennen liebt... Und sind die Wolken nicht tatsächlich die treibenden Schollen des Himmelsmeeres?

Ich muß anerkennen, daß der Kapitän Len Guy mit vieler Kühnheit ebensoviel Klugheit verband. Nie fuhr er unter dem Winde vor einem Eisberge hin, wenn nicht Raum genug da war, um jedes beliebige, plötzlich angezeigte Segelmanöver ungehindert ausführen zu können. Vertraut mit allen Zufälligkeiten einer solchen Schifffahrt, zögerte er nie, auch mitten in das Gewirr von Schollen und Eisblöcken einzudringen.

An jenem Tage sagte er zu mir:

»Es ist nicht das erste Mal, Herr Jeorling, daß ich in

das Polarmeer vorzudringen suche ... leider bisher ohne Erfolg. Doch wenn ich das schon unternahm, als ich nur unbestimmte Vermutungen über das Schicksal der ›Jane‹ hatte, was sollte ich heute nicht wagen, wo jene Vermutungen zur Gewißheit geworden sind?«

»Ich verstehe Sie, Herr Kapitän, und meiner Ansicht nach muß Ihre früher gewonnene Erfahrung auf diesen Gebieten unsere Aussichten auf Erfolg wesentlich vergrößern.«

»Gewiß, Herr Jeorling! Doch was jenseits des Packeises liegt, ist, wie so vielen andern Polarfahrern, auch mir noch unbekannt.«

»Unbekannt? ... Oh, nicht gänzlich, Herr Kapitän, da wir die zuverlässigen Berichte Weddells und ... nun ja ... auch die Arthur Pyms besitzen.«

»Ja ... das weiß ich! Sie sprechen von einem offenen Meere ...«

»Glauben Sie daran etwa nicht?«

»Oh, daran glaub' ich natürlich. Es ist sicherlich vorhanden, dafür sprechen sehr gewichtige Gründe. Es liegt ja auf der Hand, daß die als Eisberge und Eisfelder bezeichneten Massen sich im freien Meere gar nicht bilden können. Nur eine gewaltige, unwiderstehliche Kraft, wie sie dem Wogenanprall innewohnt, vermochte sie von den Ländern oder Inseln der höchsten Breiten abzusprengen. Dann führten Strömungen sie nach etwas wärmerem Wasser, wo die Stöße der Wellen sie aufeinandertürmen, während ihre Gipfel und Unterteile von der Luft und dem Wasser abgenagt werden.«

»Das erscheint mir sehr annehmbar«, erwiderte ich.

»Diese Massen«, fuhr der Kapitän Len Guy fort, »bilden sich also nicht erst im eigentlichen Packeis. Sie erreichen es nur im Abtreiben, zertrümmern es hier und da und brechen sich einen Weg hindurch. Man darf demnach die südliche Eiszone nicht nach der nördlichen beurteilen. Die Verhältnisse beider decken sich nicht. Auch Cook berichtet, daß er in den grönländischen Meeren nie, selbst in den höchsten Breiten, etwas Ähnliches wie die Eisberge des Antarktischen Meeres angetroffen habe.«

»Und woran mag das liegen?« fragte ich.

»Ohne Zweifel daran, daß in den nördlichen Polargebieten der Einfluß der Südwinde vorherrscht. Diese kommen dahin aber, nachdem sie sich an dem von Mittelamerika hinaufströmenden Wasser und an den erhitzten Landmassen von Europa und Asien nicht unbeträchtlich erwärmt haben. Hier aber wirken die nächstgelegenen Länder, das Kap der Guten Hoffnung, Patagonien und Tasmanien, nicht sonderlich auf die Luftströmungen ein, und deshalb bleibt die Temperatur in dem Antarktischen Gebiete weit gleichmäßiger.«

»Das ist eine wichtige Beobachtung, Herr Kapitän, und sie rechtfertigt Ihre Anschauungen bezüglich eines offnen Meeres.«

»Ja ... eines offnen ... wenigstens etwa zehn Grade hinter der Packeisgrenze. Wenn wir erst diese überwunden haben, ist das Schwerste geschehen. Sie hatten ganz recht, zu sagen, Herr Jeorling, daß das Vorhandensein eines offenen Meeres von Weddell ausdrücklich anerkannt ...«

»Und von Arthur Pym bestätigt wurde, Herr Kapitän!«

»Ja ... ja ... auch von Arthur Pym!«

Vom 15. Dezember ab nahmen die Schwierigkeiten der Fahrt mit der Anzahl der Eisschollen zu. Der immer zwischen Nordost und Nordwest stehende, niemals nach Süden umschlagende Wind blieb uns auch ferner günstig. Wir brauchten kein einziges Mal zwischen den Eisbergen und Eisfeldern zu lavieren oder uns an solche anzulegen, was immer seine Gefahren hat. Die Brise frischte allerdings zuweilen so stark auf, daß wir die Segelfläche vermindern mußten. Dann sah man das Meer längs der Blöcke hinschäumen, wobei es sie mit Wasserstaub, wie Felsen mit einer schwimmenden Insel, bedeckte, ohne ihre Fortbewegung jedoch aufheben zu können.

Wiederholt wurde durch Winkelmessungen von Jem West die Höhe der Eismassen bestimmt, und seine Rechnungen ergaben, daß sie zwischen zehn und hundert Toisen schwankte.

Ich für meinen Teil stimmte der Ansicht des Kapitäns Len Guy zu, daß sich solche gewaltige Massen nur an einem Ufer, vielleicht eines polaren Festlandes, gebildet haben könnten. Dieses vermutete Festland mußte aber offenbar mit Buchten besetzt, von Meeresarmen zerteilt und von Wasserstraßen zerschnitten sein, die es der »Jane« ermöglicht hatten, bis zur Insel Tsalal vorzudringen.

Die Annahme von Polarländern ist es ja gerade, was die Unternehmungen von Forschungsreisenden veranlaßt, womöglich bis zum arktischen oder antarktischen Pole zu gelangen. Auch sie nehmen für die Eisberge einen festen Untergrund an, von dem diese sich mit Eintritt der Schneeschmelze ablösen. Bei einer ausschließlichen Wasserdecke der nördlichen und südlichen Kappen der Erdkugel hätten sich die Seefahrer wahrscheinlich schon längst bis zu den Drehpunkten unseres Planeten Bahn gebrochen.

Man konnte also als gewiß gelten lassen, daß der Kapitän William Guy von der »Jane« bei seiner Fahrt bis zum dreiundachtzigsten Breitengrade, entweder durch seinen Instinkt als Seefahrer oder durch den Zufall begünstigt, durch irgendeinen breiten Meeresarm so weit hinaufgekommen war.

Auf unsere Mannschaft machte der Umstand, daß die Goëlette sich ohne Zögern mitten unter diese treibenden Massen wagte, doch einen etwas beklemmenden Eindruck, wenigstens auf die neuen Leute, denn für die alten war das keine Überraschung mehr. Die Gewohnheit machte freilich alle gegen die Zufälligkeiten unserer Segelfahrt bald gleichgültig.

Am sorgsamsten mußte jetzt auf den Wachdienst gesehen werden. Deshalb ließ Jem West auch am Fockmast eine Tonne – ein sogenanntes »Elsternest« – hissen, worin sich ein Mann fortwährend auf Ausguck befand.

Von günstiger Brise getrieben, glitt die »Halbrane« rasch dahin. Die Temperatur war erträglich – etwa zweiunddreißig Grad (+ 5 bis 6° Celsius). Eine Gefahr brachten nur die Nebelmassen, die über dem vielfach gesperrten Meere hinzogen und die Vermeidung von

Kollisionen erschwerten.

Am 16. hatten unsere Leute recht harte Arbeit. Packeisstücke und Schollen ließen oft nur einen recht schmalen Durchgang frei, der auch noch gewunden und mit scharf vorspringenden Winkeln besetzt war, so daß wir oft einer Schlangenlinie folgen mußten.

Vier- oder fünfmal in der Stunde ertönten Befehle, wie:

»Luv an!«

»Laß treiben!« und dergleichen.

Der Mann am Steuer hatte tüchtig mit dem Rade zu tun, während die Matrosen jetzt die Stellung des Mars- und Bramsegels wechselten oder die untern Segel gegen den Wind braßten.

Unter solchen Umständen säumte keiner bei seinen Verrichtungen, und Hunt zeichnete sich wieder vor allen dabei aus.

Wo sich dieser Mann – ein Seemann mit Leib und Seele – am nützlichsten erwies, das war dann, wenn es darauf ankam, ein Greling (kleines Kabeltau) auf eine Eisscholle zu bringen, es da mit einem Wurfanker zu befestigen und das Tau mit dem Spill zu verbinden, um die langsam aufgeholte Goëlette um das Hindernis herum zu bugsieren. Wenn es notwendig wurde, sprang Hunt bei solchen Gelegenheiten in das kleine Boot, trieb es zwischen den Eistrümmern hin und bestieg selbst die glatten Schollen. Der Kapitän Len Guy und die Mannschaft erklärten Hunt auch für einen Matrosen ohnegleichen. Das Geheimnisvolle seiner Persönlichkeit reizte gerade deshalb die Neugierde aller im höchsten Maße.

Wiederholt kam es vor, daß Hunt und Martin Holt das nämliche Boot bestiegen, um eine gefährliche Aufgabe gemeinsam auszuführen. Erteilte ihm der Segelwerksmaat dabei dann einen Befehl, so kam er diesem mit Eifer und Geschicklichkeit nach, nur gab er nie darauf eine Antwort.

Am heutigen Tage konnte die »Halbrane« vom Packeis nicht mehr weit entfernt sein. Segelte sie in gleicher Richtung wie bisher weiter, so mußte sie es bald erreichen und hatte dann nur noch eine Durchfahrt aufzusuchen. Noch hatte der Ausguck aber über die Eisfelder hinweg und zwischen den launenhaften Spitzen der Eisberge keinen zusammenhängenden Kamm von Eis erkennen können.

Am 16. machte sich die gewissenhafteste, unausgesetzte Vorsicht nötig, denn das von den unaufhörlichen Stößen erschütterte Steuerruder drohte schließlich zerstört zu werden.

Gleichzeitig litt das Fahrzeug auch unter häufigen Stößen von Eisschollen, die sich an seiner Seite hin rieben und dadurch fast gefährlicher wurden, als die großen Eisberge. Trafen die letzteren mit den Seiten des Fahrzeugs zusammen, so erfolgten freilich recht arge Stöße; die bezüglich der Spanten und der Bekleidung sehr fest gebaute »Halbrane« hatte darum aber nicht zu fürchten, daß sie zerdrückt würde oder daß sie ihre Beschalung verlöre, denn eine solche hatte sie überhaupt nicht.

Um das Steuerruder ließ Jem West aus Planken und Rundhölzern noch einen gitterartigen Schutz errichten, der die unmittelbare Eispressung davon abhielt.

Die Seesäugetiere hatten auch diese Gewässer mit ihren treibenden Schollen und Blöcken von jeder Größe und Gestalt nicht verlassen. Walfische gab es hier in großer Menge, und es bot ein zauberisches Schauspiel, die Wassersäulen zu sehen, die aus ihren Spritzlöchern emporstiegen. Neben den Finn- und den Buckelwalen erschienen auch viele sehr große Meerschweine, oft im Gewicht von mehreren hundert Pfund, die Hearne mit großer Geschicklichkeit harpunierte, wenn sie ihm in Wurfweite kamen. Seine Beute wurde stets freudig begrüßt, denn Endicott verstand gewisse Teile davon recht schmackhaft zuzubereiten.

Von antarktischen Vogelarten zogen große Völker von Sturmvögeln, Kaptauben und Kormoranen schreiend an uns vorüber, während endlos lange Reihen von Pinguinen an den Rändern der Eisfelder saßen und stumpfsinnig den Bewegungen der Goëlette zusahen. Diese Tiere sind die richtigen Bewohner der traurigen Einöden nahe dem Pole, und die Natur hätte hierfür einen entsprechenderen Typus gar nicht erschaffen können.

Am Morgen des 17. meldete der Ausguck im Elsterneste endlich das Packeis.

»An Steuerbord voran!« rief er.

Fünf bis sechs Seemeilen weit im Süden erhob sich ein langer, wie mit Sägezähnen besetzter niedriger Kamm, der sich vom klaren Himmel dahinter abhob und längs dessen Tausende von Schollen dahintrieben. Dieser unbewegliche Wall verlief von Nordwesten nach Südosten, und wenn die Goëlette daran hinsegelte, gelangte sie schon damit noch um einige Grade weiter nach Süden.

Will man sich eine zutreffende Vorstellung von dem Unterschiede zwischen dem Packeise und der eigentlichen, alles absperrenden Eiswand machen, so darf man folgendes nicht vergessen:

Die letztere bildet sich, wie ich schon bemerkte, nicht auf offenem Meere. Sie muß unbedingt einen festen Untergrund haben, um ihre waagrechten Eisgebilde längs eines Ufers aufzurichten oder um die bergähnlichen Gipfel im Hintergrunde aufzubauen. Doch wenn die genannte Sperrwand an sich auch den sie tragenden Grund nicht verlassen kann, so ist sie es, nach den verläßlichsten Beobachtern, doch, die die Eisberge und Eisfelder, die Blöcke, Schollen und Trümmer liefert, die wir in unabsehbarer Menge dahintreiben sahen. Die Küsten, die sie trugen, unterliegen Strömungen, welche aus wärmeren Meeren herkommen. Zur Zeit der Springfluten, die hier eine beträchtliche Höhe erreichen, wird ihr unterer Rand ausgehöhlt, zerrieben, abgenagt, und ungeheure Blöcke – Hunderte binnen wenigen Stunden – lösen sich mit betäubendem Gepolter los, fallen ins Meer, tauchen erst in der furchtbaren Brandung unter und steigen dann wieder zur Oberfläche auf. Damit sind sie zu Eisbergen geworden, von denen nur das obere Drittel sichtbar ist und die so lange weiterschwimmen, bis die klimatischen Einflüsse der niederen Breiten ihre Auflösung herbeiführen.

Eines Tages unterhielt ich mich über diesen Gegenstand mit dem Kapitän Len Guy.

»Diese Erklärung ist ganz richtig«, bestätigte er mir,

»und die äußerste, letzte Eiswand bietet dem Seefahrer ein unüberwindliches Hindernis, weil ein Uferland ihre Unterlage bildet. Anders liegt es mit dem sogenannten Packeis. Das entsteht erst weit von der Landmasse und bildet sich auf dem Meere selbst durch das unablässige Zusammenfrieren treibender Eismassen. Da es aber den Angriffen des Seegangs und der Abnagung durch das im Sommer wärmere Wasser ebenfalls ausgesetzt ist, zerteilt es sich hier und da, läßt Wasserstraßen zwischen sich frei, und schon viele Schiffe haben streckenweise bis hinter dasselbe gelangen können.«

»Ganz recht«, fügte ich hinzu, »das Packeis bildet keine endlos zusammenhängende Masse, die man nicht zu umsegeln vermöchte.«

»Auch Weddell hat hindurchgelangen können, Herr Jeorling, freilich unter außergewöhnlich günstigen und sehr frühzeitig auftretenden Temperaturverhältnissen, die ja nur selten sind. Da die gleichen Verhältnisse aber auch heuer vorliegen, ist es nicht vorwitzig, zu sagen, daß wir sie auszunützen wissen werden.«

»Gewiß, Herr Kapitän, und jetzt wo das Packeis in Sicht ist . . .«

»Werd' ich die ›Halbrane‹ so weit wie möglich in dessen Nähe gehen und sie in den ersten Durchgang, den wir entdecken, einlaufen lassen. Zeigt sich kein solcher, so versuchen wir am Packeis bis zu seinem östlichen Ende hinzusteuern, und zwar mit Hilfe der dahin verlaufenden Strömung und so dicht wie möglich am Winde, wenn dieser aus Nordosten stehen bleibt.«

In schneller Fahrt nach Süden begegnete die Goëlette Eisfeldern von gewaltiger Ausdehnung. Durch Messung mehrerer Seitenwinkel und der Basis (mittels des Logs) ließ sich ihre Oberfläche auf fünf- bis sechshundert Quadrattoisen bestimmen. Man mußte mit gleich viel Sicherheit und Vorsicht steuern, um sich nicht in einer der engen Wasserstraßen dazwischen zu fangen, deren Ausgang nicht immer gleich zu sehen war.

Als die »Halbrane« sich nur noch drei Seemeilen vom Packeis entfernt befand, braßte sie inmitten eines großen Beckens auf, wo sie sich nach allen Seiten hin frei bewegen konnte.

Jetzt wurde ein Boot zu Wasser gebracht, worin der Kapitän Len Guy mit dem Hochbootsmann, vier Matrosen an den Riemen und einer am Ruder Platz nahmen. Dasselbe glitt nach dem riesigen Eiswalle zu, suchte hier vergeblich einen Durchgang, den die Goëlette hätte benützen können, und kehrte nach dreistündiger, anstrengender Untersuchung nach dem Schiffe zurück.

Bald darauf fiel ein Schauer mit Schnee vermischten Regens, der die Lufttemperatur auf sechsunddreißig Grad (+ 2,22° Celsius) herabsetzte und uns die Aussicht nach dem Packeis vollständig abschnitt.

Wir mußten deshalb nach Südost wenden und durch die zahllosen Schollen immer mit der Vorsicht hinsegeln, nicht an den Eiswall verschlagen zu werden, denn von ihm wieder frei zu kommen, hätte sehr ernste Schwierigkeiten geboten.

Jem West gab Befehl, die Segel so einzustellen, daß wir so dicht wie möglich am Winde hinliefen.

Die Mannschaft arbeitete hurtig, und die über Steuerbord geneigte Goëlette drang mit der Geschwindigkeit von sieben bis acht Seemeilen in das auf ihrem Wege verstreute Gewirr von Eisblöcken ein. Sie wußte ihnen auszuweichen, wenn ein Zusammenstoß damit gefährlich gewesen wäre, oder fuhr, wenn es sich um dünnere Schollen handelte, grade darauf los und zersprengte sie mit ihrem Vordersteven, der wie ein Rammsporn wirkte. Oft knirschte und krachte es längs der Wand des Schiffes, das zuweilen durch und durch erzitterte, dann aber gelangte die »Halbrane« wieder in freies Wasser.

Am wichtigsten war es natürlich, sich vor einem Anprall an eigentliche Eisberge zu hüten. Das bot keine Schwierigkeiten bei klarem Wetter, das rechtzeitig alle notwendigen Maßregeln gestattete, die Geschwindigkeit der Goëlette zu vergrößern oder zu verkleinern. Bei den häufigen Nebeln, die den Gesichtskreis auf eine, höchstens zwei Kabellängen beschränkten, blieb die Fahrt aber immerhin gefährlich.

Doch von den Eisbergen abgesehen, war die »Halbrane« ja auch dem Zusammenstoß mit Eisfeldern ausgesetzt, und wer es nicht selbst gesehen hat, kann sich keine Vorstellung von der Kraft machen, die solchen in Bewegung befindlichen Massen innewohnt.

Gerade an diesem Tage beobachteten wir, wie ein nur langsam hintreibendes Eisfeld an ein ruhig liegendes anprallte. Dieses zweite wurde völlig zersprengt, seine Oberfläche durcheinandergewürfelt und das Ganze so gut wie vernichtet. Nur gewaltige Trümmer blieben davon übereinander geschoben übrig, »Hummocks«, die bis zu hundert Fuß aufragten, und sogenannte »Kälber«, die wieder aus dem Wasser auftauchten. Das kann ja nicht wundernehmen, wenn man bedenkt, daß das anprallende Eisfeld eine Masse von vielleicht zwanzig Millionen Tonnen bildete.

Vierundzwanzig Stunden verliefen unter diesen Verhältnissen, während die Goëlette sich drei bis vier Seemeilen von der Eisgrenze entfernt hielt. Näher daran hinzusegeln, hätte nur in Einbuchtungen geführt, aus denen schwer wieder herauszukommen gewesen wäre. Kapitän Len Guy hätte es doch vielleicht gewagt, er fürchtete nur immer, an einer sich bietenden Durchfahrt, ohne sie zu bemerken, vorbeizusegeln.

»Hätte ich ein Begleitschiff«, sagte er zu mir, »so hielte ich mich der Packeisgrenze so nahe wie möglich. Es ist überhaupt ein großer Vorteil, zu zweien zu sein, wenn man eine solche Fahrt unternimmt. Die ›Halbrane‹ ist aber allein, und wenn wir sie verlieren sollten . . .«

Obwohl unsre Goëlette sich nun immer in einer von der Klugheit gebotenen Entfernung hielt, setzte sie sich doch dabei noch wirklichen Gefahren aus. Nach einer Strecke von wenigen hundert Toisen mußte sie plötzlich angehalten oder ihre Richtung verändert werden, und das manchmal in dem Augenblicke, wo die Spitze ihres Klüverbaumes schon ganz nahe daran war, irgendwo anzustoßen. Stundenlang war Jem West genötigt, fortwährend den Kurs zu wechseln und nur sehr langsam vorzudringen, um dem Stoße eines Eisfeldes zu entgehen.

Zum Glück wehte der Wind stetig aus Ost bis Nord-

nordost und gestattete so, entweder leicht oder ziemlich dicht daran hinzufahren. Er frischte auch nicht besonders auf. Wäre er aber zum Sturme angewachsen, so weiß ich nicht, was aus der Goëlette jetzt hätte werden sollen, oder ich weiß vielmehr zu gut, daß sie dabei den Untergang gefunden hätte.

In diesem Falle wäre uns jedes Entkommen abgeschnitten gewesen und die »Halbrane« an der Grenze, dem »Ufer« des Packeises, gestrandet.

Nach langem Suchen mußte der Kapitän Len Guy darauf verzichten, in dieser Mauer einen Durchgang zu finden, und es blieb ihm nichts andres übrig, als bis zu deren Südostausläufer weiterzusegeln. Beim Einhalten dieser Richtung verloren wir übrigens nichts an der schon erreichten Breite. Eine Beobachtung am 18. ergab für die Lage der »Halbrane« dreiundsiebzig Grad Breite.

Ich weise nochmals darauf hin, daß wohl kaum jemals eine Reise über die antarktischen Gewässer so vom Glücke wie die unsere begünstigt worden war – durch den frühzeitigen Sommer, den beständigen Nordwind und eine Mitteltemperatur, für die das Thermometer neunundvierzig Grad Fahrenheit (+ 9,54° Celsius) angab. Selbstverständlich erfreuten wir uns andauernder Tageshelle, denn alle vierundzwanzig Stunden sandte uns die Sonne ihre Strahlen aus allen Himmelsgegenden zu.

An den Eisbergen bildeten sich vielfach Wasserfäden, die deren Wände aushöhlten und zu plätschernden Kaskaden zusammenflossen. Deshalb hatten wir uns auch vor plötzlichen Lageveränderungen der Eisberge in acht zu nehmen, wenn sich infolge Abnagung ihres Untergrundes der Schwerpunkt derselben verlegte.

Noch zwei- oder dreimal fuhren wir auf weniger als drei Seemeilen an das Packeis heran. Es war ja unmöglich, daß es von den klimatischen Einflüssen unberührt geblieben wäre und daß sich nicht da und dort ein Riß darin gebildet hätte.

Diese Versuche blieben erfolglos, und wir mußten uns wieder der westöstlichen Strömung anvertrauen. Sie unterstützte uns übrigens, und es war nur bedauerlich, dadurch vom dreiundvierzigsten Meridian weggeführt zu werden, nach dem die Goëlette doch zurückkehren mußte, um sicher nach der Insel Tsalal zu gelangen. Der Ostwind trieb sie indessen einigermaßen wieder nach ihrer Fahrlinie hin.

Bei dieser Rekognoszierung – das möchte ich hier einflechten – haben wir auch nirgends Land oder nur eine Andeutung davon im Meere ringsum entdeckt, was mit den von früheren Seefahrern aufgenommenen Karten völlig übereinstimmt, die trotz ihrer Unvollständigkeiten bezüglich der Hauptlinien doch verläßlich sind. Ich weiß recht gut, daß Schiffe wiederholt da vorübergekommen sind, wo Landmassen angegeben waren; das konnte aber für die Insel Tsalal nicht zutreffen. Wenn die »Jane« sie erreichen konnte, so mußte dieser Teil des Antarktischen Ozeans offenes Wasser haben, und bei einem so zeitigen Sommer hatten wir in dieser Beziehung gewiß keine Hindernisse zu fürchten.

Endlich am 19., zwischen zwei und drei Uhr nachmittags, ertönte von den Rahen des Fockmastes ein Ausruf.

»Was gibt es?« fragte Jem West.

»Das Packeis zeigt im Südosten einen Durchbruch . . .«

»Und dahinter? . . .«

»Ist nichts zu sehen!«

Der Lieutenant erkletterte die Wanten und stand in wenigen Augenblicken an den Mastseilen der Marsstenge.

Unten warteten alle mit fieberhafter Ungeduld. Wenn nun der Ausguck sich getäuscht hatte! . . . Wenn eine optische Illusion . . . In keinem Falle würde doch Jem West einem Irrtum verfallen.

Nach einer Beobachtung von zehn Minuten – zehn endlosen Minuten – erschallte seine klare Stimme bis zum Verdeck herunter.

»Offenes Wasser!« rief er.

Einstimmige Hurras ertönten als Antwort.

Die Goëlette drehte so scharf am Winde wie möglich nach Südosten bei.

Zwei Stunden später war das Ende des Packeises umsegelt, und vor uns lag eine glitzernde, völlig eisfreie Meeresfläche ausgebreitet.

Vierzehntes Kapitel

Eine Stimme im Traume

Völlig eisfrei? . . . Nein, das wäre doch zu viel behauptet. In der Ferne, im Osten, erglänzten einige Eisberge, Schollen und Blockhaufen. Immerhin hatte das Tauwetter an dieser Seite schon sehr stark gewirkt, und das Meer war so weit frei, daß ein Schiff bequem darauf manövrieren konnte.

Ohne Zweifel waren die Fahrzeuge Weddells auch durch diesen breiten Meeresarm eingefahren, als sie damals bis zum vierundsiebzigsten Breitengrade vordrangen, den die »Jane« noch um sechshundert Seemeilen überschreiten sollte.

»Bis hierher hat Gott uns geholfen«, sagte der Kapitän Len Guy zu mir, »möchte er uns auch bis zum Ziele gnädig sein!«

»Binnen acht Tagen«, hab' ich geantwortet, »befindet sich unsere Goëlette vielleicht in Sicht der Insel Tsalal.«

»Ja . . . vorausgesetzt, daß der Ostwind andauert, Herr Jeorling. Vergessen Sie aber nicht, daß die ›Halbrane‹, als sie längs des Packeises bis zu dessen östlichem Ende hinsegelte, sich von ihrer Route entfernt hat und erst nach dieser zurückzuführen ist.«

»Der Wind ist uns ja günstig, Herr Kapitän.«

»Wir werden ihn auch benützen, denn ich denke erst die Insel Bennet anzulaufen. Dort ist mein Bruder William anfänglich ans Land gegangen, und haben wir dieses Eiland gefunden, so wissen wir, daß wir uns auf dem rechten Wege befinden . . .«

»Und womöglich entdecken wir da auch noch weitere Merkmale, Herr Kapitän.«

»Das kann ja sein, Herr Jeorling. Heute noch, wenn

ich mein Besteck gemacht und unsere Lage genau berechnet habe, steuern wir dem Bennet-Eiland zu.«

Es liegt auf der Hand, daß wir dem sichersten uns hier verfügbaren Führer folgen mußten. Ich meine hiermit das Buch Edgar Poes – tatsächlich den wahrheitsgetreuen Bericht Arthur Gordon Pyms.

Nachdem ich diesen nochmals mit gebührender Sorgfalt durchgelesen hatte, kam ich zu folgenden Schlußfolgerungen:

Daß der Kern wahr sei, daß die »Jane« die Insel Tsalal entdeckt und angelaufen habe, daran war ebensowenig zu zweifeln wie an der Existenz der sechs Überlebenden vom Schiffbruche, wenigstens zur Zeit, wo Patterson auf der Eisscholle weggetrieben wurde. Das war das Tatsächliche, das Gewisse, das Unzweifelhafte.

Ein anderer Teil mußte aber wohl der Phantasie des Erzählers in Rechnung gesetzt werden . . . einer wunderbaren, überschwenglichen, zügellosen Phantasie, wenn man nur das Bild betrachtet, das er von sich selbst entwirft. Zunächst konnte man ja kaum die höchst seltsamen Beobachtungen für verläßlich ansehen, die er in der Tiefe des Antarktischen Ozeans gemacht zu haben behauptete, wie das Vorhandensein »neuer Menschen« und bisher völlig unbekannter Tiere. Sollten der Boden dieser Insel wirklich von ganz besonderer Art und ihre Gewässer von so eigentümlicher Zusammensetzung sein? Gab es jene hieroglyphischen Abgründe, deren Anordnung Arthur Pym in einer Planzeichnung mitgeteilt hat? Erschien es glaublich, daß die weiße Farbe auf die Inselbewohner so erschütternd wirkte? – Doch warum nicht, da das Weiß, das Kleid des Winters, die Farbe des Schnees, ihnen die Annäherung der schlechten Jahreszeit verkündete, die sie in einen Eiskerker einschloß? Jenseits Tsalals freilich, jene ganz unbegreiflichen Erscheinungen, die grauen Dünste des Horizonts, die Verdunkelung des Himmelsraumes, die leuchtende Durchsichtigkeit der pelagischen Tiefen, endlich der Luftkatarakt, der weiße Riese, der sich auf der Schwelle des Poles erhob . . . was war davon zu halten? . . .

Hierüber machte ich mich nicht schlüssig, sondern

überließ die Antwort der Zukunft. Der Kapitän Len Guy zeigte sich höchst gleichgültig gegen alles, was sich in Arthur Pyms Bericht nicht unmittelbar auf die auf der Insel Tsalal Verlassenen bezog, deren Erlösung sein einziger, beständiger Gedanke war.

Da ich nun den Bericht Arthur Pyms vor den Augen hatte, beschloß ich, ihn Schritt für Schritt zu vergleichen und das Wahre vom Falschen, das Tatsächliche vom Erfundenen zu scheiden. Im voraus hegte ich freilich die Überzeugung, keine Spur jener Seltsamkeiten zu finden, die dem empfänglichen amerikanischen Dichter nur von dem »Dämon des Bizarren« eingeflüstert sein würden.

Am 19. Dezember befand sich unsere Goëlette also schon um anderthalb Grad südlicher als die »Jane« damals achtzehn Tage später, ein Beweis, daß uns alles, der Zustand des Meeres, die Richtung des Windes und die Frühzeitigkeit der schönen Jahreszeit, außerordentlich begünstigt hatte.

Ein offenes – oder doch wenigstens schiffbares – Meer lag vor dem Kapitän Len Guy ebenso, wie es sich vor dem Kapitän William Guy ausgebreitet hatte, und hinter ihnen dehnte sich von Nordwest nach Nordost hin das Packeis mit seinen gewaltigen, festen Schollenmassen aus.

Zunächst wollte Jem West darüber klarwerden, ob die Strömung in diesem Meeresarme, wie Arthur Pym es angab, wirklich südwärts lief. Auf seine Anordnung hin ließ der Hochbootsmann eine zweihundert Faden lange Leine mit ziemlich schwerem Gewicht daran ins Wasser laufen, und daraus ersah man, daß die Richtung der Strömung die nämliche, der Fortbewegung unserer Goëlette also besonders förderlich war.

Bei auffallend klarem Himmel wurden um zehn Uhr und zu Mittag zwei sehr sorgfältige Sonnenhöhenmessungen ausgeführt. Die Berechnung daraus ergab eine Breite von 74° 45′ und – was uns nicht überraschen konnte – eine Länge von 39° 15′.

Das zeigt, daß der Umweg, den uns die Fahrt längs des Packeises und die Umschiffung seines östlichen Ausläufers aufnötigte, die »Halbrane« vier volle Grade weiter nach Osten geführt hatte.

Ich brauche wohl nicht erst hervorzuheben, daß die Worte Abend und Morgen, deren ich mich hier wegen Mangels an andern bedienen werde, weder einen wirklichen Aufgang noch Untergang der Sonne bedeuteten. Das Strahlengestirn, das über dem Horizonte seine ununterbrochene Spirale beschrieb, leuchtete uns natürlich stets. Erst einige Monate später sollte es wieder verschwinden. Doch auch während des kalten und düstern antarktischen Winters erhellten dann den Himmel fast täglich die glanzvollen Südpolarlichter. Vielleicht waren wir später selbst Zeugen dieser unsagbar herrlichen Erscheinungen, bei denen ein elektrischer Einfluß so mächtig zutage tritt.

Nach dem Berichte Arthur Pyms ging die Fahrt der »Jane« vom 1. bis zum 4. Januar 1828 nur sehr schwierig vonstatten. Ein heftiger Nordoststurm schleuderte gegen das Schiff eine Menge Eisschollen, die dessen Steuerruder zu zertrümmern drohten. Dabei war der »Jane« noch der Weg durch eine dicke Packeiswand verlegt, in der sie zum Glück schließlich noch einen Durchgang auffand. Jedenfalls hatte sie aber erst am Morgen des 5. Februars unter 73° 15′ der Breite die letzten Hindernisse überwunden. Während bei ihr die Lufttemperatur dreiunddreißig Grad (+ 0,56° Celsius) betrug, hatten wir eine solche von neunundvierzig Grad (+ 9,44° Celsius). Die Abweichung der Magnetnadel hielt sich in denselben Grenzen, sie zeigte sich als 14° 28′ nach Osten.

Noch eine letzte Bemerkung, um mathematisch den Unterschied in der beiderseitigen Lage der zwei Goëletten zu dieser Zeit zu verdeutlichen. Vom 5. bis zum 19. Januar verflossen die vierzehn Tage, die die »Jane« zur Zurücklegung der zehn Grade, gleich sechshundert Seemeilen, welche sie noch von der Insel Tsalal trennten, nötig hatte, während sich die »Halbrane« am 19. Dezember nur noch etwa sieben Grade oder wenig über vierhundert Seemeilen davon entfernt befand. Blieb der Wind auf derselben Seite wie bisher stehen, so konnte kaum die Woche vorübergehen, bis die Insel Tsalal oder wenigstens das Bennet-Eiland in Sicht kam. Letzteres liegt von hier aus noch fünfzig Seemeilen vor jener, und der Kapitän Len Guy gedachte daselbst vierundzwanzig Stunden zu rasten.

Die Fahrt verlief unter den günstigsten Umständen weiter. Kaum brauchten wir vereinzelten Schollen auszuweichen, die die Strömungen mit der Geschwindigkeit von einer Viertelmeile in der Stunde nach Südwesten hinabtrugen. Unsere Goëlette überholte sie ohne Mühe. Trotz der herrschenden, recht frischen Brise hatte Jem West auch die obern Segel beisetzen lassen, und die Goëlette glitt behende über das sich in glatten Wellen hebende und senkende Meer hin. Uns kam keiner der Eisberge zu Gesicht, die Arthur Pym in dieser Breite wahrnahm und von denen einige, die übrigens schon im Schmelzen waren, eine Höhe von hundert Faden hatten. Der Mannschaft blieb es erspart, inmitten von Nebeln zu arbeiten, die die Fahrt der »Jane« so ungemein erschwerten. Wir hatten keine Schnee- und Graupelschauer zu erleiden, wie sie jene zuweilen umstürmten, noch die Erniedrigungen der Temperatur, die den Matrosen so besonders lästig werden. Wir begegneten nur vereinzelten Eisflächen, von denen manche mit Pinguinen bevölkert waren, die darauf gleich Touristen auf einer Lustjacht dahinfuhren, oder welche schwärzliche, ungeheuren Blutegeln gleichende Robben trugen. Über diese Flottille flatterten dann Sturmvögel, Kaptauben und schwärzliche Wasserscherer, Taucherenten, Greben (Silbertaucher), Meerschwalben, Kormorane und die dunkelfarbigen Albatrosse der hohen Breiten. Auf dem Meere schwammen hier und da sehr große Quallen mit zartester Färbung, gleich Regenschirmen, die sich aufspannten und wieder schlossen. Unter den Fischen, die die Leute der Goëlette in großer Menge teils mittels Angel, teils mittels Fischhaken erbeuteten, nenne ich besonders die Coryphenen, eine Art riesiger Goldfische von reichlich drei Fuß Länge und mit festem, saftigem Fleisch.

Am nächsten Morgen, nach einer ruhigen Nacht, wo der Wind etwas abgeflaut hatte, trat der Hochbootsmann lächelnden Gesichts und mit heller Stimme auf mich zu wie ein Mensch, der keine Wechselfälle des Lebens fürchtet.

»Guten Tag, Herr Jeorling, guten Tag!« rief er vergnügt. »Na, hier im tiefen Süden und zu dieser Jahreszeit kann man freilich niemand guten Abend wünschen, da es ja weder einen guten noch einen schlechten Abend gibt.«

»Guten Tag, Hurliguerly«, antwortete ich, gern bereit, micht mit dem lustigen Schwätzer in eine Unterhaltung einzulassen.

»Nun ... wie finden Sie denn das Meer, das hier hinter dem Packeise liegt?«

»Ich möchte es«, erwiderte ich, »mit den großen Binnenseen Schwedens oder Amerikas vergleichen ...«

»Ja ... ganz richtig ... mit Seen, die von Eisbergen, statt von Landhöhen eingeschlossen sind.«

»Besser können wir's uns ja gar nicht wünschen, Hochbootsmann, und geht unsere Fahrt in gleicher Weise weiter bis zur Insel Tsalal ...«

»Warum nicht bis zum Pole, Herr Jeorling?«

»Bis zum Pole? ... Oh, der ist weit, der Pol, und man weiß nicht einmal, wie es dort aussieht.«

»Das weiß man aber, wenn man dahingegangen ist«, bemerkte der Hochbootsmann, »das ist sogar die einzige Art, es zu erfahren!«

»Natürlich, Hurliguerly, natürlich! Die ›Halbrane‹ ist aber nicht ausgefahren, um den Südpol zu entdecken. Gelingt es dem Kapitän Len Guy, seine Landsleute von der ›Jane‹ zu retten, so mein' ich, hat er sein Werk vollbracht, und ich glaube nicht, daß er nach Weiterem verlangen wird.«

»Freilich, Herr Jeorling, freilich! Schwimmt er aber erst nur noch drei- bis vierhundert Seemeilen vom Pole, sollte er da nicht die Versuchung spüren, noch das Ende der Achse sehen zu wollen, an der sich die Erde wie das Huhn am Bratspieße dreht? ...« antwortete lachend der Hochbootsmann.

»Lohnte das der Mühe, sich neuen Gefahren auszusetzen«, sagte ich, »und ist es interessant genug, dem

Drange nach geographischen Entdeckungen so weit nachzugeben?«

»Ja und nein, Herr Jeorling. Ich muß Ihnen gestehen, weiter draußen gewesen zu sein als alle Seefahrer vor uns und vielleicht als alle, die uns folgen, das könnte meine Eigenliebe als Seemann schon befriedigen!«

»Ja, ja, Sie meinen, daß noch nichts getan ist, solange etwas zu tun übrigbleibt, Hochbootsmann . . .«

»Ganz richtig, Herr Jeorling; und wenn der Vorschlag käme, noch ein paar hundert Meilen über die Insel Tsalal hinauszusegeln . . . ich . . . ich hätte bestimmt nichts dagegen!«

»Ich glaube nicht, daß der Kapitän Len Guy daran jemals denkt, Hochbootsmann.«

»Ich auch nicht«, meinte Hurliguerly; »wenn er seinen Bruder und die fünf Matrosen von der ›Jane‹ erst gefunden hat, wird unser Kapitän sich jedenfalls beeilen, sie nach England zurückzubringen!«

»Das wäre anzunehmen und auch vernünftig gehandelt, Hochbootsmann. Dazu kommt noch, daß unsere alten Leute von der Besatzung wohl überall hingehen würden, wohin der Kapitän sie führte, die neuen dürften aber dagegen Einspruch erheben. Für eine so lange und gefahrenreiche Fahrt, wie die bis zum Südpole, haben sie sich ja nicht anwerben lassen.«

»Ganz recht, Herr Jeorling, und um sie dazu zu bestimmen, müßte man ihre Habgier dadurch reizen, daß für jeden jenseits der Insel Tsalal erreichten Breitengrad eine tüchtige Prämie ausgesetzt würde . . .«

»Und ob das genügt, ist auch noch ungewiß.«

»Freilich . . . denn Hearne und die andern von den Falklands – sie bilden an Bord die Mehrheit – hofften, daß es nicht einmal gelingen würde, das Packeis zu durchbrechen, und daß die Fahrt sich kaum über den Polarkreis hinaus ausdehnen würde! – Sie murrten schon jetzt, so weit draußen zu sein! Kurz, ich weiß nicht, was das Ende vom Liede sein wird, weiß aber, daß Hearne im Auge behalten werden muß, und dafür werd' ich sorgen!«

Vielleicht stand uns für die Zukunft, wenn nicht eine

Gefahr, so doch manch' unerwartete Schwierigkeit bevor.

In der Nacht – das heißt in der Zeit, die die Nacht vom 19. zum 20. hätte sein sollen – wurde mein Schlaf einmal von einem seltsamen Traum gestört. Ja, es konnte doch nur ein Traum gewesen sein! . . . Immerhin glaubte ich ihn hier verzeichnen zu müssen, denn er bildet einen weiteren Beleg für die Bilder, die mehr und mehr in meinem Gehirn auftauchten.

Bei der ziemlich kalten Witterung hatte ich mich auf dem Lager dicht in die Decken gewickelt. Gewöhnlich schlummerte ich dann von neun Uhr abends ununterbrochen bis fünf Uhr morgens.

Ich schlief also . . . es mochte etwa um zwei Uhr nachts sein – als ich durch ein klagendes und anhaltendes Gemurmel erweckt wurde.

Ich öffnete die Augen . . . oder bildete mir das wenigstens ein. Die Läden der beiden Schiebfenster waren geschlossen, und in meiner Kabine herrschte tiefe Finsternis.

Da das Gemurmel sich wiederholte, spitzte ich die Ohren, und jetzt schien es mir, als ob eine Stimme – eine Stimme, die ich nicht kannte – flüsterte:

»Pym . . . Pym . . . der arme Pym!«

Offenbar konnte das nur eine Sinnestäuschung sein, es müßte sich denn jemand in meine, allerdings nicht eigentlich verschlossene Kabine eingeschlichen haben.

»Pym!« erklang die Stimme weiter. »Nein, er soll . . . er darf nicht vergessen werden, der arme Pym!«

Jetzt hörte ich deutlich, daß diese Worte nahe meinem Ohre ausgesprochen wurden. Was bedeutete diese Mahnung, und warum wurde mir ans Herz gelegt, Arthur Pym nicht zu vergessen? Dieser war doch nach seiner Rückkehr nach Amerika gestorben . . . eines beklagenswerten Todes gestorben, über den niemand etwas Näheres wußte.

Da empfand ich, daß ich mir nicht recht klar war, und erwachte erst jetzt zu der Überzeugung, daß mich infolge einer starken Erregung des Gehirns ein besonders lebhafter Traum verfolgt haben müsse.

Immerhin sprang ich schnell vom Lager, öffnete das eine Schiebfenster meiner Kabine und stieß den Laden davor auf.

Ich blickte hinaus.

Auf dem Hinterteile der Goëlette stand niemand ... außer Hunt, der die Hand am Steuerrade und den Blick auf das Kompaßhäuschen gerichtet hielt.

Was tun? ... Ich konnte mich nur wieder niederlegen, tat das auch, und obgleich ich den Namen Pym noch wiederholt vor meinem Ohr erklingen zu hören wähnte, schlief ich doch bis zum Morgen.

Nach dem Aufstehen hatte ich von dem nächtlichen Zwischenfalle nur noch eine sehr schwache, verschwommene Vorstellung, die bald ganz erlosch.

Wenn ich, meist in Gesellschaft des Kapitäns Len Guy, wieder in Arthur Pyms Berichte las, als wäre dieser das Tagebuch der »Halbrane«, fiel mir unter dem Datum des 10. Januar folgende Mitteilung ins Auge:

An genanntem Tage ereignete sich ein bedauerlicher Unfall an Bord der »Jane«, genau an der Stelle des Meeres, die wir jetzt befuhren, d. h. unter 78° 30′ der Breite und 40° 15′ der Länge. Ein aus New York gebürtiger Amerikaner, namens Peter Vridenburgh, einer der besten Matrosen der Mannschaft, glitt zwischen zwei Eisflächen hinein, verschwand, und konnte nicht gerettet werden. Das war das erste Opfer dieser Reise und wie viele andere sollten noch im Nekrologe der Goëlette verzeichnet werden!

Der Kapitän Len Guy und ich erkannten ferner, daß nach Arthur Pym die Kälte an jenem Tage recht streng und die Atmosphäre sehr aufgeregt gewesen sein mußte, denn unaufhörlich lösten am 10. Januar Schnee- und Graupelschauer einander ab.

Jenerzeit erstreckte sich das Packeis noch weit nach Süden hin, ein Anhalt dafür, daß die »Jane« es in westlicher Richtung noch nicht durchschifft haben konnte. Dem Berichte nach gelang dies erst am 14. Januar. Dann dehnte sich »ein Meer, worauf kein einziges Stück Eis mehr trieb«, bis zum Horizonte aus, und darin stand eine Strömung von einer halben Seemeile in der Stunde.

Die Temperatur betrug vierunddreißig Grad (+ 1,11° Celsius), erhob sich aber bald auf einundfünfzig Grad (+ 10,56° Celsius).

Das war genau dieselbe, deren wir uns jetzt auf der »Halbrane« erfreuten, und wie Arthur Pym hätte wohl jeder ohne Zögern ausgesprochen, »daß niemand an der Möglichkeit, den Pol zu erreichen, zweifelte«.

An jenem Tage hatte die Beobachtung des Kapitäns der »Jane« 81° 21′ der Breite bei 42° 5′ der Länge ergeben. Das war bis auf wenige Bogenminuten genau auch unsere Lage am 20. Dezember. Wir näherten uns also graden Weges dem Bennet-Eilande, und es vergingen gewiß kaum noch vierundzwanzig Stunden, bis wir es erreichten.

Während unsrer Fahrt in diesen Gewässern war keinerlei Zwischenfall zu verzeichnen. An Bord unsrer Goëlette ereignete sich ganz und gar nichts Besonderes, während das Schiffstagebuch der »Jane« unter dem 17. Januar mehrere merkwürdigere Vorkommnisse aufwies. Hier sei das hervorragendste wiedergegeben, das Arthur Pym und seinen Gefährten Dirk Peters Gelegenheit bot, ihren Mut und ihre Opferwilligkeit zu beweisen.

Gegen drei Uhr am Nachmittag hatte der Wachhabende das Erscheinen einer treibenden Eismasse gemeldet, ein Beleg dafür, daß auf dem »freien« Meere sich doch noch einzelne Schollen hinbewegten. Auf dem Eise lagerte ein Tier von riesiger Größe. Der Kapitän William Guy ließ das große Boot klarmachen, in dem Arthur Pym, Dirk Peters und der zweite Offizier der »Jane« – jener unglückliche Patterson, dessen Leiche wir zwischen der Prinz-Eduard-Insel und Tristan d'Acunha auffanden – Platz nahmen.

Das Tier war ein Bär der arktischen Art, der in der Länge fünfzehn Fuß maß. Sein sehr dichthaariges Fell war völlig weiß und das Maul rund wie das einer Bulldogge. Mehrere Gewehrkugeln, die ihn trafen, genügten nicht, dem Burschen den Garaus zu machen. Der gewaltige Eisbär warf sich ins Meer, schwamm auf das Boot zu und hätte dieses, als er es packte, zum Kentern gebracht, wenn Dirk Peters, der ohne Zögern auf den Rükken des Angreifers sprang, ihm nicht noch rechtzeitig sein großes Messer ins Rückenmark bohrte. Der Bär trieb jetzt mit dem Mestizen fort, und man mußte Dirk Peters ein Seil zuwerfen, an dem er wieder ins Boot gezogen wurde.

Auch den Bären schaffte man auf das Deck der »Jane«, und hier zeigte sich, daß er, abgesehen von der außergewöhnlichen Größe, in seinem Körperbau nichts aufwies, was dazu berechtigt hätte, ihn unter die seltsamen Vierfüßler einzureihen, die Arthur Pym im tiefen Süden angetroffen haben will.

Doch kehren wir nun zur »Halbrane« zurück.

Die Nordbrise, die sich gelegt hatte, sprang zunächst nicht wieder auf, und nur die scharfe Strömung führte die Goëlette weiter nach Süden. Das ergab eine Verzögerung, die unsre Ungeduld unerträglich machte.

Am 21. endlich ergab die Beobachtung 82° 50′ der Breite und 42° 20′ westlicher Länge.

Gab es eine Insel Bennet, so konnte sie jetzt nicht mehr fern sein.

Ja . . . diese kleine Insel war vorhanden und lag an der Stelle, die Arthur Pym dafür angegeben hatte.

Gegen sechs Uhr abends verkündete der Ausruf eines der Leute »Land vor Backbord!«

Fünfzehntes Kapitel

Die Insel Bennet

Nachdem die »Halbrane« vom Polarkreise an gegen achthundert Seemeilen hinter sich gebracht hatte, befand sie sich jetzt in Sicht der Insel Bennet! Die Mannschaft bedurfte sehr der Ruhe, denn in den letzten Stunden hatte die Goëlette auf dem ganz stillen Meere mittels der Boote geschleppt werden müssen. Die Landung wurde deshalb auf den nächsten Tag verschoben, und ich zog mich in meine Kabine zurück.

Diesmal unterbrach kein Geflüster meinen Schlummer, und früh um fünf Uhr war ich einer der ersten auf dem Verdeck.

Es versteht sich von selbst, daß Jem West alle Vorsichtsmaßregeln getroffen hatte, die eine Fahrt in dieser verdächtigen Gegend angezeigt erscheinen ließ. An Bord herrschte die strengste Wachsamkeit. Die Mörser waren geladen, Kugeln und Kartuschen lagen bereit, Gewehre und Pistolen waren fertig zur Hand, und die Enternetze konnten jeden Augenblick gehißt werden. Man erinnerte sich eben des Angriffs der »Jane« durch die Bewohner der Insel Tsalal gar zu gut. Unsere Goëlette lag jetzt kaum sechzig Seemeilen von dem Schauplatze jener schrecklichen Katastrophe.

Die Nacht verging ohne Alarm. Bei Tagesanbruch zeigte sich kein Boot im Gesichtskreise der »Halbrane«, kein Eingeborner am Strande. Die Örtlichkeit erschien verlassen, und übrigens hatte auch der Kapitän William Guy hier keine Spuren von menschlichen Wesen gefunden. Man sah weder Hütten auf dem Ufergelände noch etwa eine hinter diesem aufwirbelnde Rauchsäule, die bewiesen hätte, daß die Insel Bennet bewohnt wäre.

Von dem Eiland sah ich – ganz den Angaben Arthur Pyms entsprechend – nur eine felsige, unebene Fläche, die im Umfang eine Lieue messen mochte und völlig unfruchtbar erschien, wenigstens zeigte sich keine Spur von Vegetation darauf.

Unsere Goëlette lag vor einem einzigen Anker etwa eine Seemeile nördlich davon.

Der Kapitän Len Guy bemerkte mir gegenüber, daß über die Lage des Eilands kein Irrtum möglich sei.

»Herr Jeorling«, sagte er, »sehen Sie dort das Vorgebirge im Osten?«

»Gewiß, Herr Kapitän . . .«

»Ähnelt die Gestaltung seines übereinander gehäuften Gesteins nicht großen Baumwollballen?«

»Ganz recht, und dasselbe war auch im Berichte angegeben.«

»Wir haben also nur an jenem Vorgebirge ans Land zu gehen, Herr Jeorling. Wer weiß, ob wir dort nicht einzelne Spuren von den Leuten der »Jane« finden, wenn es diesen gelungen war, von der Insel Tsalal zu entfliehen!«

Hier sei nur noch ein Wort über die Gemütsverfassung eingefügt, in der wir an Bord der »Halbrane« uns alle befanden.

Wenige Kabellängen vor uns lag das Eiland, das Arthur Pym und Dirk Peters elf Jahre vorher betreten hatten. Als die »Jane« dahin kam, war es keineswegs unter so günstigen Umständen, wie wir uns deren erfreuten, bei ihr ging das Brennmaterial allmählich zu Ende und unter der Besatzung traten Erscheinungen von Skorbut zutage. An Bord unsrer Goëlette herrschte dagegen der erfreulichste Gesundheitszustand, und wenn die neu angemusterten Leute auch unter sich murrten, so zeigten sich doch die alten voller Eifer und Hoffnung, dem Ziele so nahe zu sein.

Was der Gedanke, der Wunsch, die Sehnsucht des Kapitäns Len Guy war, das ist ja leicht zu erraten . . . er verschlang die Insel Bennet geradezu mit den Augen.

Einen Mann aber gab es unter uns, dessen Blicke daran vielleicht noch gespannter hafteten . . . das war der Matrose Hunt.

Seit der Anker im Grunde lag, hatte er sich, wie es sonst seine Gewohnheit war, auf dem Verdeck niemals hingelegt, nicht einmal, um einige Stunden zu schlafen. Auf die Reling vorn an Steuerbord gelehnt, den breiten Mund fest geschlossen und die Stirn in tausend Falten, hatte er diesen Platz nicht wieder verlassen, und seine Blicke wandten sich keine Sekunde von dem vor ihm liegenden Ufer ab. Ich erinnere hier daran, daß der Name »Bennet«, der des Associés des Kapitäns der »Jane« war, der ihm zu Ehren dem ersten im Polargebiete entdeckten Lande beigelegt worden war.

Ehe er die »Halbrane« verließ, ermahnte Len Guy den Lieutenant, stets die größte Wachsamkeit zu beobachten . . . eine Empfehlung, deren es bei Jem West kaum bedurfte. Unsere Nachforschung sollte sich nicht über einen halben Tag ausdehnen. Wäre das Boot im Laufe des Nachmittags nicht zurückgekehrt, so sollte ein zweites ausgesendet werden, um jenes aufzusuchen.

»Achte vor allem auf unsere neue Mannschaft!« setzte der Kapitän Len Guy hinzu.

»Seien Sie ohne Sorge, Herr Kapitän«, antwortete der Lieutenant. »Da Sie vier Mann an die Riemen brauchen, könnten Sie diese ja aus den Neuen wählen. Damit wären wir vier unruhige Köpfe weniger an Bord.«

Das war ein guter Rat, denn unter dem verderblichen Einfluß Hearnes ließ die Unzufriedenheit seiner Genossen von den Falklands schon Zeichen von weiterer Zunahme wahrnehmen.

Nach Bereitstellung des Bootes nahmen vier von den neuen Leuten in dessen Vorderteile Platz, während Hunt auf sein besonderes Verlangen das Steuer führte. Der Kapitän Len Guy, der Hochbootsmann und ich setzten uns, alle wohlbewaffnet, im Hinterteile nieder, und dann stießen wir ab, um den nördlichen Teil der kleinen Insel anzulaufen. Eine Viertelstunde später hatten wir das Vorgebirge umschifft, das aus der Nähe gesehen, den Anblick geschnürter Ballen nicht mehr bot. Weiterhin öffnete sich eine kleine Bucht, in der die Boote der »Jane« gelandet waren.

Nach dieser Bucht steuerte jetzt Hunt, auf dessen Instinkt wir uns getrost verlassen konnten. Er wand sich mit auffallender Sicherheit durch die Felsenspitzen, die da und dort die Wasserfläche kaum überragten. Man hätte glauben mögen, daß er das Wasser hier genau kenne . . .

Die Untersuchung des Eilands konnte nicht viel Zeit in Anspruch nehmen. Der Kapitän Len Guy hatte dafür auch nur einige Stunden vorgesehen, und wenn sich hier diese oder jene Spuren vorfanden, konnten sie uns gar nicht entgehen.

Wir landeten also im Hintergrunde der Bucht an einem steinigen, mit mageren Flechten bedeckten Ufer. Die Flut ging schon zurück und legte den Sandboden eines Strandstreifens frei, worauf schwärzliche Blöcke, großen Nagelköpfen ähnlich, verstreut lagen.

Der Kapitän Len Guy wies mich auf dem sandigen Grunde auf eine große Menge länglicher Mollusken hin, die bei einer Länge zwischen drei und achtzehn Zoll zwischen einem und acht Zoll dick waren. Die einen davon lagen flach auf der Seite, die andern krochen von der Sonne beschienenen Stellen zu, um sich von den ganz kleinen Lebewesen zu ernähren, die die Korallenriffe aufbauen. An zwei bis drei Stellen bemerkte ich auch in der Bildung begriffene Korallenbänke.

»Diese Mollusken«, erklärte mir der Kapitän Len Guy, »sind die sogenannten Meerkühe, die von den Chinesen besonders geschätzt werden. Wenn ich Ihre Aufmerksamkeit darauf lenke, Herr Jeorling, geschieht es deshalb, weil die ›Jane‹ hierher gegangen war, um solche Meerkühe zu erlangen. Sie haben nicht vergessen, daß mein Bruder mit Too-Wit, dem Häuptling der Insel Tsalal, wegen der Lieferung einiger hundert Piculs dieser Mollusken verhandelt und er nahe dem Ufer einige Schuppen hatte errichten lassen, wo sich drei Mann mit der Zurichtung des Fanges beschäftigen sollten, während die Goëlette ihre Entdeckungsreise fortsetzte. Sie erinnern sich auch, unter welchen Umständen das Fahrzeug überfallen und zerstört wurde.«

Ja, alle diese Einzelheiten standen mir klar vor Augen, ebenso wie das, was Arthur Pym über diese Meerkühe *(Gasteropeda pulmonifera Cuvier)* berichtet. Sie gleichen einer Art Wurm oder Raupe und haben weder Schalen noch Füße, sondern nur elastische Bauchringe. Hat man solche Mollusken auf dem Strande gesammelt, so zerschneidet man sie der Länge nach, weidet sie aus, wäscht sie gründlich, läßt sie sieden oder vergräbt sie für einige Stunden und setzt sie nachher der Sonnenhitze aus; endlich werden sie gedörrt und in Fässern verpackt nach China befördert. Auf den Märkten des Himmlischen Reichs hoch geschätzt, und zwar aus gleichem Grunde wie die Schwalbennester, die man für eine besonders stärkende Nahrung hält, werden sie – die beste Sorte – bis zu neunzig Dollar für das Picul (d. s. 133 ½ Pfund) verkauft, meist in Canton, doch auch in Singapore, in Batavia und Manila.

Als wir das Felsenufer erreicht hatten, wurden zwei Mann zur Bewachung des Bootes zurückgelassen. In Begleitung der beiden andern schlugen wir, der Kapitän

Len Guy, der Hochbootsmann, Hunt und ich, eine Richtung nach dem Innern der Insel Bennet ein.

Hunt ging schweigend voraus, während ich mit dem Kapitän Len Guy und dem Hochbootsmann einige Worte wechselte. Man hätte wahrlich sagen können, daß jener uns als Führer diente, und ich konnte es nicht unterlassen, einzelne diesbezügliche Bemerkungen zu machen. Eigentlich war das für uns ja gleichgültig, denn vor allem kam es darauf an, erst nach vollständiger Durchsuchung der Insel an Bord zurückzukehren.

Der Boden, über den wir hinschritten, war ungemein dürr. Zu jeder Kultur ungeeignet, hätte er Schiffbrüchigen nicht die geringsten Hilfsmittel bieten können.

Wie hätte man darauf leben sollen, da er nur eine einzige Pflanze, eine Art stachliges Feigenmoos, hervorbrachte, mit dem sich die rohesten Wiederkäuer nicht begnügt hätten. Stand dem Kapitän William Guy und seinen Leuten nach der Zerstörung der »Jane« keine andere Zuflucht zu Gebote, so mußten sie schon längst bis zum letzten Mann verhungert sein.

Von dem niedrigen Hügel, der in der Mitte der Insel Bennet aufragte, konnten wir diese in ihrer Gesamtheit überblicken . . . doch nirgends war etwas Besonderes zu erkennen. Immerhin konnten sich Fußspuren erhalten haben oder Aschenreste von Feuerstellen, Trümmer von Wohnhütten – kurz, greifbare Beweise, daß einige Leute von der »Jane« hierher gekommen waren.

Um hierüber Gewißheit zu erlangen, beschlossen wir, von dem Grunde der Bucht aus, wo das Boot gelandet war, der ganzen Küstenlinie nachzugehen.

Beim Abstieg von dem Hügel setzte sich Hunt wieder an die Spitze der kleinen Truppe, als wäre es verabredet, daß er uns führte. Wir folgten ihm also, als er nach dem südlichen Ausläufer der Insel zu voranschritt.

An dessen Spitze angelangt, sah sich Hunt überall um, bückte sich und wies zwischen zerstreuten Steinblöcken auf ein Stück halbverfaultes Holz hin.

»Ah, ich erinnere mich!« rief ich. »Arthur Pym erwähnt dieses Stück Holz, das zum geschnitzten Vordersteven eines Schiffes gehört zu haben schien.«

»Einem Steven mit Bildschnitzereien, worunter mein Bruder die Zeichnung einer Schildkröte zu erkennen glaubte«, fügte der Kapitän Len Guy hinzu.

»Ganz recht«, fuhr ich fort, »diese Ähnlichkeit wurde von Arthur Pym aber als zweifelhaft hingestellt. Da sich das Stück Holz aber noch an der im Bericht angegebenen Stelle vorfindet, muß man schließen, daß die Insel Bennet nach dem Aufenthalte der ›Jane‹ hier von niemand wieder betreten worden ist. Ich halte es also für eine Zeitvergeudung, nach weiteren Spuren zu suchen. Erst auf der Insel Tsalal werden wir Aufschluß erhalten . . .«

»Ja . . . ja . . . auf der Insel Tsalal!« fiel mir der Kapitän ins Wort.

Wir kehrten nun nach der Bucht hin zurück und hielten uns immer, nahe der Flutwellengrenze, an dem felsigen Ufer. An manchen Stellen zeigten sich Anfänge von Korallenbänken. Meerkühe gab es in solcher Menge, daß wir leicht hätten eine volle Ladung davon einheimsen können. Hunt ging immer schweigend und die Augen zur Erde gerichtet weiter.

Ließen wir die Blicke in die Weite hinaus schweifen, so zeigte sich uns nichts als die unbegrenzte Wasserwüste. Nur im Norden von uns schaukelte die »Halbrane« bei dem leichten Wellengange. Nach Süden hin zeigte sich keine Andeutung eines Landes, denn die Insel Tsalal hätten wir in dieser Richtung noch nicht sehen können, da sie dreißig Bogenminuten, also dreißig Seemeilen weiter südlich zu suchen war.

Nachdem wir die ganze Insel umschritten hatten, blieb uns nichts anderes übrig, als an Bord zurückzukehren und so bald als möglich nach Tsalal zu abzusegeln.

Wir begaben uns nun wieder nach dem östlichen Strande, Hunt immer gegen zehn Schritte vor uns. Da blieb dieser plötzlich stehen und winkte uns eiligst zu sich heran.

In einem Augenblicke waren wir neben ihm.

Hatte Hunt über das aufgefundene Stück Holz keinerlei Verwunderung sehen lassen, so änderte sich seine Haltung, als er jetzt bei einem wurmstichigen, auf dem

Strande liegenden Plankenreste niederkniete. Er strich mit seinen großen Händen darüber hin, betastete das Holz, als wollte er jede Unebenheit genau daran fühlen, und suchte nach irgend etwas an der Oberfläche, das einen Aufschluß über vergangene Vorfälle hätte liefern können.

Die kerneichene, fünf bis sechs Fuß lange und sechs Zoll breite Planke mußte von einem ziemlich großen Schiffe herrühren, vielleicht einem solchen von mehreren hundert Tonnen. Die schwarze Farbe, die sie früher bedeckt hatte, war zum größten Teil unter einer dichten Schmutzschicht, einer Folge klimatischer Unbilden, verschwunden. Genauer betrachtet, schien die Planke aus dem geschmückten Stern (Hinterwand) eines Fahrzeugs zu stammen. Der Hochbootsmann machte eine derartige Bemerkung.

»Ja ... ja ...« bestätigte der Kapitän Len Guy, »sie bildete einst einen Teil einer Achterverzierung!«

Der noch immer kniende Hunt erhob den Kopf und nickte zustimmend.

»Diese Planke«, antwortete ich, »kann aber nur nach einem Schiffbruche an die Insel Bennet geworfen worden sein. Jedenfalls haben sie Gegenströmungen aus dem offenen Meer hierher getragen, und ...«

»Wenn das der Fall wäre? ...« rief der Kapitän Len Guy. Ein und derselbe Gedanke erfüllte plötzlich uns beide.

Welches Staunen, welche Verblüffung und unaussprechliche Erregung bemächtigte sich aber aller, als Hunt uns eine Anzahl Buchstaben auf der Planke zeigte, die nicht aufgemalt, sondern ins Holz eingeschnitten waren, so daß man sie mit den Fingerspitzen fühlen konnte.

Ganz leicht ließen sich dadurch die Buchstaben zweier Namen erkennen, die in zwei Linien angeordnet waren, nämlich:

AN

LI E PO L.

Die »Jane« von Liverpool! Die vom Kapitän William Guy geführte Goëlette! Was tat es, daß die Witterung die fehlenden Buchstaben zerstört hatte? . . . Die noch vorhandenen genügten ja, den Namen des Schiffes und seinen Heimathafen zu erkennen: Die »Jane« von Liverpool! Der Kapitän Len Guy hatte die Planke mit den Händen gefaßt und drückte sie an die Lippen, während eine große Träne aus seinen Augen herabrollte.

Das war ein Trümmerstück von der »Jane«, eines, das die Explosion hinausgeschleudert und ein Gegenstrom oder eine Eisscholle an dieses Ufer getragen hatte.

Ohne ein Wort zu äußern, wartete ich, daß der Kapitän Len Guy wieder ruhiger werden sollte.

Aus Hunts Augen, seinen funkelnden Falkenaugen, hatte ich aber noch nie bisher einen so leuchtenden Blitz hervorschießen sehen wie in dieser Minute, als er den südlichen Horizont betrachtete.

Der Kapitän Len Guy erhob sich.

Schweigend, wie immer, legte sich Hunt die Planke über die Schulter, und wir setzten unsern Weg fort.

Nach Vollendung unsres Rundgangs um die Insel machten wir an der Stelle halt, wo das Boot im Hintergrunde der Bucht unter der Hut der beiden Matrosen zurückgelassen worden war, und um halb drei des Nachmittags waren wir wieder an Bord zurück.

In der Hoffnung, daß ein Nord- oder Ostwind aufs neue einsetzen könnte, wollte der Kapitän Len Guy bis zum nächsten Tage an dem jetzigen Ankerplatze verweilen. Ein solcher Wind war ja höchst erwünscht, denn es war kaum daran zu denken, die »Halbrane« durch Ruderer in ihren Booten bis in Sicht der Insel Tsalal schleppen zu lassen. Verlief auch die Strömung, wenigstens während der Zeit der Flut, in dieser Richtung, so hätten wir für die Strecke von etwa dreißig Seemeilen doch mindestens zwei Tage gebraucht.

Die Abfahrt wurde also bis zum Tagesanbruch verschoben. Da aber gegen drei Uhr morgens eine leichte Brise aufsprang, konnten wir hoffen, daß die Goëlette ihr letztes Reiseziel ohne große Verzögerung erreichen würde. Es war halb sieben Uhr morgens am 23. Dezember, als die »Halbrane« in der Richtung nach Süden den Ankerplatz an der Insel Bennet verließ. Unbestreitbar war es, daß wir hier einen neuen, handgreiflichen Beweis für den Unglücksfall gefunden hatten, dessen Schauplatz die Insel Tsalal gewesen war.

Die Brise, die uns forttrieb, war recht schwach, und nur zu häufig schlugen die erschlafften Segel klatschend an die Masten. Zum Glück belehrten uns wiederholte Sondierungen, daß die Strömung unverändert eine südliche blieb. Bei dem immerhin recht langsamen Vorwärtskommen lag es auf der Hand, daß der Kapitän Len Guy die Insel Tsalal vor Ablauf von sechsunddreißig Stunden doch nicht zu Gesicht bekommen würde.

An diesem Tage betrachtete ich sehr aufmerksam das Wasser des Meeres, das mir minder dunkelblau erschien, als Arthur Pym es angab. Ebensowenig hatten wir jene stacheligen Büschel mit roten Beeren angetroffen, die von der »Jane« an Bord geholt worden waren, noch eines jener seltsamen Geschöpfe, der tiefsüdlichen Fauna – ein drei Fuß langes, sechs Zoll hohes Tier mit kurzen Beinen, Füßen mit langen, korallenroten Krallen, weichbehaartem, weißem Leibe, mit dem Schwanze einer Ratte, dem Kopfe einer Katze, zurückgeschlagenen Hundeohren und lebhaft roten Zähnen. Übrigens erschienen mir alle derartigen Einzelheiten von jeher verdächtig, und ich schrieb sie nur einer ausschweifenden Phantasie unsres jungen Gewährsmannes zu.

Auf dem Hinterverdeck sitzend, las ich in dem Buche Edgar Poes, bemerkte aber dabei, daß Hunt, wenn ihn sein Dienst in die Nähe des Deckhauses führte, mich immer mit auffallender Hartnäckigkeit ansah.

Ich war grade am Ende des 17. Kapitels, wo Arthur Pym seine Verantwortlichkeit »für die traurigen und blutigen Vorfälle, die Folgen seiner Ratschläge« zu fühlen anfing. Er war es ja gewesen, der die Bedenken des Kapitäns William Guy überwand, der ihn beredete, »die so verführerische Gelegenheit wahrzunehmen, das große Problem bezüglich eines antarktischen Festlands zu lösen«. Und wenn er diese Verantwortlichkeit auf sich nahm, so beglückwünschte er sich doch, »das Werkzeug einer wichtigen Entdeckung gewesen zu sein, die Augen der Wissenschaft für eines der verlockendsten

Geheimnisse, das je deren Aufmerksamkeit gefesselt hat, mit geöffnet zu haben«.

An diesem Tage tummelten sich zahlreiche Walfische in der Umgebung der »Halbrane« umher. Gleichzeitig zogen zahlreiche Völker von Albatrossen nach Süden hin. Von treibendem Eise war nichts zu sehen. Jenseits der äußersten Grenzen des Horizonts war nicht einmal der bekannte »Eisblink« zu beobachten.

Der Wind verriet keine Neigung aufzufrischen, und leichte Dünste verhüllten die Sonne.

Es war schon fünf Uhr abends, als die letzten Profillinien der Insel Bennet verschwammen. Einen wie geringen Weg hatten wir seit dem Morgen zurückgelegt!

Der stündlich abgelesene Kompaß zeigte nur eine unbestimmte Abweichung, was die Angaben des Berichts bestätigten. Bei wiederholten Sondierungen konnten wir keinen Grund finden, obwohl der Hochbootsmann dabei zweihundert Faden lange Leinen ablaufen ließ. Es war noch ein Glück, daß wenigstens die Strömung unsere Goëlette – freilich nur mit der Geschwindigkeit von einer halben Meile in der Stunde – nach Süden mitnahm. Von sechs Uhr ab verschwand die Sonne hinter einer dicken Nebelwand, jenseits welcher sie ihre lange absteigende Spirale fortsetzte.

Die Brise war fast ganz eingeschlafen – eine Widerwärtigkeit, die wir nur mit lebhafter Ungeduld ertrugen. Wenn diese Verzögerungen anhielten oder gar der Wind umschlug, was sollten wir beginnen? Das Meer hier lag jedem Sturme offen, und eine Böe, die die Goëlette nach Norden zurück verschlug, hätte nur »die Karten« Hearnes und seiner Genossen »gespielt«, indem sie deren Einspruch in gewissem Maße rechtfertigte.

Nach Mitternacht wehte es jedoch wieder frischer, und die »Halbrane« konnte etwa ein Dutzend Seemeilen aufholen.

Am nächsten Tage, am 24., ergab das Besteck 83° 2′ der Breite und 43° 5′ der Länge.

Die »Halbrane« befand sich nur noch achtzehn Bogenminuten – weniger als ein Drittel Grad, nicht mehr zwanzig Seemeilen – von der für die Insel Tsalal angegebenen Lage entfernt. Leider ließ uns der Wind gegen Mittag aufs neue im Stiche; dennoch wurde, dank der Strömung, um sechs Uhr fünfundvierzig Minuten abends die Insel Tsalal gemeldet.

Sobald der Anker in den Grund eingegriffen hatte, wurde die strengste Wachsamkeit angeordnet, die Kanonen wurden geladen, die Gewehre zur Hand gelegt und die Enternetze an Ort und Stelle gebracht.

So lief die »Halbrane« keine Gefahr einer Überrumpelung. An Bord wachten zu viele Augen ... vorzüglich die Hunts, die sich niemals von dem Horizont im Süden abwendeten.

Sechzehntes Kapitel

Die Insel Tsalal

Die Nacht verging ohne Störung. Kein Boot hatte die Insel Tsalal verlassen, kein Eingeborner sich am Ufer gezeigt. Danach ließ sich nur annehmen, daß die Bevölkerung mehr im Innern siedelte. Wir wußten ja auch aus dem Berichte, daß man drei bis vier Stunden marschieren mußte, um nach dem Hauptorte der Insel Tsalal zu gelangen. Jedenfalls war die »Halbrane« bei ihrer Ankunft nicht bemerkt worden, und das war ja am Ende recht günstig.

Wir ankerten bei zehn Faden Tiefe drei Seemeilen von der Küste.

Um sechs Uhr wurde der Anker gelichtet, und die von schwachem Morgenwinde getriebene Goëlette legte sich eine halbe Seemeile vor einem Korallenriffe, das den Atolls des Großen Ozeans ähnelte, wieder fest. Von hier aus war es leicht, die ganze Insel zu überblicken.

Ein Umfang von neun bis zehn Seemeilen – was Arthur Pym nicht mit erwähnt hatte – eine zerklüftete, schwer zugängliche Küste, lange grüne Ebenen, eingerahmt von mäßig hoher Hügelreihe – das ist das Bild, das die Insel Tsalal darbot. Ich wiederhole, daß das Ufer verlassen war. Man sah ein Boot weder draußen auf dem Wasser noch in den kleinen Buchten. Über die Felsen erhob sich kein Rauch, und es hatte den Anschein, als ob an dieser Seite kein menschliches Wesen wohnte.

Was war denn seit elf Jahren vorgegangen? Vielleicht lebte der Häuptling der Eingebornen, jener Too-Wit, überhaupt nicht mehr? – Doch wo blieb dann die zahlreiche Bevölkerung ... und William Guy ... und die Überlebenden von der englischen Goëlette? ...

Als die »Jane« in dieser Gegend erschien, war es das erste Mal, daß die Tsalalier ein wirkliches Schiff sahen, und als sie dessen Verdeck betraten, hielten sie es für ein ungeheures Tier, die Masten für seine Gliedmaßen und die Segel für eine Art Bekleidung. Jetzt mußten sie wissen, woran sie damit waren. Doch wenn sie jetzt nicht versuchten, zu uns zu kommen, welcher Ursache sollte man diese eigentümliche Zurückhaltung zuschreiben?

»Das große Boot ins Meer!« befahl der Kapitän Len Guy mit ungeduldiger Stimme.

Der Befehl wurde ausgeführt, und der Kapitän Len Guy wendete sich an den Lieutenant mit den Worten:

»Jem, laß acht Mann mit Martin Holt einsteigen und Hunt mag das Steuer übernehmen. Du wirst hier an der Stelle bleiben und sowohl nach dem Lande als auch nach dem Meere zu die Augen offenhalten ...«

»Seien Sie darum unbesorgt, Kapitän.«

»Wir werden ans Land gehen und nach dem Dorfe Klock-Klock zu gelangen suchen. Wenn es auf dem Wasser zu einer Überraschung käme, so gibst du drei Kanonenschüsse ab ...«

»Richtig, drei Kanonenschüsse in Zwischenräumen von einer Minute«, antwortete der Lieutenant.

»Kommen wir bis zum Abend nicht zurück, so sende das zweite Boot gut bewaffnet und mit zehn Mann unter Führung des Hochbootsmanns. Die Leute mögen dann eine Kabellänge vom Ufer halten, um uns zu erwarten ... Verstanden?«

»Vollkommen.«

»Und du selbst verläßt das Schiff keine Minute, Jem!«

»Auf keinen Fall!«

»Sollten wir nicht aufgefunden werden, so wirst du, nachdem alles, was dazu möglich ist, versucht war, die Führung der Goëlette übernehmen und sie nach den Falklands zurückbringen.«

»Ganz wie Sie befehlen!«

Das große Boot war bald bereitgestellt. Acht Mann nahmen darin Platz, darunter Martin Holt und Hunt, alle mit Gewehren und Pistolen bewaffnet und mit Patronenbeutel und großem Messer ausgerüstet.

Im letzten Augenblick trat ich noch vor und fragte:

»Würden Sie mir nicht gestatten, Sie ans Land zu begleiten, Herr Kapitän?«

»Wenn Sie dazu Lust haben, gern, Herr Jeorling.«

In meine Kabine zurückeilend, ergriff ich mein Gewehr (eine doppelläufige Jagdflinte), das Pulverhorn, den Schrotbeutel, steckte einige Kugeln zu mir und schloß mich dem Kapitän auf einem im Hinterteile des Bootes freigehaltenen Platze an.

Wir stießen ab und steuerten, von kräftigen Ruderschlägen getrieben, dem Klippenrande zu, um die Öffnung aufzusuchen, durch die Arthur Pym und Dirk Peters am 19. Januar 1828 mit dem Boote der »Jane« gefahren waren. In diesem Augenblicke tauchten damals die Wilden in ihren langen Piroguen auf ... William Guy hatte ihnen mit einem weißen Taschentuche als Zeichen seiner friedlichen Absichten zugewinkt, worauf jene mit dem Ausrufe *anamoo-moo* und *lama-lama* antworteten und der Kapitän deren Häuptling gestattete, das Schiff zu betreten.

Dem Berichte nach entwickelten sich zwischen den Wilden und der Mannschaft der »Jane« bald freundliche Beziehungen. Es wurde ausgemacht, bei der Rückkehr der Goëlette, die erst noch eine Fahrt weiter nach Süden ausführen sollte, hier eine Ladung der wertvollen Seekühe einzunehmen. Zu jener Fortsetzung der Reise hatte vorzüglich Arthur Pym gedrängt. Wie bekannt, fielen drei Tage später, am 1. Februar, der Kapitän William Guy und einunddreißig seiner Leute in den Schluchten bei Klock-Klock einer teuflischen Hinterlist zum Opfer und von den sechs zur Bewachung der »Jane« zurückgelassenen Leuten konnte sich bei der Explosion auf dem Schiffe kein einziger retten.

Zwanzig Minuten lang glitt unser Boot längs des Riffkranzes hin. Sobald Hunt den Durchgang darin entdeckt hatte, steuerte er hinein und einem schmalen Felseneinschnitt zu.

Zwei Matrosen verblieben im Boote, das durch die kurze, zweihundert Toisen breite Wasserstraße zurückfuhr und an den schwärzlichen Klippen an ihrem Eingange festgelegt wurde.

Nach Ersteigung einer sich aufwärts windenden Schlucht, die den Zugang nach der Uferhöhe vermittelte, wandte sich unsre kleine Truppe, mit Hunt an der Spitze, dem Innern der Insel zu.

Unterwegs tauschten der Kapitän Len Guy und ich unsere Bemerkungen über das Land aus, das nach Aussage Arthur Pyms »sich von allen von zivilisierten Menschen jemals besuchten Ländern sehr wesentlich unterschied«. Das sollten wir bald selbst erfahren. Jedenfalls erschienen die ebenen Flächen im allgemeinen schwarz, als ob der Humus darauf aus pulverisierter Lava bestände, und nirgends erblickte man etwas, »das weiß war«.

Hundert Schritte von einer solchen Stelle lief Hunt plötzlich auf eine mächtige Felsenmasse zu, die er mit der Behendigkeit einer Eidechse erkletterte. Dann richtete er sich auf ihrem Gipfel auf und ließ die Blicke über ein Gesichtsfeld von mehreren Seemeilen umherschweifen..

Hunt schien die Haltung eines Mannes anzunehmen, »der sich hier nicht mehr zurechtfand«.

»Was mag er denn haben? . . .« fragte mich der Kapitän, der Hunt aufmerksam beobachtete.

»Was er hat, Herr Kapitän«, erwiderte ich, »weiß ich zwar nicht, es wird aber auch Ihnen aufgefallen sein, daß an diesem Mann alles seltsam, daß sein Verhalten unerklärlich ist und er in gewisser Hinsicht verdiente, unter den ›neuen Wesen‹ zu figurieren, die Arthur Pym auf dieser Insel getroffen zu haben behauptet . . . Man möchte fast annehmen, daß ...«

»Nun ... daß? ...« wiederholte der Kapitän Len Guy. Doch ohne den angefangenen Satz zu vollenden, rief ich:

»Sind Sie sicher, Herr Kapitän, bei der gestrigen Höhenmessung keinen Fehler begangen zu haben?«

»Vollkommen sicher!«

»Ihre Berechnung ergab also? ...«

»Genau 83° 20′ der Breite und 43° 5′ der Länge.«

»Wirklich genau?«

»Wie ich Ihnen sagte.«

»Es ist also nicht zu bezweifeln, daß das hier die Insel Tsalal ist?«

»Nein, Herr Jeorling, wenn die Insel Tsalal die Lage hat, die Arthur Pym dafür angibt.«

Hieran war demnach nichts mehr zu deuteln. Hatte sich Arthur Pym freilich über die nach Graden und Minuten angegebene Lage nicht getäuscht, so wußten wir nur nicht, was von der Treue seines Berichtes zu halten sei, soweit dieser die Gegend betraf, die wir unter Führung Hunts durchzogen. Er sprach von Seltsamkeiten, die ihm ganz fremd gewesen wären, von Bäumen, deren keiner den Erzeugnissen der heißen und der gemäßigten oder der nördlichen kalten Zone und auch nicht denen »der unteren südlichen Breiten« – so lauten seine Worte – ähnlich sahen. Er spricht dort von Felsen ganz eigenen Gefüges, sowohl ihrer Masse als ihren Lagerschichten nach ... von wunderbaren Bächen, deren Bett eine unbeschreibliche, jedenfalls nicht durchsichtige Flüssigkeit enthielt, eine in verschiedene Aderstreifen geteilte Art Lösung von arabischem Gummi, die alle Farbenwechsel schillernder Seide aufwies und die die Kraft der Kohäsion nicht wieder vereinigte, wenn man sie mit einer Messerklinge zerteilt hatte.

Nun, davon war nichts oder doch nichts mehr zu sehen. Kein Baum, kein Gebüsch, kein Strauch überragte die trostlose Fläche. Von den bewaldeten Hügeln, zwischen denen das Dorf Klock-Klock liegen sollte, bemerkten wir keine Spur, von den Bächen, aus denen die Leute von der »Jane« ihren Durst nicht zu stillen wagten, entdeckten wir keinen einzigen ... nicht einmal einen Tropfen gewöhnlichen oder andersartigen Wassers ... Überall die entsetzliche, abstoßende, vollkommenste Trockenheit.

Hunt ging inzwischen, ohne je zu zaudern, raschen Schrittes dahin. Es sah aus, als führte ihn ein natürlicher Instinkt, wie die Schwalben, die Wandertauben, die den kürzesten Weg nach ihrem Neste – »im Bienenfluge«, sagen wir in Amerika – zurückfinden. Ich weiß nicht, welche Ahnung uns trieb, ihm wie dem erprobtesten Führer, wie einem Chingachook und anderen, zu folgen. Doch ist das ja nicht so erstaunlich, war es doch ein Landsmann jener Helden Fenimore Coopers.

Ich hebe aber nochmals hervor, daß wir die von Arthur Pym geschilderte fabelhafte Landschaft hier nicht vor Augen hatten. Unser Fuß schritt nur über verwilderten, erschütterten Erdboden hin. Er sah schwarz, ja so schwarz aus, als wäre er durch die Wirkung plutonischer Kräfte aus den Eingeweiden der Erde heraufgeschleudert. Man hätte an eine entsetzliche und unwiderstehliche Umwälzung denken können, die seine ganze Oberfläche durcheinandergeschüttelt hätte.

Auch von den in dem Berichte erwähnten Tieren sahen wir kein einziges Exemplar, weder von den Enten der *Anas valisnaria*-Art, noch von den Galapagos-Schildkröten, den schwarzen Fischenten, den schwarzen, in ihrer Gestalt den Bussarden ähnlichen Vögeln oder von den schwarzen Schweinen mit Schwanzquaste und Antilopenbeinen, den Schafen mit schwarzem Vlies und den Albatrossen mit schwarzem Gefieder. Selbst die im antarktischen Gebiete sonst so zahlreichen Pinguine schienen aus dieser unbewohnbar gewordenen Gegend geflohen zu sein. Es war die schweigende, düstere Einsamkeit der abschreckenden Wüstenei!

Und auch kein menschliches Wesen ... niemand ... im Innern der Insel so wenig wie an deren Ufer!

Hatten wir denn noch Aussicht, inmitten dieser Einöde den Kapitän William Guy und die Überlebenden von der »Jane« aufzufinden?

Ich sah den Kapitän Len Guy an. Sein bleiches Gesicht, seine tief gefurchte Stirne verrieten deutlich genug, daß seine Hoffnung zu schwinden begann.

Wir erreichten endlich das Tal, in dem früher das Dorf Klock-Klock gelegen hatte. Auch hier wie anderswo alles verlassen . . . nicht eine einzige jener Wohnstätten – so elend sie immer gewesen sein mochten – noch von den »Yampoos«, die mittels eines großen schwarzen Felles hergestellt wurden, das auf einem vier Fuß über dem Boden abgeschnittenen Baumstamme ruhte, keine jener Hütten aus abgehauenen Zweigen oder jener Trogloditenhöhlen, die aus den Wänden des Hügels – einer schwarzen, der Walkererde ähnlichen Masse – ausgebrochen waren. Und der plätschernde Bach am Abhange der Schlucht, wo war er, wohin entleerte er sein geheimnisvolles Wasser, das über einen schwarzsandigen Grund hinströmte?

Was die tsalalische Bevölkerung angeht, jene fast nackt auftretenden Männer, von denen nur einzelne mit einem schwarzen Felle bekleidet, alle aber mit Spießen und Keulen bewaffnet waren, jene schlanken, großen, wohlgebauten Frauen, »mit einer Grazie und Ungezwungenheit des Auftretens, wie man solches in keiner zivilisierten Gesellschaft wiederfindet«, die große Kinderschar, die sie begleitete . . . ja, was war aus dieser ganzen Welt von schwarzhäutigen, schwarzhaarigen Eingeborenen mit den schwarzen Zähnen geworden, aus jenen Leuten, die die weiße Farbe so schwer erschreckte?

Vergeblich werd' ich die Wohnstätte Too-Wits suchen, die aus vier großen, durch Holzbolzen zusammengehaltenen Fellen hergestellt war, welche an kleinen, in die Erde getriebenen Pflöcken befestigt waren. Ich konnte nicht einmal mehr die betreffende Stelle finden! . . . Und doch war es hier gewesen, wo William Guy, Arthur Pym, Dirk Peters und ihre Gefährten mit gewissen Beweisen von Ehrerbietung aufgenommen worden waren, während eine Menge Insulaner sich vor der Hütte drängten. Hier war es, wo die Mahlzeit aufgetragen wurde, wobei es noch zuckende Eingeweide eines unbekannten Tieres gab, die Too-Wit und die Seinen mit widerlicher Gier verschlangen ...

Jetzt wurde es mir plötzlich heller im Kopfe. Es war wie eine Offenbarung. Ich erriet, was mit der Insel vorgegangen war, was die Veranlassung dieser Vereinsamung, die Ursache des Durcheinanders war, dessen Spuren der Erdboden zeigte.

»Ein Erdbeben!« rief ich. »Ja, hierzu genügten zwei bis drei so furchtbare Stöße, die so gewöhnlich in Gebieten sind, unter die das Meer Eingang findet. Da brechen sich eines Tages die angehäuften, gespannten Dämpfe einen Ausweg und vernichten alles an der Erdoberfläche ...«

»Ein Erdbeben hätte an dieser Stelle die Insel Tsalal verwüstet?« murmelte der Kapitän Len Guy.

»Gewiß, Herr Kapitän, es hat die eigenartige Vegetation vernichtet, die Bäche mit der merkwürdigen Flüssigkeit und alle die Naturwunder weggefegt, die in der Tiefe der Erde begraben sind und von denen wir keine Spur mehr auffinden werden. Hier ist nichts mehr von dem zu sehen, was Arthur Pym einst an der gleichen Stelle gesehen hatte!«

Hunt, der näher getreten war, lauschte unsern Worten und hob und senkte den gewaltigen Kopf als Zeichen der Zustimmung.

»Sind diese Strecken des südlichen Meeres denn nicht vulkanischer Natur?« fuhr ich fort. »Wenn die ›Halbrane‹ uns nach Victoria-Land beförderte, würden wir da nicht den Erebus und den Terror in vollem Ausbruch finden?«

»Wenn aber eine Eruption stattgefunden hätte«, bemerkte Martin Holt, »dann müßten wir doch Lavaströme auffinden.«

»Ich behaupte nicht, daß es zu einem Auswurf gekommen sei«, antwortete ich dem Segelwerksmaat, »sondern nur, daß der Boden durch ein Erdbeben durcheinandergerüttelt worden ist.«

Eine nähere Erwägung mußte meine Anschauung als annehmbar erscheinen lassen.

Da erinnerte ich mich noch daran, daß Tsalal nach Arthur Pyms Angabe zu einer sich nach Westen fortsetzenden Inselgruppe gehörte. Entging sie damals der Vernichtung, so war es möglich, daß die tsalalische Bevölkerung sich nach einer der Nachbarinseln geflüchtet hatte. Es erschien also angezeigt, diesen Archipel zu untersuchen, wo die Überlebenden von der »Jane« nach dem Verlassen Tsalals, das gewiß keinerlei Hilfsquellen mehr bot, Zuflucht gefunden haben konnten.

Ich teilte das dem Kapitän Len Guy mit.

»Ja«, rief er, und große Tränen perlten ihm aus den Augen, »ja, das ist möglich! Und doch, wo hätten mein Bruder und seine unglücklichen Gefährten Mittel zur Flucht hernehmen sollen ... ist es nicht wahrscheinlicher, daß sie bei der Erderschütterung umgekommen wären? ...«

Ein Wink von Hunt veranlaßte uns, ihm zu folgen.

Nachdem er zwei Flintenschuß weit in dem Tale vorgedrungen war, blieb er stehen.

Welch ein Bild zeigte sich da vor unsern Blicken!

Hier lag ein Haufen von Knochenresten, von Armknochen, Oberschenkeln, Wirbeln, kurz, Trümmern des ganzen Gerüstes, das das menschliche Skelett bildet, und ohne einen Fetzen Fleisch, ein Häufchen Schädel noch mit einzelnen Haarbüscheln darauf ... kurz, eine ungeordnete Menge Knochen, die an dieser Stelle gebleicht waren. Der entsetzliche Anblick erfüllte uns mit Schauder und Schrecken.

Lag hier, was von der auf mehrere Tausend geschätzten Bevölkerung der Insel übriggeblieben war? Doch wenn die Bewohner bei jenem Erdbeben bis zum letzten Mann umgekommen waren, wie erklärte es sich, daß diese Trümmer über der Erde vermengt und nicht in deren Eingeweiden begraben lagen? Und konnte man wohl annehmen, daß diese Eingebornen, Männer, Frauen, Kinder und Greise, an dieser Stelle überrascht worden wären und keine Zeit gefunden hätten, mit ihren Booten nach den andern Inseln der Gruppe zu entweichen? Wir standen regungslos, erschüttert, verzweifelt, unfähig, ein Wort hervorzubringen!

»Mein Bruder ... mein armer Bruder!« schluchzte der Kapitän Len Guy niederkniend.

Bei reiflicher Überlegung fiel mir doch manches auf, was ich mich anzunehmen weigerte. Wie war diese Katastrophe mit den Bemerkungen in Pattersons Notizbuch in Einklang zu bringen?... Jene sagten ausdrücklich, daß der zweite Offizier der »Jane« seine Gefährten vor sieben Monaten auf der Insel Tsalal zurückgelassen hatte. Sie konnten also bei dem Erdbeben nicht umgekommen sein, das nach dem Aussehen der Knochen entschieden vor mehreren Jahren und nach der Abfahrt Arthur Pyms und Dirk Peters' stattgefunden haben mußte, da der Bericht desselben nicht Erwähnung tat.

Diese Tatsachen waren wirklich unvereinbar. Erfolgte das Erdbeben erst in neuerer Zeit, so konnte man ihm das Vorhandensein der schon ganz gebleichten Skelette nicht zuschreiben. Jedenfalls waren die Überlebenden von der »Jane« nicht unter den Knochenresten. Doch ... wo waren sie dann?...

Da das Tal von Klock-Klock sich auch noch weiter fortsetzte, mußten wir umkehren, um den Weg zum Ufer wieder einzuschlagen.

Kaum eine halbe Seemeile hatten wir an dem Abhange zurückgelegt, als Hunt nochmals vor einzelnen Knochenresten, die schon halb zu Staub zerfallen waren und einem menschlichen Wesen nicht anzugehören schienen, stehenblieb. Waren das Überreste eines jener seltsamen, von Arthur Pym beschriebenen Tiere, von denen wir keines erblickt hatten?

Ein Schrei oder richtiger eine Art wildes Grunzen kam aus Hunts Munde. Seine große Hand, die sich gegen uns ausstreckte, hielt ein metallenes Halsband.

Ja ... ein Halsband aus Kupfer, ein durch Oxidation halb zerfressenes Halsband, auf dem noch einige eingravierte Buchstaben lesbar waren.

Tigre. – Arthur Pym. –

Tigre! Das war der Neufundländer, der seinem Herrn das Leben gerettet hatte, als dieser im Frachtraum des »Grampus« versteckt lag. Tigre, der Symptome von Hundswut gezeigt hatte ... Tigre, der bei der Meuterei dem Matronsen Jones, den Dirk Peters gleich darauf abtat, an die Kehle gesprungen war!...

Das treue Tier war beim Schiffbruche des »Grampus« also nicht umgekommen. Man hatte es gleichzeitig mit Arthur Pym und dem Mestizen an Bord der »Jane« gerettet. Und doch erwähnt der Bericht hiervon nichts, ja, seit dem Überfall der Goëlette ist von dem Hunde gar nicht mehr die Rede. In meinem Innern drängten sich tausend Widersprüche. Ich wußte die Tatsachen nicht zusammenzureimen. Nur das stand außer Zweifel, daß Tigre mit Arthur Pym beim Schiffbruche dem Tode entgangen, daß er diesem nach der Insel Tsalal gefolgt und auch beim Einsturz des Hügels bei Klock-Klock nicht umgekommen war und daß er endlich den Tod bei der Katastrophe gefunden hatte, die einen Teil der tsalalischen Bevölkerung vernichtete.

William Guy und seine fünf Matrosen konnten sich aber unbedingt nicht unter den die Erde bedeckenden Skeletten befinden, da sie bei der Abfahrt Pattersons, also vor sieben Monaten, noch lebten und jene Katastrophe mindestens um mehrere Jahre zurücklag.

Drei Stunden später waren wir, ohne eine weitere Entdeckung gemacht zu haben, an Bord der »Halbrane« zurück. Der Kapitän Len Guy begab sich nach seiner Kabine, schloß sich darin ein und erschien nicht einmal zum Abendessen.

Ich hielt es für besser, seinen Schmerz zu achten, und bemühte mich gar nicht, ihn heute wiederzusehen.

Am nächsten Tag verlangte es mich aber, noch einmal nach der Insel zu gehen, diese von einem Ufer bis zum andern zu durchsuchen, und ich bat deshalb den Lieutenant, mich dahin übersetzen zu lassen.

Jem West stimmte zu, nachdem er sich die Erlaubnis vom Kapitän Len Guy geholt hatte, der davon absah, uns zu begleiten.

Hunt, der Hochbootsmann, Martin Holt und ich, wir nahmen im Boote, diesmal ohne Waffen, Platz, denn wir hatten ja nichts zu fürchten. Nach der Landung an der nämlichen Stelle, wie am Vortage, führte uns Hunt noch einmal nach dem Hügel von Klock-Klock.

Einmal da, stiegen wir zu der engen Schlucht hinab, wo Arthur Pym, Dirk Peters und der Matrose Allen getrennt von William Guy und ihren Kameraden durch den Spalt eindrangen, der sich in der seifigen Bergmasse, einer Art mürbem Steatit, gebildet hatte.

Hier sah man jetzt nichts mehr von den Bergwänden, die beim Erdbeben verschwunden sein mochten, auch nichts von dem Spalt, dessen früheren Eingang einige Haselnußsträucher beschatteten, noch etwas von dem dunklen Gange, in dem Allen erstickt war, oder von der Terrasse, von der aus Arthur Pym und der Mestize den Angriff der Boote der Eingebornen auf die Goëlette und die Explosion, die Tausende von Opfern forderte, beobachtet hatten.

Es war auch nichts mehr übrig von dem künstlichen zum Einsturz gebrachten Hügel, wo der Kapitän der »Jane«, sein zweiter Offizier Patterson und die fünf Matrosen noch glücklich mit dem Leben davonkamen.

Ebensowenig fand sich etwas von dem Labyrinth, dessen Windungen und Wände Buchstaben bildeten, die wieder Wörter darstellten, welche Wörter in einem Satze des Textes von Arthur Pym wiederkehren, eines Satzes, dessen erste Zeile soviel wie »Weißes Wesen« und die zweite »Südgebiet« bezeichnet.

Der Hügel, das Dorf Klock-Klock und alles, was der Insel Tsalal ein übernatürliches Aussehen verlieh, war also verschwunden. Jetzt wird sich das Geheimnis jener fremdartigen Entdeckungen niemand wieder enthüllen.

Uns blieb weiter nichts übrig, als längs des östlichen Ufers nach der Goëlette zurückzukehren.

Hunt führte uns dabei über die Stelle, wo die Schuppen zur Bereitung der Meerkühe errichtet worden waren. Wir fanden davon auch noch schwache Überbleibsel. Ich brauche wohl nicht zu bemerken, daß jetzt kein Tekeli-li an unsere Ohren klang – jener Ruf, den die Insulaner und die riesigen schwarzen Vögel in der Luft gleichmäßig ausstießen. Überall Schweigen und Einöde!

Ein letzter Halt wurde an der Stelle gemacht, wo Arthur Pym und Dirk Peters sich des Bootes bemächtigt hatten, das sie nach den höchsten Breiten hinauftrug . . . bis nach jenem Horizont düsterer Dünste, bei deren gelegentlichem Zerreißen die große menschliche Gestalt, der weiße Riese, auftauchte.

Die Arme gekreuzt, schien Hunt das unermeßliche Meer vor uns mit den Augen zu verzehren.

»Nun, Hunt? . . .« redete ich ihn an.

Der Mann hörte mich wohl kaum, er wandte nicht einmal den Kopf nach mir um.

»Was beginnen wir noch hier?« fragte ich, seine Schulter berührend.

Da erbebte er unter meiner Hand und warf mir einen Blick zu, der mir bis ins Herz drang.

»Vorwärts, Hunt«, rief Hurliguerly, »willst du denn auf diesem Felsblock Wurzel schlagen? – Siehst du nicht, daß uns die ›Halbrane‹ da draußen erwartet? – Vorwärts! Morgen segeln wir ab. Hier ist für uns nichts mehr zu tun!«

Es schien mir, als ob die zitternden Lippen Hunts das Wort »nichts« wiederholten, während seine Haltung gegen die Mahnung des Hochbootsmannes protestierte.

Das Boot führte uns nach dem Schiffe zurück.

Der Kapitän Len Guy hatte seine Kabine nicht verlassen. Jem West, dem kein Befehl zum Ankerlichten zugegangen war, ging wartend auf dem Hinterdeck auf und ab.

Ich setzte mich am Fuße des Großmastes nieder und betrachtete das vor uns weit offen liegende Meer.

In diesem Augenblicke trat der Kapitän Len Guy bleich und mit verstörten Zügen aus dem Deckhause.

»Herr Jeorling«, begann er, »ich bin mir bewußt, alles getan zu haben, was zu tun möglich war. Kann ich bezüglich meines Bruders William und seiner Gefährten noch weitere Hoffnung hegen? . . . Nein . . . wir müssen umkehren, ehe der Winter uns überrascht . . .«

Der Kapitän Len Guy erhob sich und warf einen letzten Blick nach der Insel Tsalal hin. »Morgen, Jem«, sagte er, »fahren wir ganz frühzeitig ab.«

Da ertönten von einer tiefen Stimme die Worte:

»Und Pym . . . der arme Pym? . . .«

Ich erkannte diese Stimme wieder. Es war dieselbe, die ich unlängst im Traume gehört hatte!

COLLECTION JULES VERNE

1. Von der Erde zum Mond
Direkte Fahrt in 97 Stunden 20 Minuten
2. Reise um den Mond
3. Reise um die Erde in 80 Tagen
4. Reise zum Mittelpunkt der Erde
5. Fünf Wochen im Ballon
6./7. Zwanzigtausend Meilen unter dem Meer
8. Abenteuer von drei Russen und drei Engländern in Süd-Afrika
9./10. Abenteuer des Kapitän Hatteras
11./12./13. Die Kinder des Kapitän Grant
14./15./16. Die geheimnisvolle Insel
17./18. Das Land der Pelze
19. Eine schwimmende Stadt
Die Blockadebrecher
20. Eine Idee des Doktor Ox
Meister Zacharius
Ein Drama in den Lüften
Eine Überwinterung im Eis
Eine Mont-Blanc-Besteigung
21. Der Chancellor
Tagebuch des Passagier J. R. Kazallon
22./23. Der Kurier des Zaren
Michael Strogoff
24. Schwarz Indien
25./26. Reise durch die Sonnenwelt
27./28. Ein Kapitän von 15 Jahren
29./30./31. Die Entdeckung der Erde
32. Die fünfhundert Millionen der Begum
33. Die Leiden eines Chinesen in China
34./35. Die großen Seefahrer des 18. Jahrhunderts
36./37. Das Dampfhaus

38./39. Der Triumph des 19. Jahrhunderts
40./41. Die Jangada
42. Die Schule der Robinsons
43. Der grüne Strahl
44./45. Keraban der Starrkopf
46. Der Südstern oder das Land der Diamanten
47. Der Archipel in Flammen
48./49./50. Mathias Sandorf
51. Robur der Sieger
52. Ein Lotterie-Los
53./54. Nord gegen Süd
55./56. Zwei Jahre Ferien
57. Kein Durcheinander
58./59. Die Familie ohne Namen
60./61 Mistreß Branican
62. Das Karpatenschloß
63. Claudius Bombarnac
Notizbuch eines Reporters
64./65. Der Findling
66./67. Meister Antisers wunderbare Abenteuer
68./69. Die Propeller-Insel
70. Vor der Flagge des Vaterlandes
71. Clovis Dardentor
72./73. Die Eissphinx
74./75. Der stolze Orinoco
76./77. Das Testament eines Exzentrischen
78./79. Das zweite Vaterland
80. Das Dorf in den Lüften
81. Die Historien von Jean-Marie Cabidoulin
82./83. Die Gebrüder Kip
84./85. Reisestipendien
86. Ein Drama in Livland
87. Der Herr der Welt
88. Der Einbruch des Meeres
89. Der Leuchtturm am Ende der Welt
90./91. Der Goldvulkan
92./93. Reisebüro Thompson & Co.
94. Die Jagd nach dem Meteor
95. Der Pilot von der Donau
96./97. Die Schiffbrüchigen der Jonathan
98. Wilhelm Storitz' Geheimnis
99./100. Cäsar Cascabel